Geboortekoorts

Colofon

ISBN:
1e druk 2010
© 2010 Ciska Baar

Exemplaren zijn te bestellen via de boekhandel
of rechtstreeks bij de uitgeverij:
Uitgeverij Elikser B.V.
Ossekop 4
8911 LE Leeuwarden
Postbus 2532
8901 AA Leeuwarden
Telefoon: 058-2894857
www.elikser.nl

Foto omslag: Geert Outjers
Vormgeving omslag en binnenwerk:
Evelien Veenstra

Geboortekoorts

Ciska Baar

Voor mijn grootmoeder,
die erbij was

Zo komt hij, mijn liefste
en ik kan niet meer verdwijnen.

Annunciatie
Reflectie
Bestemming

Annunciatie

Voor de eerste keer in mijn leven heb ik een andere kamer gevraagd in het hotel waar ik verblijf. Ik deed het nadat ik, liggend op het grote bed, het boek had ontdekt. De een of andere gek had het achtergelaten boven op de kast in de hoek van de kamer. Ik zag het daar wel liggen maar in eerste instantie was ik te lamlendig om op te staan. Het hotel heet "Zomerzotheid" en ik had het kunnen weten: alleen dwazen logeren hier. De kamer van het boek was veel groter. Nu neem ik genoegen met enkel hetzelfde soort bed in een pijpenla waar stoel, televisie, telefoon en koelkast omheen gepropt staan. In de andere kamer stond nog een soort theetafel maar theedrinken doe ik sowieso niet. Het boek dus: Tot mijn verrassing bleek het *Stad der blinden* van José Saramago te zijn. Toen ik de achterflap las wist ik weer dat ik het gelezen had en gefascineerd was geweest door de stijl. Alle woorden staan achter elkaar alsof ze gedwongen in het gelid staan. Er zijn geen spaties, nauwelijks alinea's, af en toe een hoofdletter en geen punten van rust. Bijna louter komma's. Saramago gebruikt de komma's en hoofdletters steeds wanneer er een andere persoon aan het woord komt. Geen aanhalingstekens dus, die de gesproken zinnen openen en sluiten. De inhoud is zwaar, loodzwaar.

Een man die voor het stoplicht staat wordt van het ene moment op het andere blind. Deze blindheid neemt al gauw epidemische vormen aan: de hele stad verliest het gezicht. Terwijl dit proces gaande is worden de blinden in quarantaine gezet in een verlaten gekkenhuis.

Ik weet nog dat ikzelf blind werd voor alles om me heen omdat de letters zich zo opdrongen dat ik moest doorlezen. Ik had net besloten dat dit boek de moeite waard was herlezen te worden, toen ik me tot mijn verbijstering door de eerste bladzijde heen moest worstelen. De idioot namelijk, die waarschijnlijk het boek op de kast had laten liggen, had

geprobeerd veranderingen aan te brengen. Als een school-
meester was hij (of zij) met de interpunctie aan de gang
gegaan. Met een paars-rode stift was alles verknoeid door
een overdaad aan vraagtekens, uitroeptekens en dikke, gore
punten.

Ik bladerde vlug verder en zag dat de monstercorrectie gelukt was tot ongeveer de helft van het boek. Het was daardoor natuurlijk waardeloos geworden: bevlekt en opzettelijk
ontkracht.

Woedend liep ik met het vod naar beneden, smeet het de
verbaasde baliemedewerker onder de neus.

"Dit lag boven op de kast: ik wil onmiddellijk een andere
kamer!"

De man, die in een soort uniform folders zat te vouwen,
had moeite gehad zijn gezicht in de plooi te houden. Hij antwoordde: "Dat spreekt vanzelf, mijnheer."

(Ik herinner me opeens dat mijn grootmoeder, voordat ik
in haar huis ging wonen, in al de boeken die ze gelezen had
briefjes had gestopt tussen sommige bladzijden. Daar stonden dan begrijpelijke of raadselachtige zinnen op of soms
slechts een woord. Ik weet nu weer dat in een boek van een
voor mij onbekende Duitse schrijver, bij een passage over
de hel (die ik heel mooi vond) stond: Dit is grote onzin. Het
ging me steeds meer ergeren en ik besloot er wat van te zeggen. Ik dacht dat ze mij op haar arrogante manier op mijn
nummer zou zetten maar ik had me vergist. Ze zei: "Je hebt
gelijk Jonathan, dit is zeer irritant maar ik heb er niet aan
gedacht dat iemand anders ze zou lezen. Jij krijgt bij deze
mijn permissie om de briefjes weg te halen.")

Nu lig ik dus weer op het dekbed en wacht.

Ik kan niet veel anders omdat de stoel zo rottig zit dat ik
er alleen maar kleren op kan hangen. Ik weet niet waarom,
of op wie ik wacht: niemand weet immers dat ik in Bergen

ben en zo iemand dit al weet, is hij waarschijnlijk niet geinteresseerd. Ik zie er absoluut geen samenhang in dat het besmeurde boek, beneden op de balic, van een Portugese schrijver komt en ikzelf een paar dagen geleden nog in de Zand-Algarve zat.

Ik had me meer voorgesteld van de baan in een grote strandtent aan de zuidkust. Aan het klimaat en het strand heeft het niet gelegen want de kust bij de badplaats Monte Gordo staat bekend om haar machtig brede, stralend witte zandstrook. Het zeewater lijkt vrij schoon en is bijna het hele jaar heerlijk warm. Aan landgenoten geen gebrek want even buiten de plaats ligt een enorme camping, waar veel Hollandse jongeren in het seizoen hun dagen verslapen omdat ze 's nachts de beest hebben uitgehangen. Veel bejaarden zijn er een groot gedeelte van het jaar en overwinteren in caravans en campers. Ik werd gek van hun gezeur over de kleinkinderen die ze zo misten en had vaak de neiging te choqueren of iemand voor paal te zetten. Alhoewel ik bijna zeker weet dat dit slechts een keer is gebeurd, werd ik toch regelmatig op het matje geroepen door de eigenaar van het paviljoen. Mijn houding was niet professioneel genoeg en wat meer inzet kon ook geen kwaad. Ik weet nu niet of ik de groep Spanjaarden dankbaar moet zijn, omdat zij de reden zijn geweest voor mijn ontslag. In ieder geval heb ik het afgelopen jaar goed verdiend en genoeg gespaard om het even te kunnen uitzingen.

Ze kwamen uit Spanje een dagje Portugal doen met de touringcar. Een buslading vol opgedirkte, bejaarde vrouwen met – zoals meestal – een handjevol mannen in hun kielzog. Ik stond achter de bar en wilde net de bestelling opnemen van een jonge vrouw toen deze aan de kant geduwd werd door een kleine dikkerd, die op de voet gevolgd werd door de rest van de meute. Ik vermoed dat zij niet de enige was die zich had besprenkeld met parfum omdat ik bijna misselijk werd van de verzwaarde bloemengeur die me insloot.

"Een cola-rum," zei de vrouw op commandotoon.

De jonge vrouw, die verrassend blond was en veel groter, keek eerst naar mij alsof ze steun zocht. Letterlijk uit de hoogte kwam haar stem: "Kunt u even wachten, mevrouw, ik wilde net iets bestellen."

Ze sprak correct Portugees maar ik hoorde meteen dat ze buitenlandse was. Ik waagde de gok.

"Wat kan ik voor u betekenen?"

"Een cola, zonder rum."

We begonnen op hetzelfde moment te lachen en dat maakte de dikke woedend omdat ze waarschijnlijk dacht dat we het over haar hadden. Ze wilde weer in de aanval gaan toen ze gestopt werd door een hels kabaal dat van buiten kwam. Alle woorden bleven haar in de keel hangen door geschreeuw, gejoel en een hard hondengeblaf. De jonge vrouw draaide zich om en leek nu op een meisje dat naar de deur vloog. Vergeten was de cola en omdat de rest van de clientèle wilde weten wat er gaande was, bleef ik alleen achter in het vertrek. Ik wist wel dat de waakhond tekeerging in zijn ijzeren hok maar niet waarom. De witte herdershond, die heel wat mensen gewend was, bleek des duivels omdat twee Spaanse mannen hem aan het treiteren waren. De een sloeg met een wandelstok tegen de deur van het hok, terwijl de ander een hoog blafgeluid liet horen. Enkele vrouwen stonden dit tuig op te hitsen. De Hollandse aarzelde geen moment maar schopte haast sierlijk de wandelstok uit de hand van de Spanjaard, draaide zich een kwartslag om en duwde zijn metgezel tegen het hok. Ik vond het erg jammer dat hij snel reageerde en wegdook van de tralies, want de hond had hem anders zeker gegrepen. Op het moment dat de baas op het gekrakeel afkwam hield de hond op met blaffen: er viel een rare stilte.

Alles was misschien nog met een sisser afgelopen als de wandelstokman zijn mond had gehouden. Hij begon in vals Spaans tegen de blonde vrouw te schreeuwen.

Ik moest wat doen.

Het gaf me grote voldoening dat hij mijn reeks Portugese scheldwoorden aardig begreep maar mijn baas was niet zo blij. Hij zag namelijk de klandizie aan zijn neus voorbijgaan omdat unaniem besloten werd dat er ergens anders iets gedronken zou worden. En de blondine dronk slechts een cola.

Ik werd ontslagen en toen ik mijn spullen had gepakt zag ik buiten een fijn, gouden kettinkje liggen met een dolfijn als hanger. Dit paste niet bij de Spaanse dames, dus moest de Hollandse het in de strijd verloren hebben. Ik volgde opnieuw mijn neus en ging naar de grote camping, waar ik haar inderdaad vond.

"Hoe wist je dit ... waarom kom je juist hier?"

Ze bestookte me met soortgelijke vragen en ik kon haar vertellen dat ik gegokt had, net als bij onze korte conversatie aan de bar.

"Maar deze camping is zo groot en je wist mijn naam niet eens."

"Je bent geen camper of caravantype dus ben ik bij de tenten gaan kijken. Mijn naam is overigens Jonathan Vlinder."

"Suzanne Vermeer."

Wat er daarna gebeurd is heb ik dikwijls in gedachten teruggehaald maar de beelden veranderen steeds. Nu op dit hotelbed krijgen ze een zachtere kleur maar de schaamte blijft.

Nadat ik haar verteld had dat ik ontslagen was, hoorde ik dat zij de volgende dag naar Nederland vertrok. Ik maakte een afspraak met haar om het afscheid te vieren. We zaten die avond in een ander paviljoen en dronken te veel (ik weet natuurlijk niet wat haar grens is maar zeker is dat ik zwaar beneveld was). Ik geloof dat het wel een leuke avond was maar het feit dat ik op het eind hevig en compleet met haar heb gevrijd en ik me haar gezicht niet meer herinner, vervult me nu nog met spijt.

Ik weet wel haar woorden nog die ze na afloop zei: "Je moet me geloven, Jonathan, dit doe ik anders nooit bij een eerste afspraak."

Ik mompelde iets van: "Ik ook niet," maar dat was een grove leugen. Het was wel de eerste keer dat ik me schaamde. In feite is me nog het beste bijgebleven dat ze meisjesachtig nieuwsgierig het strandpaviljoen uitstoof.

En zo verdwijnt ze steeds. Zoals iedereen uit mijn leven verdwijnt. Dit is het thema van mijn bestaan dat echter nooit zal wennen. Ik besef terdege dat ik vaak zelf de aanleiding ben. Ik wens me liever niet te binden en waarschijnlijk straal ik dat naar alle kanten uit. Ik ben al een paar jaar de veertig gepasseerd en weet niets van een midlifecrisis, omdat mijn leven zich van de ene crisis naar de andere beweegt. In feite ben ik altijd zo oud geweest. Denk ik daarom met jaloezie en vertedering terug aan de gretige, haast kinderlijke rug van de blonde fee in het paviljoen?

Het wordt nu langzaam donker in deze hotelkamer en zoals wel vaker op dit uur krijg ik het benauwd. De kamer wordt kleiner en ik verwijt mezelf dat ik niet in de grote ben gebleven.

Adem rustig Jonathan, er is niets aan de hand. Het raam staat open en er is net zoveel zuurstof in de lucht als toen het nog licht was. Concentreer je op de tijd, dat helpt.

Wanneer ik zo op dit bed lig lijken de stemmen die ik binnen en buiten hoor op het lawaai dat zeevogels maken. Dat is niet zo gek omdat er ook echt af en toe de schreeuw van een meeuw te horen is. De stemmen beangstigen me, ze willen gulzig bij me binnendringen om me te vertellen wat ik moet doen.

"Jij ligt daar maar en wij hebben het druk, wij hebben een doel in ons leven terwijl jij nog nooit iets belangrijks hebt gepresteerd."

"Dat is niet waar," zou ik willen antwoorden: "Ik heb een paar keer in mijn leven een vrouw laten kreunen van genot."

"Dat is niet belangrijk want zelfs toen was je eigen genot groter. Ben je al eens ooit voor iemand door de pijngrens gegaan?"

"Nee."

"Heb je voor iemand je vrijheid op het spel gezet?"

"Ook niet."

Ik merk dat ik er alles voor over zou hebben als ik dagenlang tevreden zou zijn, gezellig kon leven met mezelf en af en toe uit verveling zorgeloos kon slapen midden op de dag. Maar nee, ik moet me weer zo nodig concentreren op de tijd.

Het is ongeveer twee maanden geleden dat ik werd ontslagen bij de strandtent. Ik vond mezelf best een goede ober omdat ik de walging die ik vaak voelde verbergen kon. Ik vroeg vaak met een brede glimlach: "Heeft u zich geamuseerd vanavond?", terwijl ik dacht: Rot toch eindelijk op man. Het was verboden om mee te drinken en de aangeboden biertjes werden maar mondjesmaat getapt. De baas wist echter niet dat ik stiekem whisky dronk wanneer de pret me te veel werd. Net voordat ik uit Portugal wilde vertrekken kreeg ik een nieuwe baan aangeboden. De vlucht vanuit Faro werd afgezegd. Een oude, verlepte Portugese man vroeg of ik hem tijdelijk in zijn café kon helpen. Het zou maar voor twee weken zijn want dan kwam zijn zoon terug. Ik twijfelde maar kon de blik in zijn ogen niet weerstaan. Voordat ik toe-stemde dacht ik echter: Het is een truc, je probeert me erin te luizen: er is helemaal geen zoon.

Toen bleek het café een cafetaria te zijn en ik had het kunnen weten omdat dit woord veel betekenissen heeft in Portugal. Meer dan twee weken lang sjouwde ik met bladen koffie met gebak, kleine pizza's en een soort tosti's. De zoon kwam niet terug maar ik was inmiddels gehecht geraakt aan de oude man en bleef.

Op een avond gebeurde er iets dat vreemd mooi was.

Ik weet al lang dat ik verliefd kan worden op een stem maar dan is degene die haar draagt meestal niet belangrijk (of het moet een bloedmooi meisje zijn dat als zangeres van een band mijn hart verovert). Het liefst luister ik naar klassieke of he-dendaagse cd's om me te verplaatsen in zuivere, rauwe of gedragen stemmen. In het koffiehuis werd ik betoverd door de hele vrouw. Ze zag er niet uit toen ze op een avond in de deuropening verscheen met een grote boodschappentas in de hand en ze had in een mum van tijd een kring van mensen om zich heen. Mijn oude baas was de eerste die op haar afstormde en hij verdween bijna in haar armen en weelderige gemoed. Dat ze Amália heette was toeval want ze was geen familie van de beroemde fadozangeres Amália Rodrigues. Ze zong ech-ter, wat mij betreft, nog mooier. Ze was gekleed zoals mijn grootmoeder vijfentwintig jaar geleden. Strak gladde, zwarte kokerrok die om haar enorme billen spande en een witte bloes met paarlemoeren knopen. Haar zwarte haar zat slor-dig in een grote speld op haar achterhoofd en was volgens mij ingesmeerd met olijfolie. Ze droeg geen make-up maar dit was ook totaal overbodig met haar sprekende donkere ogen, perfecte wenkbrauwen en vrij grote mond. Ik keek naar haar benen en zag dat deze welgevormd waren maar haar voeten zaten in stevige stappers; deze vrouw koos voor het gemak.

Even later zag ik dat ik me vergist had want ze ging naar achteren en kwam veranderd terug. Ze droeg nu glimmende rode schoenen met vrij hoge hakken, haar haren waren duidelijk opgepept. In haar oren hingen gouden ringen. Ik vroeg me af waar mijn fascinatie vandaan kwam voor een vrouw die zeker twintig jaar ouder was als ik. Maar ik begreep het toen ze na het eten voor ons ging zingen. Ze liet zich uitnodigen door de inmiddels toegestroomde mensen uit de buurt. Het waren hoofdzakelijk Portugezen en de tamtam had zijn werk snel gedaan. Amália Vadez (ik had niet eerder van haar gehoord) zong en er ging een hemel voor me open. Ik werd verwarmd, getroost, verblijd, soms boos en zelfs bang. Wat deed ze met me, terwijl ik lang niet alles van de tekst begreep? Amália werd begeleid door de baas die zijn gitaar had opgehaald en ik werd zo aangestoken door deze vrij unieke muziek dat ik mijn eigen instrument van boven haalde. Mijn klassieke gitaar was lang niet bespeeld maar volgde voorzichtig samen met de oude man de prachtige stem. Natuurlijk kwam *Lisboa* geregeld langs. Ook godsdienstthema's, kerken, Maria Madalena en de geliefde grond van Portugal.

Het gebeurde toen het bekende lied, *uma casa Portugesa* werd aangeheven.

Ik zou eigenlijk een wit huisje met blauwe versieringen in een bonte tuin moeten zien, zoals de tekst het me aangaf. Maar ik zag en hoorde iets totaal anders. Het drukke koffiehuis verdween om plaats te maken voor een schone, winderige omgeving. Ik stond dicht bij de kust en zag over donkergroene begroeiing heen in de verte de zee liggen. Het lag niet alleen aan de stralend blauwe lucht, de overvliegende meeuw en de frisse geur; er was meer. Ik wist op dat moment niet waarom maar ik stroomde boordevol geluk. Het was een sensatie die ik nooit eerder zo gevoeld had. Mijn hart bonsde, ik kreeg het warm en mijn ogen werden vochtig.

Ik was gestopt met spelen en het waren de ogen van de prachtige vrouw tegenover me die me weer terugbrachten in het koffiehuis. Ze zette weer een vrolijk lied in en ik besefte dat onze gitaren enkel dienden als begeleiding en voorzichtig op de achtergrond moesten blijven. Al gauw begreep ik dat zij daar anders over dacht want na een pauze vroeg ze me een solo te spelen. Ik weet niet meer wat ik speelde maar wel dat ik nog nooit zo mijn best heb gedaan. Ik wilde voor haar zingen zonder dat mijn stem erbij betrokken werd en het lukte aardig. Ze luisterde aandachtig en toen een vrouw uit het publiek mee wilde gaan klappen, liet ze haar onmiddellijk stoppen met haar blik. Na afloop van het lied stond ze op en maakte een diepe buiging voor me.

Maar wat slechts een paar mensen wisten, kwam dezelfde nacht nog aan het licht. In een paar uur tijd veranderde de betoverende, haast magische vrouw totaal.

Want Amália dronk.

Ze zette het toen haar bewonderaars haar als afscheid hadden gegroet, de hand gekust en een enkeling zelfs haar lippen had beroerd, op een zuipen. De vrouw die mij het visioen van onmetelijk geluk gegeven had, viel van haar voetstuk. Als ik toen geweten had dat alles begon bij het glas rode wijn dat ze me aanbood, dan had ik geweigerd. Nu voel ik me schuldig omdat ik meewerkte aan haar ontluistering. Want een bezopen vrouw (of man) is niet mooi en kan ook niet mooi meer zingen. Dat laatste was nog het ergste. Ik hoorde na enkele uren dat ze van een nachtegaal veranderde in een krassende kraai. Ze ging al gauw van rode wijn over op whisky, waar ik weigerde aan mee te doen. Als ze nu nog vrolijk was gebleven maar ze werd zo donker als de nacht en zweette wanhoop uit al haar poriën. In het begin zag ik de oude baas nog wat verlegen toekijken (hij dronk niet mee) maar al gauw verdween hij met een smoes dat hij moe was. Ik vermoedde dat hij het niet kon aanzien dat een buitenlander getuige was van de neergang van zijn vriendin.

Ik probeerde een excuus te bedenken. Deze vrouw had natuurlijk geen gewoon leven achter de rug. Wordt er niet altijd beweerd dat iemand alleen de fado goed kan zingen wanneer hij of zij gemangeld is door het leven? De meeste mensen kiezen na een uitbundige periode in hun jeugd, waarin ze desnoods de beest uithangen, voor rustige wateren. Ze schikken zich (soms met spijt) in een bestaan dat zekerheid verschaft en beseffen niet dat ze dan langzamer doodgaan. Wanneer ze dan drinken in een café of thuis, oreren ze over hun belangrijkheid en kijken neer op iemand die zich totaal durft over geven aan de drank en in de goot terechtkomt.

Ik probeerde Amália aan het praten te krijgen over wat haar dwarszat maar ik kwam geen stap verder. Er zat haar niets dwars, zei ze met een tong zo dik dat de woorden er verdraaid uitkwamen. Maar verdraaid of niet, ik begreep haar uitstekend. Ze beweerde dat ze een van de weinige mensen was die zich kon overgeven aan het feit dat het leven een groot gat was waar niemand kon uitkomen. Je kon hoogstens een heel enkele keer wat licht aansteken of proberen een ster uit de hemel te plukken. Het had geen zin om te zeggen dat ze mij een paar uur geleden nog in een stralend licht gedompeld had want haar woorden klonken als de tekst van een oeroude fado. Ze speelde toneel en bleef dat doen; ze weigerde echter bitterheid te leggen in haar gebarsten stem. Ik verdacht haar er bijna van dat ze nog steeds dacht dat ik haar prachtig vond, dat het een voorrecht was dat ik haar in deze staat van verloedering mocht aanschouwen. En ik moet zeggen: De inhoud van haar zinnen was nietszeggend maar bleef mooi, geen spoor van cynisme, spot of zelfbeklag.

En ik zoop mee, luisterde naar deze zwerfkat en wachtte

erop dat ze toch nog plotseling zo mooi ging zingen als aan het begin van de avond.

Dit gebeurde niet maar vroeg in de morgen scheen er toch nog een klein licht in het grote, zwarte gat want we lagen in elkaars armen en werden gewekt door het getokkel op een gitaar. Mijn oude baas zat met de rug naar ons toe op een caféstoel te spelen. Hij speelde zacht alsof hij rekening hield met de aansluipende hoofdpijn die me de hele dag plagen zou. En uit al de verdraaide, mishandelde woorden kwam uit de mist een zin naar boven die Amália gezegd had toen ze nog wijn dronk: "Ik heb je herkend, Jonathan; jij ziet net als ik onder alle vuiligheid de ultieme schoonheid."

Nu wist ik wat me in haar armen had gedreven.

Ik voelde me haast verraden en teleurgesteld toen mijn geheime voorspelling niet uitkwam. Een paar dagen later stapte Antonio alsnog de cafédeur binnen en sloot mijn ouwe in de armen. De dagen erna bleef ik werken omdat ik het vertikte om over mijn ontslag te beginnen. Vader en zoon zaten veel te praten en aangezien mijn Portugees niet zo best is, begreep ik weinig van hun gesmoes. Ik was al aan het rekenen gegaan hoe lang ik het kon uitzingen met mijn spaargeld toen Antonio me stralend kwam vertellen dat hij een baan voor me wist in Holanda.

Hij had een vriend in Nederland die nog geregeld naar de Algarve kwam.

"Waar woont die vriend?"

"In Bargen."

Ik kwam erachter dat hij Bergen bedoelde en hij had gebeld omdat hij zich schuldig voelde dat ik overbodig was geworden. De vriend had hem gezegd dat er een ober gezocht werd in een druk bezocht restaurant.

En dan gebeurt er iets dat om de zoveel tijd terugkomt en

meestal wanneer ik lig. Ik voel oeroud zeer maar het is niet eens zo heel lang geleden ontstaan. Alsof er een wond opnieuw gaat bloeden waarvan je dacht dat het al een litteken was. Mijn beste vriend Paul die hevig in de problemen is geraakt, laat zich door mij niet helpen en verdwijnt voorgoed uit mijn leven. Misschien dacht hijzelf dat hij verdwijnen kon maar voor mij ligt dat anders. Ik kan en wil hem niet wegdenken uit mijn systeem maar ben ontzettend bang voor deze pijnmomenten. Ik weet dat mijn lichamelijke reactie iedere keer anders is maar voordat ik kan opstaan beweegt mijn hart in mijn borst, het bloed lijkt weg te trekken uit mijn hoofd zodat ik duizelig word en ik sluit mijn ogen.

"Ga maar weg, lieve Paul en kom terug in een andere gedaante," zeg ik zacht en het helpt. De pijn verdwijnt langzaam en mijn hart en hoofd worden kalm.

Ik kom vermoeid terug van een lange wandeling naar de kust. Toen ik bij het strand was aangeland heb ik ruim een uur naar de golven zitten staren, beseffend hoe slecht mijn lichamelijke conditie was. Maar toch voel ik me nu beter en zelfs het hotel oogt een stuk vriendelijker. Wanneer ik de hal binnenstap gaat er iets van verwachting door me heen alsof er iets nieuws staat te gebeuren.

Ik ben dan ook totaal niet verrast dat de man achter de balie me roept en zegt dat er iemand naar me gevraagd heeft. Hij wijst enkel met zijn ogen naar een zitje in de hoek van de hal. Ik draai me om en zie een jonge vrouw die met haar rug naar de muur in een lage, leren stoel zit. Ze ziet er goed uit en haar blonde haren laten haar jonger lijken dan ze is. Dat zie ik pas wanneer ze opstaat en op me afkomt. Ze moet ongeveer van mijn leeftijd zijn. Haar blik glijdt naar de balieman en pas wanneer deze knikt breekt er een lach door op haar gezicht.

"U bent Jonathan Vlinder, ik zag het direct toen u binnen-kwam."

Haar stem klinkt vol en toch helder en ik besef weer hoe-veel waarde ik hecht aan de klank van een stem. Iemand kan nog zo knap zijn, wanneer de stem het laat afweten verbleekt deze schoonheid onmiddellijk: zoals kleuren ver-bleken als de zon achter de wolken verdwijnt. Ik word blij en nieuwsgierig, val over mijn woorden wanneer ik haar antwoord: "Ja ik ben Jonathan maar waarom ... wie bent u?"

"Sanne Bogaard maar dat zegt u niets, ik ben een vriendin van Suzanne Vermeer."

"Suzanne Vermeer."

De blije nieuwsgierigheid is er nog steeds maar ik word ook voorzichtig.

Wat heeft dit te betekenen?

Suzanne verschijnt voor mijn geestesoog en het wonder-lijke is dat ik me nu wel heel duidelijk haar gezicht herinner. Haar gezicht met woedende, donkere ogen die oplichtten op het moment dat ze opkwam voor de getergde hond. Op hetzelfde moment dat ik me dit herinner krijg ik de vreem-de gewaarwording dat er niet alleen iets nieuws maar zelfs iets groots gaat gebeuren. Het is een hele tijd geleden dat ik zo'n helder voorgevoel heb gehad. Er voltrekt zich een ver-andering in mij die ik nog niet plaatsen kan. Ik word voor een kort moment opgetild en kom ergens anders terecht. Op die plaats heb ik erg veel te doen maar ook ben ik er een totaal nieuw mens.

Ik probeer me te concentreren op de vrouw voor me maar zie dan dat Suzannes haren lichter waren. Ik zie haar weer rennen achter de Spaanse vrouwen aan en weet dat ze min-stens tien jaar jonger moet zijn dan Sanne Bogaard.

"Zullen we hier blijven of naar uw kamer gaan?"

"Nee," antwoord ik snel omdat de kamer me weer tegenstaat. Ook wil ik wel graag de buitenlucht in om weer wat gewoner te worden. Dus gaan we de straat op en zoeken een café waar we rustig kunnen praten. Ik laat de keuze aan haar over omdat ik sowieso het gevoel krijg dat zij de leiding heeft. En na een halfuur weet ik dat ze is gestuurd door Suzanne Vermeer om me uit te nodigen voor een gesprek. Ik moet in de Algarve toch indruk op haar hebben gemaakt want ze heeft zich nogal wat moeite getroost om me op te sporen. Later hoor ik dat ze is gaan bellen; te beginnen bij de camping aan de kust, via het strandpaviljoen en het koffiehuis, in Bergen terecht is gekomen. Het enige raadselachtige is dat haar vriendin het hotel heeft gevonden waar ik nu verblijf.

De vriendinnen hebben een totaal verschillende baan en wonen in Schoorl. Sanne is de eigenaar van een souvenirshop en Suzanne werkt bij een kleine uitgeverij in Schoorl die zich gespecialiseerd heeft in natuurboeken. Dit laatste wist ik al omdat ze me dit heeft verteld voordat we dronken werden. Hoe ver (in plaats) en gelijktijdig dichtbij komt me die nacht nu voor. Ik schaam me en ben blij dat ik tegenover Sanne zit die, omdat ze in Bergen zaken moest regelen, als boodschapper gebruikt is. Nu kan ik zelf kiezen of ik Suzanne nog wil ontmoeten. Maar zo vrijblijvend lijkt alles niet te zijn. Sanne maakt me al gauw duidelijk dat Suzanne me niet uitnodigt voor een gezellig onderonsje maar dat ze me dringend wil spreken. Ik word onrustig door de manier waarop haar oudere vriendin me probeert te overtuigen en merk dat ik steeds minder zin krijg om haar opnieuw te ontmoeten. Het voorgevoel van iets groots blijft maar krijgt een onaangename glans. Ik zie even de gestalte van Ingrid (mijn eerste grote liefde) voor me en weet dat ik niet klaar ben voor een nieuwe relatie. Ik verlang opeens hevig naar haar rustige en heldere kijk op het leven en besluit Suzannes vriendin een eerlijk antwoord te geven.

"Ik weet niet of ik haar wil ontmoeten: onze eerste avond samen was een vergissing, ik denk dat ze dat zelf ook wel weet."

Is het verbeelding of klinkt Sannes stem doffer wanneer ze antwoordt: "Vergissing of niet, ik zou je dringend willen vragen naar Schoorl te gaan."

"Ik zal wel zien."

Nu wordt de blonde engel kwaad. Ze staat op, torent boven me uit en snauwt: "Ik weet dat ik me er niet mee moet bemoeien maar ik vind dat je misselijk reageert: zo verschrikkelijk was die nacht in de Algarve toch niet."

Dit laatste vraagt ze niet maar ze constateert een feit, alsof ze alles van bovenaf gezien en gehoord heeft. Ik bloos warempel en ondanks dat ik ook kwaad word, antwoord ik: "Rustig maar, geef me haar telefoonnummer dan maak ik binnenkort een afspraak."

Sannes gezicht wordt ondoorgrondelijk en haar stem neutraal (alsof ze onmiddellijk spijt heeft over haar uitval) wanneer ze zegt: "Ik heb het adres en haar nummer al voor je opgeschreven."

"In dat geval is er geen ontkomen meer aan."

Deze zin is als grap bedoeld maar tovert niet opnieuw die mooie lach op Sannes gezicht. Ze neemt even later koel en afgemeten afscheid en wil niet dat ik haar naar haar auto begeleid.

Ik heb Suzanne Vermeer gebeld maar aan haar adres heb ik voorlopig niets omdat ze me blijkbaar niet thuis wil ontvangen. Heeft Sanne verslag gedaan van mijn misselijke gedrag en heeft ze daarom besloten me op neutraal terrein te ontmoeten? Het terras van het restaurant aan de voet van het befaamde klimduin zit tamelijk vol maar ik zie Suzanne onmiddellijk. Ze zit aan een tafeltje met haar rug naar het publiek en houdt de steile zandberg in de gaten. Ik heb me bewapend tegen van alles maar kan het niet voorkomen dat ik opnieuw ontroerd word door haar achterhoofd, schouders en rug. Ik ben zelfs even blij dat ze toch niet voorgoed uit mijn leven is verdwenen.

Ik laveer tussen de tafels door, nog voordat ik kan kuchen of haar naam noemen draait ze zich om en kijkt naar me op.

"Je weet me alweer feilloos te vinden ondanks dat ik me heb omgekeerd; ik heb net besloten te blijven."

"Twijfelde je dan, Suzanne?"

"Ja, maar ik moet wel met je praten."

Ik ben gaan zitten en verbaas me over het gemak waarop we de draad weer oppakken. Ik zie dat ze nog net zo mooi is, alleen meen ik een lichte schaduw te zien onder haar ogen alsof ze dagenlang slecht heeft geslapen. Ik wil net vragen hoe het met haar gaat als ik word afgeleid door een tafereel op het klimduin. Een jonge vrouw zit op haar hurken met een camera voor haar gezicht naar een jongetje te kijken. Het ventje wordt letterlijk omlaag gesleurd door een pluizige, middelgrote hond. Met beide handen houdt hij de riem vast en is kennelijk niet van plan hem los te laten. Hij blijft even op de been maar rolt al gauw schaterend door het zand. Er wordt gelachen op het terras. Suzanne draait zich om en ziet nog net de laatste salto in het opstuivende zand voordat de hond tot stilstand komt. Ik verwacht dat ze ook zal meegaan in de algemene vrolijkheid maar ik vergis me. Ze kijkt toe hoe de moeder toesnelt, het jongetje rechtop zet en hem begint af te kloppen.

Ze lacht dus niet maar trekt zich terug in zichzelf. Ik krijg het gevoel dat ik mijlenver van haar verwijderd ben en dat het wederzijdse begrip is verdwenen als sneeuw voor de zon. We zitten minutenlang op een stilte-eiland en ik schrik dan ook wanneer ze plotseling zegt: "Ik denk dat ik een verkeerde keuze heb gemaakt, op dit terras kunnen we niet praten; of beter gezegd kan ik niet vertellen wat ik op mijn lever heb."

Ik hoor een bitterheid in haar stem die ik niet bij haar vind passen, kijk naar haar handen die zenuwachtig bewegen.

"Ik woon hier niet ver vandaan zoals je misschien al weet en bij mij is niemand die de boel kan verstoren."

Opnieuw heb ik, net als bij Sanne, niets te vertellen en volg haar even later naar een vrijstaand huis even buiten het dorp. Haar tuin is groot, bestaat hoofdzakelijk uit een groot grasveld omzoomd door bomen en struiken. Tussen twee berken is een hangmat bevestigd waarin een dik boek ligt. Suzanne opent de voordeur, gaat me voor naar een ruime kamer met aangebouwde serre. Overal staan boekenkasten en kastjes met glas ervoor maar verder zie ik weinig meubels. Ik word echter bijna jaloers op het prachtige antieke bureau dat onder een raam staat. Het staat daar dominant en de leren zetel die erbij hoort zinkt haast in het niets. Suzanne wijst me een stoel aan bij een eettafel en vraagt of ik iets wil drinken.

"Koffie graag."

"Zwart met suiker?"

"Hoe raad je het zo."

"Dit raad ik niet maar weet ik nog van Portugal alhoewel we daar weinig koffie gedronken hebben."

Verbaasd kijk ik haar aan om weer te beseffen dat ik bijna alles vergeten ben van onze avond en nacht samen en dat komt niet alleen omdat ik me volgegoten heb met drank. Waarom wil ik in godsnaam vergeten dat ik gevreeën heb met deze prachtige, jonge vrouw? Het duurt niet lang of ik krijg hierop een antwoord. Ze vertelt me namelijk met een doffe stem en zonder enige emotie dat ze zwanger is. Haar donkere ogen kijken me niet aan maar houden zich vast aan het robuuste bureau alsof ze daar alleen kracht uit kan putten. Ikzelf ben met stomheid geslagen en zit een tijd roerloos naar haar gezicht te staren. Dan voel ik paniek en de oude behoefte om op de vlucht te slaan. Ik moet iets zeggen wil ik niet verdwijnen of uit elkaar vallen in duizenden stukken. Maar ik zeg natuurlijk weer het totaal verkeerde en kwets Suzanne onherstelbaar.

"Hoe lang al? Ik kan onmogelijk de vader zijn na die ene nacht."

Ze geeft geen antwoord maar staat op, loopt snel de kamer door, via de gang de tuin in. Ik blijf nog even zitten om dan achter haar aan te gaan; niet om me te verontschuldigen maar omdat ik haar antwoord wil horen. Er bestaat immers nog een kleine kans dat ik inderdaad de vader niet ben. Onder het lopen besef ik echter hoe belachelijk ik me gedraag.

Suzanne zit in de hangmat met haar voeten in het gras en wacht. Ik verwacht een defensieve houding maar die blijft uit, wel klinkt haar stem licht ironisch wanneer ze rustig zegt: "Ik had dit wel verwacht en ben dan ook niet onder de indruk. Ik ben ruim twee maanden in verwachting en jij bent wel degelijk de vader; dat kan altijd nog medisch bewezen worden."

Waarom word ik nu kwaad?

Waarschijnlijk omdat ik geconfronteerd word met de herinnering aan mijn moeders verhaal van de vlucht van mijn vader voor mijn geboorte. Dit verhaal had totaal niets te maken met de visioenen die ik van hem had als kind. En Suzanne moet daarvan afblijven; net zoals ik mijn moeder ver van mijn vaderdromen hield.

Opeens breekt het zweet me uit en neemt mijn angst grotere vormen aan. Mijn ogen zwerven door de tuin om een houvast te vinden en wanneer ik weer terechtkom bij Suzannes gezicht zie ik dat ze me aankijkt. Ze heeft waarschijnlijk geen flauw benul van wat er door me heen gaat maar daar vergis ik me in. Haar stem klinkt bezorgd: "Ik begrijp dat je geschrokken bent, ik heb ook een aanval van paniek beleefd maar toch besloten om mijn kind een kans te geven."

Ze zegt mijn kind en dat is volkomen terecht; het is van haar, enkel van haar en ik wil me er niet mee bemoeien. En dan pas krijg ik het gevoel dat ik te ver ben gegaan. Mijn woede, die natuurlijk het gevolg is van angst, verdwijnt en ik zie haar weer als de vrouw die ik bewonder, waarvoor ik toch tedere en zelfs hartstochtelijke gevoelens heb gehad. Ze verdient het dat ik eindelijk eens normaal naar haar luister en me niet gedraag als een gefrustreerde puber.

Ik ga op het gras zitten omdat ik niet op haar wil neerkijken en zeg zacht: "Sorry, Suzanne, het spijt me, ik ben inderdaad hevig geschrokken en weet me totaal geen houding te geven. Ik heb al moeite om me te binden en dit bericht gaat heel ver."

"Dit bericht, zoals jij het noemt, betreft een levend wezen en ik vind dat jij er recht op hebt te weten dat het bestaat."

"Ik weet het niet."

"Had je dan liever dat ik gezwegen had en alles alleen had opgeknapt? Dat zou ik zelf wel aangedurfd hebben. Ik heb veel nagedacht en ben tot de conclusie gekomen dat mijn kind moet weten wie zijn vader is."

"Ik voel me geen vader."

"Toch ben je het."

Opeens zie ik mezelf door haar ogen: een egoïstische, laffe vent die een miserabel leven leidt.

Alsof deze gedachte vorm aanneemt schuiven er donkere wolken voor de zon, er steekt een bries op die de struiken en bomen in beweging zet. Ik ruik de geur van verandering en naderende regen en wanneer er even later een bui losbarst pak ik Suzannes hand om met haar naar het huis te rennen. Binnen in de kamer verjaagt ze de ingevallen duisternis door de lamp op het bureau aan te klikken, ze laat me alleen en ik zak op een stoel bij de eettafel. Ik hoor haar bezig in de keuken, volg haar dan omdat ik eigenlijk weg wil terwijl ik besef dat dit nu nog niet kan.

"Ik maak iets te eten want ik sterf van de honger."

Haar stem klinkt gewoon, vriendelijk bijna en ik ga beschaamd in op haar aanbod om mee te eten. In tegenstelling tot de zitkamer maakt de keuken een rommelige indruk, rommelig maar bewoond. Het vertrek is zo groot dat het geschikt is om er maaltijden te koken voor een groot gezin. Suzanne lijkt zich thuis te voelen tussen het aanrecht, fornuis, blinkende koperen pannen, de blank geschuurde tafel en kasten gevuld met keukenspullen.

"Ik voel me prima, nooit misselijk maar ik moet wel vaker eten anders word ik ongenietbaar. Wil jij de sla klaarmaken?"

Ze schuift een krop sla, tomaten, een ui over het aanrecht en haalt een fles dressing uit de koelkast. Het volgende kwartier was, meng en versier ik de salade alsof ik al jaren thuis ben in deze keuken. Ik vraag niets maar vind feilloos de ingrediënten die Suzanne naar mijn mening vergeten is. Inmiddels bakt zij vlees en aardappels, het begint hemels naar gewone pot te ruiken, op smaak gebracht met een vleugje voortreffelijkheid. Ik merk dat ik ook behoorlijk hol ben vanbinnen, moet me inhouden om niet steeds van de sla te snoepen. Wanneer we eten (en ik ben blij dat dit aan de keukentafel gebeurt) voeren we een gesprek dat ondanks de wijn helderheid brengt. Ze schenkt een glas halfvol en lengt het aan met water, dan schuift ze de fles naar mij toe. We eten en net als ik me wat rustiger begin te voelen, zegt ze zonder omhaal: "Jonathan, ik weet dat ik meerdere stappen verder ben dan jij maar we moeten praten hoe het verder moet."

"Een mens moet altijd verder dan hij in gedachten was; het vlees smaakt voortreffelijk."

"Waarom dwaal je steeds af? Je moet absoluut niet denken dat ik je wil claimen. Je kunt verder gaan met je leven maar ik wil dat je weet dat ik hoe dan ook een vader voor mijn kind wil."

"Dat is nogal tegenstrijdig."

"Ik wil geen geld van je en zit er al helemaal niet op te wachten dat je bij me komt wonen."

"Ben ik zo afschrikwekkend?"

"Nogal ja."

Het gesprek neemt ondanks mijn verweer een gunstige wending; we komen ten slotte tot een overeenkomst: Suzanne zal me op de hoogte houden wanneer er ingrijpende veranderingen zullen ontstaan in de zwangerschap, ze moet daarom steeds weten waar ik uithang (waarom steiger ik niet direct?). Wanneer het kind geboren wordt zal ze me dat laten weten. Dan merk ik dat er voorlopig dus niets van mij geëist wordt want Suzanne zakt achterover in haar stoel en zegt: "Veel verder dan dit heb ik nog niet nagedacht. Het is alsof de zwangerschap me meer bij de dag laat leven; alsof we samen wel weten hoe alles gaat verlopen."

"Samen?" vraag ik verward.

"Ja samen: het kind en ik in die volgorde. Je gelooft toch niet dat ik jou bedoelde?"

Ik sta aan de zijlijn, kijk naar Suzanne en wil nog steeds niet geloven dat dit blozende, helder formulerende meisje de moeder van mijn kind gaat worden. Toch is er iets binnen in me dat dolgraag wil capituleren. Komt dit door het gezamenlijk koken in deze wonderkeuken of door de maaltijd die onze oude vertrouwdheid weer laat opleven? Ik word me ervan bewust dat ik voor het eerst in lange tijd even geen angst voel. Het is goed zo, spreek ik mezelf toe.

Misschien doe ik daarom, omdat ik het niet geloven wil, wat ik altijd doe wanneer ik vooruitga: ik verpest alles.

Ik sta op, schuif mijn stoel zo ruw naar achteren dat hij omvalt en zeg: "Laten we ophouden met dromen, waar ga jij mijn bed opmaken?" (Suzanne had al op de helft van de maaltijd besloten dat de toekomstige vader niet meer rijden kon).

De wind is gaan liggen, de nacht zucht zwaar onder de regen, donkere wolken maken de hemel nog zwarter en ik weet dat dit een afscheid is maar niet wat er nog staat te gebeuren. Ik moet hier weggaan omdat me iets in de schoot geworpen is waar ik geen raad mee weet.

Ik probeer te begrijpen waarom mijn wereld op de kop staat. Liggend in het smalle bed voel ik opeens dat het niet alleen gemeen was om te zeggen dat ik twijfelde aan mijn vaderschap maar dat het een leugen was. Ik wist op het moment dat het me verteld werd dat Suzanne Vermeer de waarheid sprak. In die nacht van onze heftige samensmelting heb ik niets beseft maar nu is alles mogelijk.

Waarom word ik bang bij de gedachte aan Suzannes verdwijnende rug, terwijl ikzelf dolgraag wil verdwijnen?

Wanneer ik terug ben in het hotel en de kamer bekijk die me tijdelijk onderdak biedt weet ik opeens dat ik niet in Bergen wil blijven. Evenmin kan ik de baan aanvaarden waar ik dezelfde middag nog een gesprek over zou hebben. Ik houd mezelf voor dat ik niet opnieuw de horeca in wil, ook al is dit een job met meer vooruitzichten. Ik zou de baas van het restaurant gaan helpen die me de fijne kneepjes zou bijbrengen van de goede eerlijke keuken, om zich dan later terug te trekken om van zijn welverdiende rust te gaan genieten.

"Geen horeca meer," zeg ik hardop en stoot mijn teen venijnig tegen het houten bed.

Ik word kwaad en weet dat dit komt omdat ik de lafheid die me steeds meer besluipt niet wil voelen. Het gaat helemaal niet om die baan natuurlijk; ik moet ervandoor omdat ik besef dat mijn leven totaal is veranderd. Ik ben tot nu toe in mijn egocentrisch bestaan voor weinig mensen verantwoordelijk geweest. Bovendien zijn deze allemaal dood en ik wens niet opnieuw binnenstebuiten gekeerd te worden.

Voordat ik echter iets anders kan ondernemen moet ik de oude man bellen met die wonderlijke naam. Ik zoek en vind het briefje in mijn agenda en lees: Pierre Hulme.

Dan weet ik weer waarom ik op het aanbod van de jongen in Monte Gordo ben ingegaan. Het was deze naam geweest die me nieuwsgierig had gemaakt; geen Nederlandse naam maar een Nieuw-Zeelandse. Ik was dan ook teleurgesteld geweest na het eerste telefoongesprek. De man was echt Hollands en was absoluut geen familie van Kiri Hulme de schrijfster, waar ik een groot bewonderaar van ben.

Toch besloot ik naar Bergen te gaan omdat de restaurantbaas mijn vraag niet vreemd vond en hij een stem had die me beviel.

Dat ik nu iets anders moet gaan zoeken is duidelijk want ik wil niet zo dicht bij de bron van mijn verwarring wonen. Ik heb al zo lang geleden besloten in het hier en nu te leven en dat is onmogelijk wanneer ik Suzanne Vermeer blijf volgen. Vroeger meende ik dat ik in de toekomst kon kijken; ik werd soms verplaatst in een situatie die daarna echt gebeurde. Ik wens niet meer aan dit verleden te denken; evenmin heb ik de behoefte om me bezig te houden met de ontwikkeling van de foetus in Suzannes buik. Mijn zoon heeft niets aan een verwarde vader die soms de hele wereld haat. Het is al erg genoeg dat ik zeker weet dat het een jongen is, die nog zwemmend in vruchtwater zijn kans afwacht.

Het eerste visioen van mijn afwezige vader wil de kop opsteken en ik ben weer even de jongen op het schoolplein die hem dolgelukkig herkent. Maar ik vloek hardop om deze wereld te verdrijven en ga me douchen. Dat dit een wijs besluit is besef ik wanneer de warme stralen op mijn hoofd de herinnering terugbrengen aan die stortbui in Barcelona. Ik was naar die stad gevlucht nadat mijn beste (en enige) vriend gestorven was. Ik werd ontvangen met regen. Het is een cliché om te zeggen dat deze bui mijn verdriet wegspoelde maar Barcelona heeft me veel gegeven. Ik kwam er na maanden tot de conclusie dat ik wel degelijk in staat was mijn leven weer op te pakken; om er echt iets van te maken.

Er zijn maar weinig steden waar ik naar terug verlang en zij is natuurlijk de oplossing. Want dat Barcelona een vrouw is daar ben ik van overtuigd, net als de stad Gent voor de dood van mijn vriend, nam ze me troostend op in haar schoot.

Ik had in Gent geleerd dat ik van mijn ongrijpbare angsten kon afkomen door me open te stellen tijdens de discussies in de kroeg. Ik had er een echte vriend aan overgehouden maar ook mijn eerste grote liefde beleefd.

Reflectie

Ik ben klein, stevig, ongeveer vier jaar oud en net aangemeld bij de kleuterschool. Mijn moeder brengt me naar school op een van die dagen in een oeverloze tijd, als de eenzaamheid nog niet is begonnen. Alles is helder, er klinkt vaak muziek in mijn hoofd en er is me verteld dat dit een mijlpaal in mijn leven wordt. Ik weet al wel dat ik morgen alleen gelaten word op het stoeltje dat ik nu mag uitproberen. Ondanks de vrolijke kleuren in het lokaal, de grappige dierensnuiten die als kapstok dienen, de zachte stem van juf Ellen, ben ik blij als ik weer buiten sta. We gaan samen op weg en ik houd stevig de hand van mijn moeder vast terwijl ik toch heel goed de weg naar huis weet. Vanaf de school zijn het maar twee straten: een lange met aan weerszijden dezelfde saaie huizen met tuintjes beplakt, dan onze straat die rommelig is maar stukken mooier. Hier zijn de tuinen groter en vaak verwaarloosd maar dat geldt niet voor de onze die aan het eind ligt van de weg, op een steenworp afstand van het bos. Omdat mijn moeder meer van onze tuin houdt dan van het huis, heeft ze een lusthof geschapen die zijn weerga niet kent. In het voorjaar, de zomer en de beginnende herfst loopt ze 's morgens vaak allereerst in haar pyjama naar buiten, snuffelt als een hond en raakt met verliefde vingers bladeren en bloemen aan.

Het is daarom niet vreemd dat de herinnering aan mijn moeder meestal verankerd is in het buitengebeuren en vooral in onze zomerse tuin. We gaan ook wel wandelen in het bos maar dicht bij huis heb ik niets nodig want wat wil een kind nog meer: de lucht, strakblauw of bewolkt, vol geuren en geluiden. Het lijkt wel alsof de vogels in ons territorium mij allemaal kennen en het nieuwsgierige roodborstje zit vaak te wachten tot ik buiten kom. De houtduiven kunnen me ondanks hun vaak onhandige gedrag veel leren. Een van hen steekt zijn kop helemaal onder water in de vijver en schudt dan zijn verentooi. Mijn moeder noemt het toilet maken en zegt dat ze zich ook wel op deze manier wil wassen iedere morgen. Ik kan moeiteloos de bloemen, de varens en het weer afsterven van deze pracht voor me zien. Er is avontuur te beleven in alles om me heen: met mijn ogen een grote naaktslak in zijn zilveren slijmspoor volgen, de bijen en hommels bekijken die iedere kleurige kelk inkruipen en soms geel bespikkeld weer tevoorschijn komen. Van mierenhopen ben ik een beetje bang omdat ik niet begrijp waar de mieren zo driftig mee bezig zijn. Nooit krijg ik de neiging insecten of andere dieren te verzamelen in potjes en zelfs dode exemplaren laat ik met rust: ik zie onmiddellijk dat ze, wanneer ze dood zijn, alle glans verliezen, dof worden en slap. Dat wordt anders als ik in de tijd, dat er nog niemand die ik ken gestorven is, gefascineerd word door de dood. Alsof ik toen al kon voorzien dat ik veel verlies zou lijden.

Ik creëer mijn kleine kerkhof in het wilde stuk van de tuin en begraaf er allerlei dieren. Van torren, kevers, slakken tot egels, muizen en een paar katten. De ereplaats krijgt een duif die zonder dat ik het begrijp waarom, zo maar ineens omvalt en stopt met ademen. Ik heb een zwak voor deze soms onbenullige vogels. Hun naïviteit ontroert me en ondanks hun grootte zijn ze vaak het slachtoffer van de katten in de buurt.

Nu is het hoogzomer en ik laat haar hand pas los vlak voordat ze de sleutel in het voordeurslot steekt. Ze opent de deur en we stappen de donkere, koele gang in. Ze zegt: "We gaan theedrinken bij de vijver, Jonathan" en ik voel dezelfde onrust die er ook was in de kleuterschool. Dat komt omdat ik gisteren iets zag bewegen in de vijver dat er niet thuishoort.

Geen kikker, vis of wriemelend zwemmend insect maar iets veel groters. Ik heb er niets over gezegd en was het alweer vergeten.

Maar nu is het er weer! Wanneer ik via de keuken de tuin instap sluiten mijn ogen zich vanzelf ter bescherming tegen het felle zonlicht. Rond de vijver heeft mijn moeder groenachtig gaas gespannen tegen verdrinking. Ik weet dat ze al een tijd aarzelt om het weg te halen omdat ik al zo'n grote jongen ben. Ik kom voorzichtig naderbij omdat de herinnering aan het grote, onbekende ding weer is teruggekomen. Ik tuur door het gaas maar zie alleen zonnevlekken bewegen over het water. Ik heb me weer eens voor niets druk gemaakt. Ik schuif de lage, houten tafel tegen het gaas en klim erop. Morgen ga ik echt naar de kleuterschool, dus mag ik nu wel bij de vijver zitten. Maar vanuit de hoogte verschijnt toch weer dat grote ding en ik word bang.

Ik zie duidelijk dat het geen ding is maar een magere, bleke hand met een uitgestoken vinger.

Ik huiver, wankel, verlies mijn evenwicht en val over het gaas.

Dan gebeurt er van alles: ik kom vrij hard op de grond terecht, stoot mijn hoofd tegen een dikke steen en val in het water. Het is alsof ik door een spiegel die breekt val: water is toch niet zo hard? Nu ben ik me bewust van een glibberige, stinkende kou die mijn armen en benen insluit en door mijn kleren trekt. Op hetzelfde moment zie ik dat de bleke hand een lichtbruine tak is en in plaats van opgelucht te zijn, stroom ik boordevol paniek. Mijn ogen, oren, neus, mond en gaten waar ik me minder bewust van ben, lopen vol. Ik drijf ergens rond in een plas die veel groter is dan onze vertrouwde vijver. Ik zak dieper en zie de takhand boven me hangen, er springen luchtbellen uit de priemende vinger.

Misschien leeft hij toch! Een onderwatergegons breekt los in mijn hoofd en nu hoor ik dat de bellen geluid kunnen maken. Ik steek mijn armen omhoog en duw de magere hand opzij. Het helpt want nu stijg ik weer op.

En hier houdt de herinnering op die echt van mezelf is. Er zijn andere zaken gebeurd en mijn moeder heeft alles zo vaak verteld, dat ik soms niet weet wat van haar is en wat van mij. Zeker is dat ze binnen in het huis de theepot en twee glazen op het dienblad had gezet. Ze liep ermee over het gras toen ze de plons hoorde. Ze gooide alles van zich af en begon te rennen.

"Zo hard heb ik nog nooit en nooit meer gerend. Jonathans hoofd kwam net weer boven water toen ik het gaas vertrapt had.

Hij zei iets over een hand.

Ik ben op mijn buik gaan liggen en kon hem er zo uittrekken."

Gek is wel dat ik, altijd wanneer ze dit vertelt, aan de kleine bruingroene pad moet denken die haar volgde door de tuin. Ze was, ook ergens in de zomer, onkruid aan het uittrekken. Overal waar ze liep volgde het padje en als ze stilstond, bleef hij achter haar wachten. Ik heb haar gezegd dat hij dit deed en dat het beestje dacht dat zij z'n moeder was.

Ze heeft toen haar potzwarte tuinhandschoenen uitgetrokken en mijn hoofd vastgepakt in haar warme, klamme handen. Lachend zei ze: "Nee schatje, de pad heeft er geen benul van wat hij doet. Hij heeft me waarschijnlijk alleen gevolgd omdat ik bewoog."

Heb ik haar daarom niets verteld over de magere, bleke hand?

Nog jonger ben ik als er iets schokkends gebeurt waarbij mijn moeder voor de eerste keer de rol van mijn beschermengel vervult. Ik moet haar op haar woord geloven omdat ik hier geen enkele herinnering aan heb overgehouden. Ik ken dit verhaal zo goed omdat het zo kostbaar is, ze heeft het springlevend gehouden. Omdat ik haar slechts acht jaar bewust heb meegemaakt, koester ik die beelden die door haar zijn opgeroepen: de zoete baby, ondernemende peuter, kleuter die langzaam banger wordt.

Wie ben ik?

Ben ik uniek of wat anderen (en vooral mijn moeder) van mij vinden?

Ik ben ruim een jaar oud en loop sinds twee weken vrij rond, ook klim ik overal op en dit veroorzaakt vaak pijnlijke valpartijen. We zijn op bezoek bij een soort tante, een kennis van mijn moeder. Ze woont in een flat en heeft een miniatuurtuin op haar balkon gemaakt. De twee vrouwen steken daar dikwijls de koppen bij elkaar; mijn moeder kan het dan niet laten om met haar vingers door de potgrond te woelen. Ik ben alleen in de kamer en zit zoetjes met de legosteentjes te spelen, die tante voor me uit de kast gehaald heeft. Dan moet er gelopen worden en vervolgens geklommen. Er staat een grote, pluchen stoel (zeg maar gerust zetel) onder het raam. Het is nog een hele klus deze te beklimmen maar even later sta ik triomfantelijk op het zachte zitkussen. Het is in de tijd dat er nog geen dubbele beglazing en veiligheidssloten werden gemaakt in de woningen die overal volop gebouwd werden. Ik sta dan al gauw in de vensterbank en ben waarschijnlijk sprakeloos over het uitzicht. Dit weidse huizen- en stratenpanorama is weer iets dat onderzocht moet worden. Ik zie dat het raam vlak voor me dezelfde kruk bevat als sommige ramen thuis.

Ik druk, duw, laat dan los en het glas verdwijnt naar links. Een verrassende frisheid glijdt over me heen, er is geen wind maar toch lijkt alles ver onder me te bewegen. Ondanks mijn opwinding blijf ik zelf minutenlang bewegingloos staan. Ik hoor niets van wat er achter mij gebeurt en ben dan ook stomverbaasd wanneer ik plotseling wordt opgetild, rondzweef door de lucht en op de vloer wordt gezet.

Maar waarom is mijn moeder mijn beschermengel geweest?

Ze wordt op dat bloemenbalkon plotseling onrustig. Het zijn slechts een paar passen door de keuken, de gang, de kamer in. Ze blijft als aan de grond genageld staan (ik kan het niet helpen, het zijn haar woorden), voelt zich compleet verlamd als ze haar zoon in de vensterbank ziet staan, vier verdiepingen boven de begane grond. Het duurt niet lang of de tante staat naast haar maar moeder beduidt met haar handen, die nog onder de zwarte aarde zitten, dat ze niets mag doen. Dan sluipt ze geruisloos naar de onheilsplek, tilt haar lieveling op en redt zo zijn leven.

"Wanneer ik had geschreeuwd, was Jonathan zeker gevallen!"

Als het waar is dat ervaringen uit iemands jeugd invloed hebben op de rest van zijn leven, dan heb ik hier tot nu toe weinig van gemerkt.

Ik ben dol op water, zwem overal waar het maar even kan en ben niet bang voor verdrinking. Evenmin heb ik hoogtevrees maar dat is misschien te verklaren: ik voelde waarschijnlijk geen angst toen ik als peuter op de vensterbank voor het geopende raam stond. Ik vraag me echter weleens af of ik, wanneer ik een andere moeder had gehad, net zo dol op muziek was geworden als ik nu ben.

Ik heb in mijn leven heel wat muziekinstrumenten bespeeld maar zij heeft het eerste gemaakt. Het is niet nodig hier lang over na te denken want de klanken liggen als een kostbare schat opgeborgen in mijn ziel. En ook zie en ruik ik de plek nog waar mijn moeder het tevoorschijn toverde.

Ik kan er zo naartoe lopen.

Helemaal achter in de tuin tegen de hoge laurierheg, heeft ze wilde planten laten groeien: eigenlijk heeft ze deze uit het bos meegenomen, ze geplant en verzorgd tot ze zich ook bij ons thuis voelden. De wilde rododendron, metershoge varens, vingerhoedskruid en lelietjes-van-dalen. Ik ben hier graag, er is zelfs iets om op te klimmen en wanneer ik groter ben kan ik erop zitten: een stevige boomstronk die vanonder met mos is begroeid. Ik heb mijn moeder gevraagd waarom de boom is omgezaagd maar dat weet ze niet omdat zij het niet gedaan heeft.

Op een dag, wanneer het voorjaar al op zijn einde loopt en de zon aan kracht gaat winnen, neemt ze me mee. Ze doet geheimzinnig en vertelt dat ze een verrassing voor me heeft. Ik voel me opgewonden omdat het wel weer iets wonderbaarlijks zal zijn dat ik te zien krijg. Een rare steen die op een paddenstoel lijkt, een mierennest of echt iets heel nieuws. Ik praat druk en veel omdat ik zo vlug mogelijk weten wil wat ze voor me in petto heeft. Maar er is niemand in de wereld die de spanning zo kan opvoeren! Bij de wilde plek gaat ze op haar tenen lopen, zodat ik plotseling een beetje bang word. Misschien zit er tussen al dat hoge groen een heel eng beest verscholen. Ze staat nu stil bij de boomstronk en zegt dat ik moet gaan zitten. Ik zie dat de grond voor mijn voeten aangestampt is en dat er iets staat dat bedekt wordt door een groene lap stof. Moeder trekt die lap er voorzichtig af en gooit hem met een sierlijk gebaar in de struiken. Ze ziet er net zo opgewonden uit als ikzelf.

Er is een rij flessen tevoorschijn gekomen, ze staan glanzend in gelid, proberend het zonlicht te vangen. Ze zijn groen maar totaal anders dan de bladeren en het mos en daarbij ook nog allemaal verschillend. Ik zit nu sprakeloos te kijken en zie dat iedere fles gedeeltelijk met water is gevuld, de een wat meer dan de andere.

Het is mooi maar het wordt nog veel mooier! Mijn moeder haalt een hamertje uit de zak van haar broek. Het uiteinde is omwikkeld met een breed elastiek, waarmee de postbode vaak de brieven bij elkaar houdt. Nu knielt ze voor de flessen en heft het hamertje omhoog. Ze tikt tegen de eerste fles die een zuivere, hoge toon geeft, ze begint te spelen. Ze bespeelt mijn eerste muziekinstrument want er zweeft echte muziek door de tuin. Iedere fles klinkt anders, later zegt ze dat het tonen zijn en leert ze me de toonladder. Ze is een tovenaar want het glas begint steeds mooier te zingen, een voor mij nog onbekend lied. Op het eind slaat ze een roffel op de fles met de donkere klank. En wanneer ze stopt zegt ze iets dat de verrassing compleet maakt: "Deze flessen zijn voor jou, Jonathan, je mag alleen nog een naam bedenken."

Dat is niet zo moeilijk omdat mijn hart boordevol geluk zit. Ik neem het hamertje over dat me plechtig wordt overhandigd en zeg: "Dit zijn mijn flessen en ik noem ze: het Donderglas."

Ik heb gemerkt dat ik wel kan proberen te vertellen hoe die muziek klonk maar dat het eigenlijk onmogelijk is.

Omdat de betrokkenheid van mijn vader na mijn verwekking stopte, heb ik de naam van mijn moeder. Kort daarna is hij verdwenen, mijn geboorte heeft hij zelfs niet afgewacht. Hij kan net zo goed dood zijn.

Meestal heb ik hier geen last van, alleen moet ik hem een keer tot leven wekken op het schoolplein.

Er is me wel vaker gevraagd wie en waar mijn vader is maar ik mompel dan steeds dat ik het niet weet omdat hij over de wereld zwerft. Ik kan natuurlijk onmogelijk het korte verhaal van mijn moeder vertellen: het verhaal dat ik zo vaak gehoord heb maar waar ik niets mee kan.

Ze had hem tijdens een vakantie in Wenen ontmoet en om precies te zijn: ze had naast hem gezeten in het operagebouw, waar *Norma* werd opgevoerd. Na afloop waren ze iets gaan drinken in die wonderstad en daarna met elkaar naar bed gegaan. De volgende dag beloofden ze elkaar trouw en hij smeekte haar om in Wenen te blijven. Maar na twee maanden werd die belofte door mijn vader verbroken, toen hij hoorde dat mijn moeder zwanger was. Hij was diezelfde dag nog verdwenen. Mijn moeder zei: "Ik had het kunnen weten, hij was Oostenrijker en die zijn nu eenmaal onbetrouwbaar."

Ze was nogal vaag geweest over zijn uiterlijk.

"Hij was blond maar verder herinner ik me niet veel."

Maar op het schoolplein weet ik opeens hoe hij eruitziet.

Het is op een stralend zonnige dag, de wind brengt belofte-geuren mee: warm, zoet en vol mysterie. Ik sta in een kring van vijf jongens en luister naar de stoere oudste. Ik weet niet meer wat hij precies vertelt maar wel dat hij ongelooflijk trots is op zijn vader.

En daar is opeens mijn vader!

Hij staat onder de kastanjeboom op de hoek van het plein. Hij is groot en torent boven de leerlingen uit, kijkt alleen mij aan met staalblauwe ogen in een gebruind gezicht. Zijn blonde haar is kort geknipt en laat een hoog voorhoofd vrij: verder een forse neus en de lippen iets geopend. Hij staat daar minutenlang doodstil met gespreide benen en met een hand in de zak van zijn broek. Dan verdwijnt hij net zo plotseling als hij is verschenen. Ik zeg dwars door het betoog van de jongen heen:

"Mijn vader heeft me bezocht maar hij is alweer op reis."

Ik schrik zelf van de stilte die ontstaat en ben nog de meest verbaasde van de kring. Maar omdat ik ervan overtuigd ben dat ik de waarheid spreek, ben ik op dat moment nergens bang voor. Ik ben altijd een buitenstaander geweest en nu is dat veranderd. Ik weet hoe mijn vader eruitziet en verwacht dat alles goed zal komen.

En dat komt het ook.

De pauze is voorbij en voordat we naar binnen rennen stelt een van de jongens de juiste vraag: "Hoe ziet jouw vader eruit?"

"Hij is groot, sterk en blond."

Mijn privékerkhof krijgt een extra dimensie nadat ik de dode man heb gevonden. Het is in de tijd dat ik de wereld buiten de tuin ga verkennen en rondzwerf in het bos. Meestal ga ik met twee jongens uit de buurt die zich mijn vrienden noemen maar ik voel dat niet zo. Echte vrienden delen alles samen, ik ben daar voorzichtig mee omdat ik niet weet of ze te vertrouwen zijn. Ze hebben mijn kerkhof al ontwijd door er te gniffelen en rare opmerkingen te maken en mijn moeder vinden ze vreemd.

"Ze is altijd vies," zegt de een en ik antwoord verontwaardigd: "Ze is niet vies, ze heeft alleen vaak aarde van de tuin onder haar nagels."

Toch had ik die jongens graag bij me gehad op die dag in het bos.

Het is een mooie zonnige middag en erg rustig tussen de bomen; te rustig naar mijn smaak. Alleen de vogels fluiten omdat het 's morgens nog geregend heeft en er dus genoeg wormen en insecten te vinden zijn. Ik sta te twijfelen bij een dode veldmuis of ik hem zal meenemen naar huis maar vind dan dat alleen tuindieren er recht op hebben begraven te worden. Ik schuif wat aarde en dennennaalden over het wollige lijkje en loop door.

Ik vind het niet vreemd dat ik soms kan voelen dat het hier vroeger anders was. Vooral in Limburg bij mijn grootmoeder krijg ik vaak de sensatie dat de bossen verarmd zijn maar ook hier groeiden er ooit behalve sparren en dennen kastanjes, lindebomen, eiken, beuken en misschien wel bomen waar nog nooit iemand van gehoord heeft. De rododendron voelt nieuw en door mensen aangeplant maar de wilde roos is uit het bos verdwenen, zoals veel meer wilde bloemen en daardoor is ook de bosgeur veranderd. Ook weet ik zeker dat er veel meer water was. Wilde stroompjes die over stenen kabbelend naar meertjes stroomden, waarin de takken van de treurwilg hingen. En berken waren toen nog sterke bomen met zilverwitte stammen en buigzame kronen die de hele dag ritselden in de wind. Ze werden niet binnen enkele jaren oud, om bij de eerste stormen in het najaar omver gerukt te worden.

Toch ben ik wel tevreden met mijn bos want dat het mijn bos is en dat van mijn moeder daar bestaat geen tijfel over. Als we weleens, hoogst zelden, iemand tegenkomen, doen we hooghartig alsof we de persoon niet zien en slaan een ander pad in. Mijn moeder zegt dan lachend dat die indringer eigenlijk achter een boom moet gaan staan, zodat wij hem niet zien. De dieren verstoppen zich vanzelf maar wij weten precies waar hun hol is. Het vossenhol zit al jaren op dezelfde plek onder een kromgegroeide boom.

Ik heb allang ontdekt dat buiten de paden zwerven een stuk leuker is, dus loop ik tussen de bosbessen naar een open plek met reuzenvarens.

Ik kijk net omhoog om de hemel te zien als ik struikel. Ik val net niet maar schrik want er ligt een man voor me op zijn rug, met zijn benen uit elkaar. Waarschijnlijk is zijn voet het struikelblok geweest en ik kan nog van geluk spreken dat ik niet boven op hem ben gevallen. Dan zie ik dat hij daar niet ligt te rusten of te slapen want er kleeft bloed aan zijn voorhoofd. En niet alleen daar want de linkerkant van zijn gezicht is rood bevlekt en zelfs de aarde waar zijn bloed ingesijpeld is, is verkleurd.

Ik word bang maar raak toch voorzichtig zijn hand aan en daarna de schone wang. Onder de baardstoppels is hij koud en pas als ik de starende, doffe ogen zie weet ik dat de man dood is. Ik kokhals want ik vind de sterke geur die hij verspreidt erger dan wat ik zie. Maar mijn fascinatie voor de dood verandert op slag door de stille man in de varens. Ik kijk niet aandachtig zoals ik een dood dier bekijk. Ik kijk zelfs nauwelijks maar ondanks dat staat het asgrauwe gezicht met het gestolde bloed op mijn netvlies gebrand als ik naar huis ren. Mijn moeder wordt ingelicht en ze belt naar het politiebureau. Ze weigert mij mee te laten gaan naar de plek des onheils.

"De jongen is totaal overstuur; ik ga wel mee, die open plek in het bos kan ik jullie wijzen. Ik zal Jonathan eerst naar de buren brengen."

Ik ben haar dankbaar dat er gebeurt wat zij zegt en krijg de indruk dat ze na afloop wanneer ze me ophaalt niet alles vertelt.

"De man heeft zich waarschijnlijk aan een tak verwond en moet er al een tijd gelegen hebben."

Ik weet niet waarom maar ik geloof haar niet, ik zeg echter niets.

Mijn moeder heeft niet kunnen voorkomen dat twee agenten mee naar huis komen die mij gaan ondervragen. Ik merk dat ik weer bang word, nog banger dan in het bos. Het feit dat ik aan vreemden hardop vertellen moet wat ik gezien heb maakt dat ik het nooit meer vergeten kan. Dat het me jaren zal bijblijven. Als ik het alleen aan mamma had verteld was het anders geweest. Maar dit gevraag is zo belastend dat ik de kans niet krijg om te vergeten. Ik voel me schuldig en besef dat er nog meer is waar ik niet bij kan komen.

"Weet je nog hoe laat het was toen je de man vond?"

"Nee."

"Was je alleen?"

"Ja."

"Ga je vaker in het bos wandelen?"

"Ja."

"Hoe heb je hem gevonden?"

"Hij lag op zijn rug met de benen uit elkaar, ik struikelde over zijn voet."

"Weet je wie de man is?"

"Nee, ik heb hem nog nooit gezien."

"Heb je hem aangeraakt?"

"Ja, nee, ik weet het niet meer."

De gezichten van de agenten worden oplettend en ik word misselijk van ellende. Nu komt mijn moeder tussenbeide. Ze kijkt de grootste agent, die al de vragen gesteld heeft, verwijtend aan. Ze heeft vuurrode vlekken op haar wangen en haar blik boort zich in de zijne.

"Ziet u niet dat de jongen aan het eind van zijn krachten is?"

"Ja, maar ik moet hem deze vragen stellen."

"U moet nu alleen vertrekken en ons met rust laten."

Ik droom die nacht dat de man door een onbekende van-achter een boom door het hoofd geschoten wordt. Ik ben dan ook niet eens verbaasd dat de twee agenten de volgende dag naar ons huis komen en mij opnieuw vragen wat er precies gebeurd is. Ik vertel weer hoe ik de man gevonden heb maar hoewel ze dit geloven, het is niet genoeg. Ze willen weten of ik nog iemand anders gezien of gehoord heb in het bos, of op de weg ernaartoe. Ik krijg opeens zo'n duidelijk beeld van mijn droom dat ik me moet inhouden om niets te zeggen. "Nee," zeg ik enkel, word rood en begin te beven. Een van de agenten kijkt bezorgd en zegt dat ik niet bang hoef te zijn en dat ik rustig alles kan vertellen. Nu grijpt mijn moeder in: "Jullie hebben toch gehoord wat hij gezegd heeft. Hij heeft alleen de dode man gezien, laat hem met rust."

Ik besluit ondanks dat ik weer dankbaar ben haar niets te zeggen over de droom en kom wekenlang niet meer bij mijn kerkhof. Mamma hoeft me niet te zeggen dat ik niet alleen het bos moet ingaan, ik huiver al bij de gedachte. Veel later doe ik wat ik van mezelf moet doen: Ik bezoek de plek en ondanks dat er helemaal niets bijzonders meer te zien is, leg ik een gladde, witte steen op de plek waar de man gestorven is.

Ik vraag me af waarom ik, terwijl ik zo veel van het bos weet, niet door hetzelfde bos gewaarschuwd ben. Als er momenten bestaan die eeuwen overbruggen en ik het van binnenuit ken, waarom kon het dan niet het rampuur voorspellen zodat ik thuis had kunnen blijven? Ik weet dat ik anders met de tijd omga dan de mensen die ik ken maar wat tot nu toe heel gewoon was krijgt een onrustige, angstige ondertoon.

Maar het leggen van de steen blijkt niet voldoende te zijn. De droom blijft in mijn gedachten spoken en wordt, omdat hij niet verandert, een soort obsessie. Ik weet steeds meer dat het echt gebeurd is, dat de man in het bos is doodgeschoten. En tegelijk in dit besef word ik bang dat de dader mij misschien gezien heeft. Ik probeer me vast te houden aan de gedachte dat het slachtoffer, zoals mijn moeder zei, er al een tijd lag maar dat maakt alles niet minder luguber. In plaats van dat ik mijn moeder in vertrouwen neem, zoek ik de verkeerde persoon uit om mijn zorgen mee te delen. Bij mij in de straat in een van de oude, vrijstaande huizen, woont een meisje voor wie ik al een tijd een zwak heb. Ze is nogal eenzelvig, heeft weinig vrienden of vriendinnen en speelt net als ik meestal alleen in de tuin. Ze heet Angelien, roept me op een keer door de heg wanneer ik langsloop en laat me een opgerolde egel zien. Dit is niet nieuw voor mij maar toch reageer ik enthousiast. Het is niet zo dat we hierna vrienden worden maar we zoeken elkaar wel steeds meer op. Dan zie ik haar na de fatale middag in het bos een hele tijd niet meer.

Mijn moeder vertelt me dat ze ziek is, dat ze in een donkere kamer moet liggen vanwege een huidaandoening. Ik stel me dus echt een pikdonker hol voor waarin ze eenzaam ligt te lijden maar dat valt mee. Mamma zegt: "Ga haar eens opzoeken, iedereen vermijdt het naar haar toe te gaan maar haar kwaal is niet besmettelijk."

Dus sta ik op een middag in haar kamer die verduisterd wordt door gordijnen maar waar het best gezellig is door de lamp naast het bed. Ze ligt niet eens op bed maar zit in een rode, pluchen stoel dicht bij de lamp. Ik bekijk haar voor de eerst keer echt goed. Ze moet ongeveer net zo oud zijn als ik en voor een tienjarige is ze klein en tenger. Ze heeft lang, zwart haar dat los hangt en ronde bruine ogen. Ik vind haar best mooi, alleen zijn haar oren nogal groot zodat ze duidelijk zichtbaar uit haar haren steken. Ik ga op een rechte stoel zitten en vraag: "Hoe gaat het met je?"

"Het gaat wat beter want het jeukt niet meer."

Ik kijk naar haar gezicht en armen, zie wat vage vlekjes en zeg: "Je mag zeker weer vlug naar buiten."

"Nee," antwoordt ze wat minachtend.

"In het zonlicht gaat het weer mis."

Ik zit net te bedenken dat ik spijt heb dat ik gekomen ben,

wanneer ze plompverloren zegt: "Jij hebt die dode man in het bos gevonden, dat was zeker eng."

Ze vraagt niets maar constateert een feit en dan ga ik de fout in. Ik weet niet of ik indruk wil maken of dat ik eindelijk van mijn grote geheim afwil, ik sta op en zeg: "Ik heb gezien dat de man is doodgeschoten door iemand die achter een boom stond."

Onmiddellijk weet ik dat dit verschrikkelijk is, dat ik niet meer terug kan. Het meisje kijkt naar me op, haar ogen verwijden zich maar ze is niet echt onder de indruk.

"Wat zei de politie hiervan?"

"De politie weet van niets."

"Heb je het dan niet verteld?"

Ik raak ernstig in verlegenheid omdat ik niet verwacht had dat ze me zou geloven.

Hoe red ik me hieruit?

Ik kan onmogelijk de boel terugdraaien door te zeggen dat ik dit alleen gedroomd heb, dan zal ze me ongelooflijk kinderachtig vinden. Ik draai me dus steeds dieper in de nesten.

"Ik heb niets verteld omdat ik bang ben dat de moordenaar me dan te grazen neemt."

Nu heb ik haar volledige aandacht. Haar ogen glanzen en haar gezicht krijgt een dieprode kleur zodat ze er steeds gezonder uit gaat zien. Ikzelf daarentegen word misselijk, ik moet een paar keer slikken om de prop in mijn keel kwijt te raken. Ik krijg het benauwd en wil maar een ding: Zo snel mogelijk verdwijnen!

Ik voel me niet opgelucht dat ik verteld heb waar ik wekenlang mee rondliep en stoer ben ik al helemaal niet. Ik verzin een smoes om weg te komen, zeg dat ik me niet lekker voel en zie de teleurstelling in haar ogen. Ik ren naar huis en ondanks dat het prima weer is, ga ik naar mijn kamer en kruip onder mijn bed. Ik voel me ellendig alsof ik iets verkeerds heb gedaan dat nooit meer goed te maken is.

Het is de eerste keer in mijn leven dat ik me niet veilig voel in ons huis en ik lig te beven wanneer ik mijn moeder hoor die de trap opkomt. Ze roept me en ik druk mijn gezicht op de stoffige vloer, zie haar benen in de deuropening verschijnen en dan weer verdwijnen. Dan moet ik niezen en hoor haar lach.

"Ja, Jonathan, ik heb je gevonden, kom maar onder je bed vandaan."

Ik doe wat ze zegt en ze begint nog harder te lachen wanneer ze mijn bestofte haren ziet. Maar haar vrolijkheid verdwijnt onmiddellijk als ze goed naar me kijkt. Waarschijnlijk ben ik een toonbeeld van ellende want ze komt bezorgd op me af.

"Wat is er jongen?"

Ik hoef geen antwoord te geven want op hetzelfde moment wordt er gebeld. Mamma komt toch dichterbij en zegt: "Ik kom zo terug, liefje."

Dan gebeurt er daar beneden iets vreselijks. Ik luister ingespannen en herken de stem van de moeder van Angelien. Ze praat heftig, mijn moeder antwoordt rustig en het duurt allemaal veel te lang. Ik voel me opgelucht en gespannen tegelijk wanneer de vrouw eindelijk verdwenen is en mamma weer naar boven komt. Dan volgt er een van de moeilijkste gesprekken van mijn leven.

"Kom eens bij me en vertel me nu eens wat er echt gebeurd is."

Ik kruip naast haar op mijn bed en ze slaat een arm om me heen.

"Ik heb alles verteld, mamma."

"Je hebt tegen Angelien gezegd dat je een man gezien hebt in het bos die achter een boom stond."

"Dat heb ik gedroomd."

"Alleen gedroomd?"

Nu komt het erop aan en mamma is zo zacht en warm dat ik het haar kan toevertrouwen. "Ik heb het gezien en ik weet zeker dat de man is doodgeschoten."

Mamma zwijgt lang, ik voel echter geen enkele verandering in haar omarming en zucht opgelucht. Dan komt haar stem wat onvast: "Ik ben blij dat ik nu alles weet." Ze neemt mijn hoofd tussen haar handen en kijkt me aan. "Je hoeft niet meer bang te zijn jongen, ik heb het voor elkaar dat niemand je meer lastigvalt. Ik heb aan de moeder van Angelien uitgelegd dat jij een levendige fantasie hebt. Ik heb de waarheid gesproken en gelogen want ik weet dat jij precies weet wat er met die dode man gebeurd is. Het was een visioen dat je via een droom kreeg. We laten het nu rusten en probeer alles zo vlug mogelijk te vergeten."

Dan zie ik dat mijn moeder niet opgelucht is zoals ik; er ligt bezorgdheid maar ook verdriet en angst in haar ogen en ik krijg onmiddellijk spijt. Ze heeft gesproken over een visioen en hoewel ik dat woord maar half begrijp weet ik dat ik er beter niet over kan praten. Ik neem me heilig voor dat, wanneer zoiets weer gebeurt, ik alles voor mezelf zal houden.

Dezelfde avond komt mamma bij me als ik net in bed lig, ze vraagt me of we samen kunnen zingen. Ik krijg de indruk dat ze het heel dringend vraagt en het harder nodig heeft dan ik. We zingen *I am sailing* en ik hoor dat zij dit moeilijke lied zuiverder zingt dan ik. Er valt iets zwaars van me af en na afloop van het lied maakt ze alles nog lichter door te zeggen: "Ik wil heel eerlijk zijn, jongen, ik ben vanmiddag bang geweest dat er iets met jou kon gebeuren maar dat is nu over. De politieagent heeft me die dag verteld dat de dode man er al dagen gelegen had, dus kan de dader jou niet gezien hebben."

Ik maak met mijn vuisten een holletje in het kussen om te gaan slapen. Mijn moeder helpt me, trekt een beetje aan het kussen en het dekbed zodat alles precies goed ligt en ik denk: mamma weet nu alles van me en ik vermoed dat ze altijd alles heeft geweten, zelfs dat ik mijn vader ken.

Maar wat weet ik van haar?

Ze heeft geheimen waar ik niets van weet, uit de tijd dat ik er nog niet was maar ook van na mijn geboorte. Maar wanneer ze weg is en beneden in de keuken rommelt weet ik precies wat ze gaat doen. Ik hoor vaatwerk rinkelen, ze spoelt nu snel de afwas af, om daarna de tuin in te lopen om waarschijnlijk naar de lucht te kijken. En dit is voldoende voor mij want in al die alledaagse dingen herken ik haar en is ze me oneindig dierbaar.

Ik vertel mijn moeder dat er een nieuwe onderwijzer is op school die erop staat dat de leerlingen hem bij zijn voornaam noemen. Hij heet Peter en ik kan het niet helpen dat ik me vaak vergis. Ik blijf steeds mijnheer zeggen.

"Is hij aardig?"

Ik wil ja zeggen maar krijg opnieuw het vreemde gevoel dat ik kreeg toen ik hem het klaslokaal zag binnenkomen.

"Ik weet het niet."

"Je hebt gelijk, dat moet je eerst afwachten."

Maar na een paar keer vind ik hem beslist niet aardig omdat hij tegen me zegt dat hij het niet leuk vindt dat ik hem mijnheer blijf noemen.

"Jonathan schept afstand," schrijft hij met sierlijke letters op het bord en ik schaam me dood. Nu weet ik dat mijn eerste gevoel klopt: deze Peter is niet te vertrouwen, hij is zo glad als een aal, doet overdreven vriendelijk maar ik zie duidelijk dat hij daar iets mee wil bereiken waar ik de vinger niet op kan leggen.

Wanneer ik mijn moeder vertel wat hij op het bord heeft geschreven denk ik dat ze net zo boos zal worden als ik maar ik vergis me.

"Was hij kwaad toen hij dat schreef?"

"Nee, hij lachte en zei dat ik mijnheer nu wel zou vergeten en dat we vrienden waren."

"Vrienden word je alleen wanneer je dat allebei wilt maar waarschijnlijk meent hij het goed. Geef hem een kans, jongen, als je voortaan Peter zegt dan laat hij je wel met rust."

"Ik wil zijn vriend niet zijn."

"Dat hoeft ook niet en hij heeft het waarschijnlijk niet letterlijk bedoeld."

En mamma krijgt gelijk want ik krijg geen extra aandacht meer wanneer ik net als de rest mijn onderwijzer Peter noem. Ik moet na een tijd toegeven dat hij best meevalt. Hij brengt leven in de lesuren en krijgt het voor elkaar dat ik zelfs rekenen leuker ga vinden. Hij kan enorm goed vertellen, ik hang aan zijn lippen als hij geschiedenisles geeft. De jaartallen en feiten uit het verleden komen haarscherp voorbij maar wat nog het belangrijkste is: ze krijgen het gezicht van levende mensen. Ik krijg soms het gevoel of ik verplaatst word, of ik zelf aanwezig ben in het woelige gebeuren van de middeleeuwen, de Gouden Eeuw of de negentiende eeuw.

Peter zorgt ook voor uitstapjes met de klas die heel bijzonder zijn. We gaan met z'n allen (ongeveer vijfentwintig jongens en meiden net voor de puberteit) naar de Zwarte beek. Dit is een beek met vrij diep water in de buurt van de school, die volgens onze onderwijzer vol zit met biologische wonderen. De dag tevoren zegt hij bij het uitgaan van de klas: "Neem allemaal je zwembroek en badpak mee en het liefst ook een handdoek."

Mijn moeder luistert wanneer ik enthousiast vertel wat we gaan doen in de biologieles. Ze zegt: "Zie je wel dat die Peter wel meevalt, ik ben heel benieuwd de volgende week."

"De volgende week?"

"Dan is er toch ouderavond."

Ik besef dan dat mamma een van de weinige moeders is die nog geen kennis heeft gemaakt met Peter. Veel moeders zijn hem openlijk of met een smoes de hand komen schudden, mijn moeder heeft het echter veel te druk.

Het uitje naar de Zwarte beek wordt een groot succes. We verzamelen ons bij een grote open plek en ik weet al hoe mooi het geluid is van het water dat over stenen en een bodem van fijn donker zand kabbelt. Alleen is dit nu slecht te horen omdat het gekakel en geschreeuw de boventoon voeren. Peter heeft dit waarschijnlijk ook door want hij sommeert ons dat we stiller moeten zijn. Dan, als we allemaal zitten, begint de les. Veel weet ik al maar ik luister toch geboeid als van groot naar klein de omgeving ontleed wordt. De twijgen die een eind verder over het water buigen en waarvan sommige in het water hangen, zijn van een wilgenboom. Natuurlijk weet ik al dat daarnaast een berkenboom staat die vanonder geheel is begroeid met mos. Op de schrale bodem groeien tussen het magere gras nog meer mossoorten en in het water drijven vette dotterbloemen.

Ik raak in een lome stemming, laat me meevoeren door Peters stem, schrik dan op wanneer hij opstaat en zegt: "Zo nu even pauze, tijd voor ontspanning. Uit de kleren allemaal en het water in." Onmiddellijk wordt het weer rumoerig. De klas verspreidt zich en de zwemkleding wordt uit de tassen gehaald. De dapperste leerlingen kleden zich uit aan de oever maar vele duiken achter wat struiken om iets later giechelend tevoorschijn te komen. Dan zegt een jongen spijtig dat hij zijn zwembroek vergeten is en staat wat onnozel met alleen een handdoek in zijn hand. Onze onderwijzer geeft onmiddellijk raad.

"Dan ga je toch in je blootje, Vincent, dat is wel zo lekker."

Vincent aarzelt maar als hij de plagerige blikken om zich heen ziet trekt hij vliegensvlug zijn kleren uit. Hij is de eerste die het water inspringt en luid gillend verkondigt dat het ijskoud is. Het blijkt dat Peter zijn zwembroek al aan heeft want hij stapt uit de kleren en wil Vincent volgen. Dan bedenkt hij zich, kijkt naar de wachtende kinderen en roept enthousiast: "Mijn zwembroek gaat ook uit, wie volgt?"

En op slag verandert de stemming. Er hangt grote opwinding in de lucht en ik voel een plezierige spanning in mijn buik. Op de eerste plaats heb ik nog nooit in levende lijve een naakte man gezien, ik kijk dan ook een tel later met grote ogen en rode wangen naar het blote lijf van Peter. Veel bijzonders is het niet, ik weet natuurlijk al lang dat volwassen mannen vanonder behaard zijn en bij mijn onderwijzer is deze beharing overvloedig en donkerder dan zijn hoofdhaar. Veel spannender echter is op dit moment dat een paar meisjes zijn voorbeeld volgen en bloot de beek ingaan. En hier zie ik het omgekeerde: Het kroezig behaarde onderlijf van mamma ken ik al zo lang, dus zijn die blote spleetjes de moeite waard om goed bekeken te worden. Wanneer iedereen in de beek is, van steen naar steen springend, elkaar nat spattend, verdwijnt de spanning in mijn buik. Ik probeer de vlugge handen van Peter te ontwijken die me probeert te vangen, om me in het diepe gedeelte van de beek onder te dompelen. Ik heb plezier en geniet ervan dat ik hem steeds te vlug af ben en niet zoals een paar andere jongens kopjeonder ga.

Hij roept: "Jonathan schept alweer afstand" en of het door het heldere water komt of door de wolkenloze hemel: ik voel me deze keer niet vreemd of ongemakkelijk.

Deze middag blijft me dan ook bij als de middag van zorgeloos genieten, van kind zijn, van onschuldig genot. Ik begrijp niet dat ik Peter die eerste dag niet kon vertrouwen, dat er een donker waas kwam in mijn hersenen, dat ik het gevoel had dat ik op mijn hoede moest zijn.

Hij is geweldig en hij houdt van dezelfde dingen als ik. Bij hem vergeleken zijn de andere onderwijzers en juffen kleurloos en saai. Hij heeft bruine haren, lijkt niet op mijn vader maar ik denk wel dat hij rustig mijn vader mag worden. Na die middag bij de beek vind ik het heerlijk wanneer ik extra aandacht krijg. Ik ben apetrots wanneer hij zegt dat ik heel veel van de natuur weet en voel me gelukkig als hij me bijna ongemerkt een knipoog geeft.

Maar mamma ziet Peter niet voor het eerst op de ouderavond. Ze gaat al eerder naar hem toe omdat ze altijd van zichzelf uitgaat. Direct na de middag bij de Zwarte beek gonst het van de geruchten. Wanneer enkele ouders op de hoogte zijn van wat er daar gebeurd is, weet spoedig iedereen ervan en wordt Peter onder vuur genomen. Wat wij kinderen wel wat vreemd maar ook uiterst spannend vonden, kan volgens velen niet door de beugel. Ik leer nieuwe woorden zoals pedofiel en maniak, het woord flikker begrijp ik echter verkeerd.

"Nee, jongen," zegt mijn moeder, "flikker betekent niet misdadiger maar is hetzelfde als homofiel."

Dus kan Peter mijn vader niet worden omdat hij van mannen en jongens houdt, of maakt dat geen verschil? Ik ben verward, luister gretig naar mamma wanneer ze zegt: "Luister niet naar dat geroddel, Jonathan, ik ga het hem vanavond zelf vragen."

Het onaangename gevoel dat door me heen gaat druk ik opzij want ik wil zo graag dat mijn held gezuiverd wordt en wie kan dat beter dan mijn moeder?

Zij heeft er tot nu toe altijd voor gezorgd dat vreselijke

ervaringen in goede banen werden geleid en lang zo erg niet leken als ze waren in mijn ogen. Maar als zij nu ook vindt dat Peter te ver is gegaan, wat gebeurt er dan? Gedachten, woorden, hele zinnen over trouw gaan er door me heen. Ik wil zo graag pal achter mijn onderwijzer gaan staan want dan word ik zeker zijn beste vriend, zoals hij in het begin gezegd heeft. Maar ik twijfel niet over het gebeuren bij de Zwarte beek; die eerste ontmoeting in de klas komt steeds vaker terug. En wat nog veel erger is; soms schaam ik me, terwijl ik niet weet waarom. Het lijkt op de sensatie die ik kreeg toen ik een zwerver in een druk winkelcentrum uit een vuilnisbak zag eten. Hij viste er een stuk rookworst uit dat iemand net had weggegooid en zette er gretig zijn tanden in. Ik had me zo geschaamd dat ik schichtig om me heen keek, de man ving mijn blik op en lachte.

Peter woont in een pension omdat hij nog op zoek is naar een eigen woning. Het duurt erg lang voordat mamma terugkomt van haar bezoek aan hem. Ze ziet er moe uit en ik besef dat dit de laatste tijd veel vaker gebeurt. Haar gezicht wordt dan vervormd door een schaduw die haar mondhoeken naar beneden trekt, haar oogleden zijn zwaar en verbergen gedeeltelijk haar ogen. Toch zijn de berichten die ze brengt niet somber. Ze vertelt me dat Peter erg aangeslagen is en dat ze hem gelooft: Dat hij beslist geen pedofiel is die kleine kinderen misbruikt. Voor de eerste keer zie en hoor ik dat mamma heel veel moeite heeft met praten, dat ze naar woorden zoekt en niet alleen om het mij duidelijk te maken maar ook om zichzelf te overtuigen.

Ze zegt voorzichtig: "Het was heel dom van hem om zich helemaal uit te kleden voor de klas."

Ik val haar in de rede en vraag: "Waarom was dat dom, mamma?"

"Ik vind dit heel moeilijk uit te leggen maar ik zal het proberen. Een leraar moet op de eerste plaats gezag hebben en zijn hoofddoel moet zijn jullie veel te leren. Hij mag niet aan zijn eigen plezier denken en ik heb van hem begrepen dat hij dat wel heeft gedaan."

"Hij heeft alleen maar met ons gespeeld."

"Ja jongen, en dat is nu precies wat hij niet had moeten doen."

"Heeft hij nog iets over mij gezegd?"

"Ja, ik moet je de groeten doen en hij hoopt dat jij niet kwaad op hem bent."

Verbaasd kijk ik naar mijn moeder want ik hoor nu duidelijk in haar stem dat ze dit eigenlijk niet had willen zeggen omdat ze deze woorden van Peter ook dom vindt.

Wanneer ik in bed lig en de gedachte heb weggestuurd dat mamma er niet alleen moe maar ziek uitzag, probeer ik op een goede manier aan Peter te denken. Ik laat de middag bij de beek als een film aan me voorbijgaan. De gebeurtenissen worden net als in een droom uitgerekt en tegelijkertijd gebeurt toch alles in een uur (dat zie ik op de wekker naast mijn bed). Ik wil de blijheid voelen en besef dan dat dit moeilijk is omdat de venijnige geruchten op school en vooral mamma's woorden mijn onderwijzer van zijn voetstuk hebben gehaald. Toch weet ik zeker dat niemand mij deze warme uren kan afnemen. Dat de stem van Peter en alles wat hij vertelde me een goed gevoel hebben gegeven, dus heeft hij niet alleen aan zijn eigen plezier gedacht.

Op de ouderavond is Peter afwezig. Hij is nog maar een paar dagen op school geweest en toen op non-actief gezet. Ik mis hem en vraag aan mijn moeder wanneer hij terugkomt. Ze weet het niet maar gaat ervan uit dat alles wel zal meevallen, dat hij terugkomt wanneer de gemoederen tot bedaren zijn gekomen. Ik zit op mijn kamer en denk net dat mamma soms net zo praat als mijn grootmoeder, als de bel gaat. Even later ren ik de trap af omdat ik de vertrouwde stem van mijn verloren onderwijzer hoor. Hij lacht als hij me ziet maar toch is zijn lach veranderd; het plagerige, speelse is verdwenen. Ik vraag me onmiddellijk af: ga je nooit meer met me spelen of mag dat alleen op school niet?

Ik weet niet of het door mij komt maar wanneer hij met mijn moeder praat, rept hij met geen woord over de schorsing. Hij drinkt zijn koffie en zit erbij alsof hij zomaar op bezoek komt en niets te melden heeft over school. Toch ontspant hij na een poos en zie ik opgelucht de oude Peter terug. Ik laat hem mijn kamer zien en het album met de foto's van dolfijnen. Hij mag er natuurlijk in bladeren, terwijl geen van mijn klasgenoten het mag vasthouden. Hij praat over de zee en de wonderlijke eigenschappen van dolfijnen en hoewel ik bijna alles al weet, luister ik tevreden. Hij geeft me het gevoel dat hij speciaal voor mij is gekomen, dat hij me net zo mist als ik hem. Ik vraag dan ook niet wanneer hij zal terugkomen op school want dan wordt alles anders. Dan zal hij me weer als een gewone leerling behandelen die hij moet uitleggen wat er gebeurd is. Hij hoeft niets uit te leggen. Hij is de beste onderwijzer die ik gehad heb en niemand begrijpt hem zoals ik.

Even krijg ik het benauwd bij de gedachte dat hij voorgoed wordt weggestuurd maar laat dat beeld weer vlug verdwijnen. Ik word steeds beter in het opzijschuiven van ongewenste visioenen en het eerste donkere beeld van Peter is al lang vervaagd. Na deze middag komt hij vaker en ik krijg de indruk dat hij ook voor mamma komt. Hij behandelt haar haast met eerbied maar ik zie ook wat anders. Hij geeft haar complimenten over haar uiterlijk en raakt haar steeds meer aan. Hij werkt met haar in de tuin, zegt vaak dat ze het zware werk aan hem moet overlaten. Mamma lacht hem uit en ondanks dat ze twee jaar jonger is, vind ik haar ouder dan

Peter. Ze is natuurlijk gevleid wanneer hij haar zegt dat ze de mooiste ogen heeft die er bestaan maar helemaal geloven doet ze hem niet. Ik wil al lang niet meer dat hij mijn vader zal worden want een vader is anders, daar kijk je tegenop. Ik heb geen ervaring maar van mijn klasgenoten hoor ik vaak dat je een beetje bang bent voor een echte vader. Voor Peter voel ik geen greintje angst. Hij is mijn vriend en dat bevestigt hij iedere keer als hij komt.

De weken gaan voorbij; ik heb een nieuwe onderwijzer die net de opleiding achter de rug heeft. Hij is onzeker en wordt soms gepest maar hij laat zich niet bij de voornaam noemen. Hij probeert, zoals mamma het zegt, gezag uit te stralen maar faalt wanneer een leerling hem ronduit vraagt of Peter nog terugkomt. Hij wordt vlekkerig rood in zijn gezicht en antwoordt: "Het is niet aan mij om daarover iets te zeggen."

"Aan wie moeten we het dan vragen?" vraagt de jongen brutaal en hij wordt de klas uitgestuurd. Maar als er op het schoolplein en in de klas toespelingen worden gemaakt waar mijn moeder bij betrokken wordt, verandert alles.

"Peter is verliefd op Jonathans moeder," is nog een milde vorm; steeds vaker hoor ik gore opmerkingen en als een meisje op een keer zegt: "Peter speelt nu met vrouwen," verlies ik mijn zelfbeheersing. Ik geef haar een harde stomp in haar buik zodat ze ineenkrimpt, ik begin net zo ordinair te schelden als zij: "Houd je bek, trut, je bent jaloers dat Peter jouw vriend niet is."

In diezelfde week echter valt alles in elkaar, wordt er aangifte gedaan bij de politie. Peter zou een kind misbruikt hebben in een dorp in de buurt. Hij wordt opgesloten tijdens het onderzoek naar de feiten. Het slachtoffer is een jongetje van vijf jaar dat hij buiten de bebouwde kom heeft meegenomen naar een klein bos. Het kind was gewond aan zijn hoofd omdat hij gevlucht was en tijdens die vlucht meerdere keren gevallen. Een voorbijganger had het jongetje, dat totaal overstuur was, naar huis gebracht en het kind kon vertellen wie hem had meegenomen, omdat zijn oudere zusje op dezelfde school zat waar Peter les had gegeven.

Deze keer kan mamma het niet voor hem opnemen en ik heb haar nog nooit zo gekwetst gezien. De eerste dagen huilt ze voortdurend en vraagt me tussendoor de oren van het hoofd. Ik kan haar gelukkig vertellen dat hij niets met mij gedaan heeft en dan wordt ze opgelucht en woedend.

"De schoft heeft ons als dekmantel gebruikt."

"Wat is een dekmantel, mam?"

Ze vertelt me dan dat hij net deed alsof hij verliefd was op haar en dat ik zijn vriend was.

"Ik ben zijn vriend."

Het lijkt wel alsof mijn moeder op dat moment pas beseft dat ook ik gewond ben. Dat ik absoluut niet kan toelaten dat Peter me in de steek heeft gelaten. Ik begrijp sowieso niet wat een kind misbruiken betekent. Ze kruipt die avond dicht tegen me aan op de bank en zegt dat het heel erg is wat er gebeurd is en dat ze zich schuldig voelt dat ze de onderwijzer heeft vertrouwd. Ze noemt hem nooit meer Peter.

Het is de eerste keer in mijn leven dat we samen huilen: hevig, ongeremd en vol spijt over wat we verloren hebben.

Ik ben twaalf, een grote jongen. Voor mijn gevoel verander ik iedere dag, mijn lichaam krijgt geen rust. Ik ben onhandig en niet vertrouwd met mijn groeiende lijf. Mijn stem wordt lager en kan opeens uitschieten naar een hoog niveau. Ook lijd ik vaak aan spier- of botpijn maar daar maakt mijn moeder zich niet ongerust over. Ze kijkt me soms meewarig aan en zegt: "Je hebt groeipijn jongen, dat gaat vanzelf over." Mijn voeten zijn te groot en ik stoot dan ook regelmatig ergens tegenaan.

Toch komt uit deze tijd de herinnering aan een groot geluksgevoel.

Het is feest, een jaarlijks festijn en de kamer is stampvol druk pratende mensen. Ik weet nog steeds niet wat mamma bezield heeft om drommen mensen (meestal vrouwen) uit te nodigen. De rest van de tijd leeft ze namelijk als een kluizenaar. (Ik heb weleens gevraagd wie het allemaal zijn, ze zei toen: "Kennissen van vroeger jongen; als het maar geen familie is." Dit laatste had ik niet begrepen, ze had toch maar een piepkleine familie en ik hoorde haar hierover nooit klagen). Ik denk weleens dat ze het alleen doet om met haar tuin te pronken want binnenshuis is niet veel bijzonders te zien. En als de vrienden er zijn is het helemaal een zootje; met haastig aangesleepte tafels en aangevreten plastic tuinstoelen. Gelukkig is het altijd zomer en kan ik, als ik dat wil, naar buiten vluchten. Ik verbaas me erover wat alcohol met het gezelschap doet. In het begin van de middag komt iedereen opgetut en wat formeel de voordeur binnen, praat stijfjes over wat er het afgelopen jaar gebeurd is en iedereen lijkt zich te vervelen. Men drentelt door de tuin waar de minste stoelen staan en kijkt naar elkaar, tast elkaar af.

Maar dan wordt de vrolijke, inspirerende gast Drank binnen gehaald en begint de pret! Met behulp van alcoholische drankjes wordt men een ander mens. Zware, dikke vrouwen worden vederlicht en de dunste bonenstaken lijken wat gevulder. Slank noemen ze dat.

"Meid, ik zou willen dat ik zo slank was als jij."

Mijn moeder hoeft zich nooit zorgen te maken of ze genoeg drankvoorraad heeft want bijna iedereen brengt wel wat mee; een fles rode, witte of bubbelwijn, likeur, port, sherry en zelfs kratjes bier. De enige, denk ik weleens, die niet drinkt is mamma. Want ik drink stiekem in de keuken van alles, alleen geen bier. Ik ben wel voorzichtig want een jaar geleden was ik opeens zo beneveld dat ik in een hoek van de tuin gezeten, in mijn verbeelding de gasten had uitgekleed. Dat werd absoluut geen pretje want opgetut konden de meeste er nog mee door maar naakt werden ze afzichtelijk. Ik moet er nogal triest hebben uitgezien want een man met dikke wallen onder de ogen had me troostend toegesproken: "Er zal voor jou wel niets aan zijn, Jonathan, maar je moet maar zo denken: Aan alles komt een eind."

Ik keek omhoog langs zijn forse gestalte en zei met dikke tong: "Jawel, mijnheer, maar trekt u de broek maar weer aan."

Ik weet echter dat ik niet moet meedoen met blówen. Die ene keer dat ik van een jongeman een trekje mocht nemen van zijn dikke sigaret is slecht gevallen. Ik kreeg een hoestbui waar ik zowat in stikte. Het is trouwens helemaal een stom gedoe. Sommige gasten zitten met tranen in de ogen te raaskallen, terwijl andere een eindeloze lachbui krijgen.

Er wordt muziek gedraaid, er wordt gedanst en ik verbaas me er iedere keer weer over hoe goed mijn moeder dansen kan. Waar heeft ze dat geleerd? Ik kan me haar niet voorstellen als jong meisje op een dansvloer en al helemaal niet in de armen van een man. Iedere keer neem ik me voor haar na het feest te vragen hoe ze is geweest toen ze jong was maar vergeet het dan weer. Mamma is tijdloos, het doet er niet toe. Ik kan me beter niet verdiepen in haar verleden en toekomst want die toekomst met haar vervult me vaak met angst.

Mijn moeder zit nu met een vriendin te praten, de tante die ik nog het beste kan verdragen omdat ze me met rust laat. Ik sta in de deuropening met mijn rug naar het feestgewoel. Dan hoor ik, ondanks de afstand en het lawaai, heel duidelijk moeders stem. "Jonathan groeit als kool en dat maakt hem vaak onzeker maar kijk hem eens, is hij niet prachtig? Hij heeft de houding van een vorst."

Nu geeft de vrouw antwoord maar ik hoor niet wat ze zegt omdat iemand de muziek opeens harder zet. Ik loop naar buiten in de tuin en het is alsof het feest nu pas begint. De muziek wordt zwakker, ik voel de zonnewarmte, zie het rijke groen en ruik de geur van rozen. Ik ben eindeloos gelukkig. Ik voel me de heerser over deze tuin, alles groeit en bloeit voor mij!

Ik ben twaalfeneenhalf als mijn moeder verdwijnt. Ze sterft natuurlijk maar ze verdwijnt omdat ik er niet bij ben. Dat gevoel heb ik al zo lang ik leef en toch is het nog steeds mijn grootste pijn.

Wat doe ik in een witte kamer, die te klein is voor verdriet? De verpleegkundigen in het ziekenhuis hebben wel moeite gedaan om een droevige sfeer te creëren maar het is ze niet gelukt. Hier weet ik voor de eerste keer dat mijn moeder verdwenen is; veel later pas weet ik dat dit niet zo blijft. Ik voel niets en hoor mijn grootmoeder naast me mompelen: "Huil maar gerust, jongen." Ik denk alleen dat gerust een heel oud woord is, dat ook wel vlug zal sterven. Mijn oma leest te veel boeken die meer dan honderd jaar geleden geschreven zijn. En waarom zou ik huilen als zij hier niet is, want dit stille lichaam met het ingevallen, bleke gezicht is niet van haar.

Dan maakt al dat wit heel even plaats voor kleur. Er gaat een deur open, die onmiddellijk weer gesloten wordt. Toch heb ik het zonlicht gezien in de tuin, het gras, de bloemen die mijn moeder geplant heeft en verzorgd. Ik voel zelfs zonnewarmte op mijn huid en hoor een vogel fluiten.

Ik wist natuurlijk dat ze ziek was maar liet het niet toe en zijzelf ontkende alles.

Ze was wel ziek maar niet zo ernstig dat ze eraan zou sterven. Het enige wat ze deed wanneer ik haar bezocht in die toen nog best vrolijke kamer in het ziekenhuis, was plannen maken over later. Waar we na haar ontslag naartoe gingen, in welke kleur ze mijn kamer ging verven en dat er een sierfontein zou komen in de tuin.

Ik was haar toen eigenlijk al een beetje kwijt want ik wist dat ze me voor de gek hield en dat deed ze vroeger nooit. Ze sprak bijna altijd de waarheid, zelfs als ik daardoor gekwetst werd. Wanhopig dacht ik dan ook vaak dat dit spel nodig was, dat we samen op deze manier haar ziekte te lijf gingen en zouden overwinnen.

Ik liet mijn angst niet toe omdat zij me verzekerde dat ze nergens bang voor was.

En aan mijn grootmoeder kon ik niets vragen. Die schiep een afstand die met geen mogelijkheid te overbruggen was. Ze verzorgde mamma alsof ze een baby was en toch voelde ik dat ze kwaad was. Ze snauwde tegen de dokters en het verplegend personeel en gaf hun de schuld van alles. Het eten was niet goed, het bed te hard, de kamer te warm of te koud en bovenal het herstel van haar dochter ging veel te langzaam. Ik schaamde me als mijn anders toch slimme oma verkondigde dat mamma als kind zelden ziek was en dat ze beter bij haar in huis kon komen om te herstellen.

En toen knapte mamma op een dag op. Ze zat rechtop in bed, keek me stralend aan en zei dat ze zich in lange tijd niet zo goed had gevoeld. Ik was dolgelukkig omdat ik zag dat ze het meende. Voor het eerst in lange tijd sprak ze de waarheid en zei ze dingen waar ik wat aan had. Dat ik het oma maar niet kwalijk moest nemen dat ze zo deed omdat haar moeder altijd kwaad was wanneer ze bang was.

Ze keek me heel lief aan en zei: "Aan jou heb ik nog de meeste steun gehad en dat klopt eigenlijk niet want ik moet voor jou zorgen."

Maar ze zou nooit meer voor me zorgen.

De volgende dag ging ik al heel vroeg naar haar toe omdat oma het bericht had ontvangen dat haar dochter zojuist gestorven was.

Het eerste wat ik hoor als ik naar mijn grootmoeder moet verhuizen is dat ze Johanna genoemd wil worden en in die totaal andere sfeer, voel ik niet alleen het verdriet maar schrik ik vaak wakker omdat ik vol angst zit. Ik ben doodsbang en ervaar dat woord letterlijk omdat ik zeker weet dat ik, net als mijn ouders, zal verdwijnen. Ik zal oplossen in het grote, donkere niets. Op die momenten smeek ik mijn moeder haar gezicht te tonen maar er gebeurt niets. Ik begin zelfs te denken dat de prachtige, groene zomerdroom nooit echt bestaan heeft. Ik durf Johanna niets te zeggen omdat ze niet over haar dochter wil praten maar ze is onbewust, na maanden van angst en pijn, mijn redding.

Of heb ik eerst haar gered?

Ze zegt nooit meer: "Huil maar gerust, jongen," en ik ben dan ook verbaasd als ik haar op een avond zie huilen in haar stoel voor de televisie.

Ik vraag haar wat er is en ze wil eerst niet maar geeft dan toe dat ze mijn moeder zo mist. We praten en als ik vraag waar ze gebleven is en Johanna eerlijk zegt: "Ik weet het niet," stroom ik weer vol angst. Ik moet nu verder, wil ik niet stikken van ellende en ik zeg: "Ik ben haar kwijt, ik weet niet meer hoe ze eruitzag."

"Dat komt omdat de schok te groot was, je kunt het nog niet beseffen: ze komt wel terug."

Ik word bevangen door een blijheid die ik vergeten was en

ik verbaas me over haar. Meestal is ze als een rots: groot, sterk, onverzettelijk en hard maar dan opeens weer het mos op de bodem: zacht en meegevend, bijna lief.

Maar wat mijn moeder mij aan zelfvertrouwen heeft gegeven vlak voor haar dood, wordt afgebroken door mijn grootmoeder. Ik kan haar nu eigenlijk pas vergeven omdat ik ook veel van haar geleerd heb. Ik weet dat ik, ondanks haar gevit, een goed kind geweest ben. Ik heb haar te vergeven en niet zij mij. Nu ik mijn angst heb overwonnen kan ik haar zelfs liefhebben. Ze was streng maar rechtvaardig en besefte waarschijnlijk niet eens hoe onzeker ze me maakte.

Wanneer ik echter na mamma's dood haar huis betreed weet ik weer waar ik zo tegenop heb gezien.

Het is hier te stil.

Tijdens de bezoeken die ik haar eerder bracht, waarbij altijd mijn moeder aanwezig was, voelde ik wel de dreiging die in de kamers hing maar was er niet bang voor.

Nu grijpt het me naar de keel.

Het huis is groot, ruim, eerder leeg omdat er zo weinig meubels staan. Hier is het onmogelijk om vrolijk naar binnen te rennen omdat je vanuit alle hoeken in de gaten wordt gehouden. Alleen de kamer, die Johanna studeerkamer noemt, is bewoond met boeken en soms muziek. Ook hier heerst orde. In de grote boekenkast met glazen deuren staan de schrijvers op volgorde van naam en onderwerp. Bij het raam staat een muziekmeubel met radio en platenspeler. De platen en boeken over componisten liggen weer in een apart kastje dat gesloten kan worden. In het midden van de kamer staat een klein bureau. Het was toen en het is ook nu verboden hier alleen te neuzen, eventueel een boek uit te zoeken en in de bruinleren zetel te kruipen. Johanna heeft wel een tuin maar die is zo verschillend van mijn moeders paradijs, dat ik niet kan geloven dat het dezelfde zon is die hem verwarmt.

In ieder geval reageren de planten en struiken hier anders. Ze staan er maar kaal bij. Rechte grintpaden, veel gras, lage groene heggetjes en weinig bloemen. Misschien als de oppervlakte groter was geweest, dat het een mooi geheel was geworden, zoiets als een kloostertuin.

Dit brengt me terug bij het verhaal van mijn moeder: Grootmoeder heeft een halfjaar in een klooster doorgebracht. Ze wilde non worden omdat ze uit een gezin kwam met vijf kinderen. Ze was dol op lezen maar moest altijd op zolder of in een hoekje van de tuin gaan zitten om dan in rust te genieten. Ze dacht dat ze als non een groot gedeelte van de dag kon lezen maar dat viel tegen. Ze las er wel veel maar het was niet de lectuur die ze voor ogen had. Om vijf uur 's morgens stond ze op, wandelde slaapdronken naar de kapel waar ze met zo'n stuk of dertig medezusters de eerste gebeden prevelde. De dag verliep in volmaakte regelmaat maar ze had zelf niets over haar tijdsbesteding te zeggen. De lange stiltes werden op den duur geen zegen maar een vloek. Ze kreeg het benauwd van de geur van wierook tijdens de mis, de harde donkerhouten knielbanken, de witte muren met enkel een kruis ter versiering. De abdis en de non, die al heel lang leden waren van de congregatie, probeerden haar de liefde voor God bij te brengen maar bereikten het tegendeel. Ze kon niet houden van een Hemelvorst, die alleen gelovigen beloonde en heidenen of afvalligen strafte met de hel. Ze wist al helemaal niet wat ze van Zijn Zoon moest denken omdat het magere, bebloede lichaam aan het kruis haar geen medelijden maar angst inboezemde.

Na twee maanden wist ze dat ze zich vergist had en vroeg een gesprek aan met de abdis. Ze was ondertussen wel zo gekneed in de gewoontes en taal, dat ze deemoedig kon zeggen dat ze geen roeping meer voelde voor het kloosterleven. Twee maanden later trad ze uit en kon zo voorkomen dat haar lange, rossige haar werd afgeknipt. Ze was net achttien en reuze opgelucht toen ze weer werd opgenomen in het rommelige ouderlijk huis in het dorp, dicht bij de Belgische grens. Er was daar genoeg te doen en aangezien ze enkel de lagere en de huishoudschool had doorlopen, kwam het niet in haar op om verder te studeren.

Mijn moeder had duidelijk genoten van haar verhaal en voegde eraan toe (op een toon of ze het niet over haar moeder maar over een vreemde had): "Johanna werd een vrouw die trouwde, een kind kreeg en haar man door ziekte heel vroeg verloor. Het enige verschil met haar dorpsgenoten was dat ze zich door zelfstudie ontwikkelde tot iemand die, zonder veel te reizen, de halve wereld kende en overal een mening over had. Ze kon zich prima redden, heeft veel banen gehad: van schoonmaakster tot hoofd van een bibliotheek.

Alleen de oorlog was in staat haar te raken en tijdelijk te verlammen. Ik werd geboren en kort daarna werd mijn vader ernstig ziek. Hij stierf toen ik een paar maanden oud was en mijn moeder was wanhopig. Ze werd gered door een vriend die een drukkerij had in Maastricht. Hij werkte voor de Duitsers en hielp haar waar hij kon. Ze aanvaardde zijn hulp zonder veel te vragen en schaamde zich alleen bij de bevrijding. De mensen gingen schreeuwend en dansend door de straten en tegenover haar huis, op het plein, werden twee vrouwen kaalgeschoren."

Ik heb echter niet alleen een ander huis gekregen maar ook woon ik in een nieuwe stad in het zuiden van Limburg. Je kunt het echt een nieuwe stad noemen omdat de oude kern steeds kleiner lijkt en wordt opgeslokt door nieuwbouwwijken. Ik woon met mijn grootmoeder in het oude gedeelte, in een huis van voor de oorlog waar ze centrale verwarming heeft laten aanleggen omdat ze een hekel heeft aan kou. Mijn kamer is groot, kijkt uit op de kale tuin en ik voel me hier zelden thuis. Ik haal het niet in mijn hoofd om de twee schilderijen van de muur af te halen en te vervangen door posters uit een muziekblad (de waterlelies op het ene doen me aan thuis denken).

Ze doet die eerste dag geen enkele moeite om me op mijn gemak te stellen maar vertelt allereerst hoe ik me moet gedragen in de badkamer: "Nooit de deur op slot, want een familielid is door een vuile geiser gestikt in de badkuip, de handdoek op het linkerrekje is van jou en wordt om de twee dagen verschoond, de badmat voor het ligbad moet aan de kant wanneer je gaat douchen."

De douche is in het bad en al heel vlug niet meer berekend op mijn lengte. Jarenlang heb ik me dan ook als een kromme reus gewassen. De eerste keer moet ik voor het avondeten mijn handen wassen: omdat ik me zo ellendig voel kleed ik me uit en ga onder de warme straal staan. Lang, heel lang laat ik het water over mijn lichaam stromen om de moedeloosheid van me af te spoelen. Ik sta me net af te drogen wanneer ik stappen hoor op de trap. De deur vliegt open en Johanna kijkt me woedend aan.

"Noem je dat handen wassen?

Het geld groeit niet op mijn rug, Jonathan, er wordt hier alleen 's morgens gedoucht en dan ook nog veel korter!"

Het bloed vliegt naar mijn hoofd en ik bedek vliegensvlug mijn onderlijf. Ik weet niet of het helemaal waar is maar voor mijn gevoel ben ik haar op dat moment gaan haten.

Het maakt geen enkel verschil dat ze kennelijk haar best heeft gedaan op het eten: het feestmaal dat bestaat uit gebakken aardappels, kip, appelmoes en verse groentes smaakt me niet. We zitten zwijgend tegenover elkaar, ze observeert alleen, zegt gelukkig niets over mijn tafelmanieren. Dat komt later uitgebreid aan bod.

Deze avond wordt besloten met het uitzoeken van een boek en in de studeerkamer wordt Johanna een ander mens. Het lijkt wel of ze spijt heeft van haar uitval in de badkamer want ze toont me haar schatten, vertelt zoveel dat ik lang niet alles begrijp. Maar dat is niet belangrijk meer als ik tot mijn verbazing op de bovenste plank van de kast een dik geïllustreerd boek zie staan. Ik lees: *de Sprookjes van Grimm*. Het is niet nodig iets te zeggen want ze haalt het uit de kast en vraagt me waar ik het wil lezen.

"Op mijn kamer," antwoord ik onmiddellijk en ik kan me vergissen maar het is alsof ik iets van teleurstelling zie op haar gezicht.

"Goed: ik hoef je zeker niet te zeggen dat je er voorzichtig mee moet omgaan. Geen ezelsoren, altijd deze boekenlegger gebruiken."

Ze loopt naar het bureau en haalt een gekleurd, stoffen exemplaar tevoorschijn.

Wanneer ik even later eindelijk alleen met het boek op schoot zit, zie ik dat op de eerste bladzijde een glimmend plaatje zit geplakt. Onder de tekst "Ex libris" staat in Johanna's sierlijke handschrift mijn naam: Jonathan Vlinder. Ik ben te verbouwereerd om haar te bedanken, voel voor de eerste keer in mijn leven wat een haat-liefdeverhouding betekent.

Ik weet wel dat sprookjes van Grimm misschien wat kinderachtig zijn voor een bijna dertienjarige maar dat vindt mijn grootmoeder niet. Volgens haar zijn sprookjes bedoeld voor iedereen en leggen ze de basis voor het leesgenot. Ze weet dat ik weinig heb gelezen tot nu toe en was het vaak niet eens met de boekjes die mijn moeder me voorlas. Ze waren in haar ogen te zoet en netjes en hadden niets met het echte leven te maken. De gruwelen in Grimms verhalen spreken onmiddellijk tot mijn verbeelding en als ik haar later zeg dat dit alles toch ook niet echt gebeurd is, is ze dat niet met me eens.

Ze zegt ernstig: "De werkelijkheid is vaak nog veel erger, Jonathan. Probeer het te begrijpen, dan heb je straks veel minder moeite met de symboliek in andere boeken." Maar ondanks de lichtpunten die ze me bezorgt kan ze zich blijkbaar niet anders gedragen dan ze is: grillig, vitterig en streng.

Ik besef dat toen ik nog bij mamma woonde, ik eigenlijk nooit ver van huis ben geweest. Ik hoorde op de lagere school de vakantieverhalen en had al gauw in de gaten dat ze meestal mooier gemaakt werden dan ze in werkelijkheid waren. Nu ik bij mijn grootmoeder woon lijken mijn jaren met mamma op een grote vakantie.

Ik herinner me onze korte week van huis.

Mamma vond dat ik ook eens moest meemaken hoe het er op een camping aan toe ging maar het werd geen succes. Achter de toegangspoort was het veel te vol met mensen die het razend druk leken te hebben. Het huisje dat mijn moeder gehuurd had viel tegen omdat ik voor dat reuzenbedrag aan geld iets groters verwacht had. Het had twee ramen en was toch donker, het rook er muf en naar ongewassen dekens. Mamma deed alsof het een avontuur was om in een stapelbed te slapen. Ik mocht bovenin en viel er de tweede nacht uit. Ik weet nog dat ik schreeuwend van schrik en pijn pijlsnel wakker werd.

Het bleek dat ik mijn pols gebroken had en ik kwam terecht bij een stokoude dokter in het dorp. Het was al over twaalven en de man zei dat hij het beste de pols even kon rechtzetten, de dag erna moest ik dan naar het ziekenhuis in de stad. Het duurde inderdaad maar even maar deze pijn was tien keer zo erg dan die van de val. Ik brulde het uit en schreeuwde: "Lul," terwijl ik tegelijk begreep waarom mijn moeder me zo stevig vast moest houden. Het moet gezegd dat de oude arts zijn vak verstond want in het ziekenhuis was er op de foto te zien dat mijn pols goed gezet was en dat er gipsverband omheen kon. Onze vakantie duurde slechts twee dagen omdat ik niet in het bovenste maar ook niet in het onderste bed wilde slapen. Mamma was het met me eens dat het thuis een stuk leuker was.

Ik weet niet hoe ik me moet gedragen op de nieuwe school. Ik zit in de klas van de brugpiepers en word zogenaamd ontgroend. Pesten kan je dit niet noemen omdat de stekelige opmerkingen en rare grappen me koud laten en ook omdat iedereen hieraan moet geloven. Ik ben kwaad op mijn moeder omdat ze er niet is, omdat ze toen ze nog leefde gelogen heeft. Ze heeft me flink bedonderd. In die andere onschuldige tijd had ze de middelbare school niet eens besproken. Ze had luchtig gezegd: "Dat duurt nog zo lang, jongen, als het zover is dan zien we wel weer. Ik zal je wel helpen."

Niet helpen dus. Ze heeft me net zo onverschillig verlaten als dat ze deze zin uitsprak. En daarbij komt nog dat haar beeld vervaagd is, terwijl ik me toch altijd zo goed gezichten kan herinneren. Gezichten en stemmen, maar ook haar stem zwijgt, is opgelost tussen al de andere stemmen in mijn hoofd. Ik heb nooit echt geweten wat angst is. De enge dromen van vroeger zijn vergeleken met de angst van vandaag prettige, huiver oproepende sensaties. Deze angst is ongrijpbaar, heeft geen gezicht en stem.

"Kijk eens wat een rare jongen," zegt een meisje op het schoolplein door de angst heen. Ik heb mijn wollen muts opgezet terwijl het warm is en ik heb de zijkleppen ook nog over mijn oren getrokken. Mijn moeder zwijgt in alle talen terwijl ze vroeger gezegd zou hebben: "Jongen toch, is dat

nu nodig? De mussen vallen van het dak van de warmte."
En die opmerking van eindeloos lang geleden dat ik op een
vorst lijk is dus ook niet waar. Ik ben raar en dat weet ik zelf
ook wel. Dat hoeft zo'n perfect aangepast meisje niet te zeggen terwijl ze giechelend naar me kijkt. Ik recht mijn rug,
dat is tenminste iets en kijk haar minachtend aan. Dan wil ik
alleen mijn middelvinger omhoog steken maar zelfs dat mislukt. Het wordt geen obsceen gebaar maar meer het gebaar
van een gehandicapte houthakker.

Er breekt een gezamenlijke schaterlach los uit de groep van
meiden waarvan de spreekster het middelpunt is. Ik word zo
kwaad dat ik niet bang meer ben en zeg zo maar wat: "Heb
jij vanmorgen al in de spiegel gekeken met die bolle ogen
van je?"

En ik draai me zo waardig mogelijk om.

Maar ik weet dat ik iets moet doen, wil ik de rest van het
schooljaar met rust gelaten worden. De volgende dag in de
pauze loop ik achter dezelfde groep meiden aan die de poort
uitlopen, de straat oversteken om het winkeltje binnen te
gaan dat snoep verkoopt. Ik heb mijn spaarkistje aangespro-
ken en een flink bedrag aan geld in mijn zak gestoken. Ik
draag mijn muts nu zwierig, met de kleppen naar binnen, op
mijn achterhoofd. Voor de schappen wordt er gekwebbeld
en de meiden kiezen bijna allemaal hetzelfde uit: Kauwgum
zonder suiker in een soort lichtgevende, roze verpakking. Ik
neem twee pakjes en ga bij de kassa staan. Ik wacht tot de
rest aansluit in een rij achter me en zeg nogal luid: "Twee
kauwgum voor mij en doet u het snoep van de dames ook
maar voor mijn rekening."

Ik hoor hoe belachelijk deze zin klinkt, alsof hij zo uit
een van Johanna's boeken komt. Maar het wordt stil in de
winkel. Een voor een stappen de meisjes naar voren en leggen hun kauwgum en twee rolletjes snoep op de toonbank.

Hooghartig reken ik af. Eenmaal buiten doe ik er nog een schep bovenop door tegen het meisje dat me zo raar vond te zeggen: "Sorry van die bolle ogen, ik hoop dat ik het hiermee goed heb gemaakt."

Ik weet zelfs dat ik niet moet wachten op een antwoord, het is nu zaak om me te hullen in geheimzinnigheid. Bedaard steek ik de straat over en wandel naar school. Ik heb in het begin moeite met de regels; de lesroosters, verschillende lokalen, diverse leraren en leraressen en in mijn ogen bergen huiswerk. Maar dit alles helpt me ook om me te concentreren en zodoende minder onzeker te worden. Ik weiger me aan te passen aan de algemene kledingtrends en krijg hiervoor de waardering van Johanna die beweert dat ze niet van plan is kapitalen uit te geven aan merkkleding. De muts wordt mijn eigen handelsmerk en wordt zelfs door een enkeling geïmiteerd. Ik ben echter niet zo blij met Johanna's opmerking dat ik toch wel trekken in mijn karakter van haar heb geërfd.

Het meisje dat me raar vond, wordt trouwens nog een hoofdstuk apart.

Na mijn stoere gedrag in het winkeltje zoekt ze steeds toenadering. Altijd omringd door een paar vriendinnen maakt ze vleiende opmerkingen zoals: "Jonathan, je ziet er zo goed uit vandaag; is er iets gebeurd?"

Of: "Wat een mooie gympen, zijn ze nieuw?"

Ik weet eerst niet of ik voor de gek gehouden word, ben zeer wantrouwig en afhoudend. Maar op een middag wacht ze me op bij het fietsenhok en krijg ik zekerheid.

Ze is verlegen (ik zie dat ze het echt is en niet doet alsof) wanneer ze zegt: "Wil je verkering met me voordat iemand anders je inpikt?"

Ik lach om het serieuze woord verkering en antwoord dan dat ik erover zal nadenken.

Maar ik denk er niet zo veel aan de komende tijd omdat ik steeds meer in de diepte zak. Een dag kan gewoon beginnen met een ontbijt (van steeds dezelfde Brintapap), om geleidelijk aan te veranderen in echte en wezenloze uren. Ik verzink in mijn angst en alles om me heen wordt grijs (grauw is een beter woord). Ik beweeg me automatisch naar de juiste klaslokalen en ben al blij als ik flarden van de les kan opvangen. Ik moet wel ziek zijn want er is een constant geruis in mijn oren dat probeert hardnekkige stemmen te overstemmen. Ik weet dat ik mijn eigen vijand ben als ik ernaar luister. Want ze beschimpen mijn grootmoeder en wat nog veel erger is: mijn moeder.

"Je bent te laf om je gezicht te laten zien." Dit is nog een van de mildste.

Zij die toch echt ooit van goud gemaakt was is opgelost, verdwenen.

En het keiharde regime van Johanna gaat door. Ze zit aan tafel en leest de brief die ik heb meegekregen van school. Ik heb het wel gehoord dat het plan is om voor een soort bezinning een week naar een klooster te gaan met de hele klas. Ik heb het gehoord maar wil niet luisteren. Ik weet dat ik het niet aankan om vierentwintig uur omringd te worden door klasgenoten. Net nu ik zo'n beetje de ongekroonde koning ben van de meiden en jaloers gepest word door de jongens, haak ik totaal af. De school; dat kan nog net. Die paar uren worstel ik me wel door om daarna in mijn hol te kruipen. Johanna kijkt op en zegt: "Wat doen ze tegenwoordig toch leerzame dingen op school. Een bezinning zal je goed doen."

Ik weet niet of ze schertst of het meent en ik haat haar hartgrondig.

"Ik ga niet mee," zeg ik en wil de kamer uitlopen.

"Wacht eens even, jongeman, natuurlijk ga je mee."

Onwillekeurig krimp ik in elkaar en omdat ik haar mijn gezicht niet wil laten zien, stamp ik de trap op. Net doen of je woedend bent, denk ik, laat haar niet merken dat je doodsbang bent.

Maar de komende dagen is elk gedrag hopeloos want ik moet mee op retraite.

Johanna heeft de brief veel beter bestudeerd dan ik want ze zegt dat ik me niet ongerust hoef te maken. Bij een echte retraite zijn er uren waarin er niet gesproken mag worden.

"Jullie krijgen zelfs sport en ontspanning."

Ik bedenk dat ik liever de ouderwetse bezinningsdagen had gehad, dan kon ik tenminste zwijgen en de rest zou ook eens voor een keer de mond houden.

Nu wordt het een gespleten week.

Ik besta uit twee personen: De onverschillige, stoere, scherpe en soms zelfs charmante Jonathan en de stervensbange. De invloed van het oude klooster, dat ligt op een heuvel begroeid met wilde struiken en brandnetels, kruipt langzaam in mijn vel. De zoete geur die er hangt haalt jammerende taferelen tevoorschijn van dood en zelfkastijding. Dit staat in schril contrast met het mierzoete verhaal dat er verteld wordt over de geschiedenis van de abdij. Dat de monniken die er woonden de wereld achter zich hadden gelaten, om zich enkel te wijden aan gebed en kunst. Ze maakten handgeschreven boeken met prachtige illustraties en deden soms jaren over een boek.

Het klopt niet, denk ik, het enige woord dat hier thuishoort is duivelsgebroed.

En om alles nog complexer te maken spelen mijn hormonen op, fantaseer ik over het meisje met de bolle ogen (haar ogen puilen inderdaad iets uit). Maar in plaats dat ik haar heel voorzichtig zoen en naar haar spleetje kijk, gebeuren er heel andere dingen. Ik bind haar stevig vast op het harde kloosterbed (natuurlijk is ze spiernaakt) en sla haar rug en billen met een zweep. Ik houd pas op wanneer ze met een bebloede huid om genade smeekt. Ik weet dat ik fantaseer maar maak me toch ongerust over het feit dat ik me na afloop uiterst voldaan voel en ik ben het meisje dankbaar dat ze, al is het maar voor even, mijn angst op afstand heeft gehouden.

Maar verder is de week loodzwaar en mamma zwijgt weer in alle talen. Ze heeft zelfs niet toegekeken terwijl ik met het meisje bezig ben. Ik ben ermee gestopt om me haar gezicht voor de geest te halen; het lukt toch niet. Ze doet me alleen maar verdriet en als ze in een groepsgesprek ter sprake komt kan ik me niet meer inhouden.

Mijn medeleerlingen praten over hun ouders en de verhalen zijn zo vreemd als de komst van een neger op de Noordpool. Ik houd dan ook mijn lippen op elkaar, zeg in eerste instantie alleen maar "Ja," als een meisje zegt dat het erg is om een wees te zijn. Er wordt onmiddellijk naar me gekeken en alles wordt nog erger wanneer hetzelfde meisje erop laat volgen: "Het zal wel moeilijk zijn voor Jonathan om iets over zijn moeder te vertellen."

Ik schrik en het liefst zou ik het meisje willen wurgen maar ik ben weer eens bijzonder ad rem als ik bevend van woede mijn antwoord geef: "Nee hoor, dat is niet moeilijk; mijn moeder is gestorven maar het wordt ondertussen tijd dat zij opstaat uit de dood."

Het wordt doodstil en waarschijnlijk is er niemand die hier iets van begrijpt.

Mijn middelbareschooltijd, die ik bij Johanna vooral eenzaam doorbreng, maakt een ander mens van me. Na mijn crisis doe ik steeds meer mijn best op school om erbij te horen, ik speel ongeveer een jaar in een band, rook en drink tijdens de muziekavonden. Maar bij Johanna pas ik me vooral aan. Ze weet natuurlijk dat ik rook maar in haar huis is dat streng verboden. Ik loop dan ook dikwijls met een boek in de hand op de grintpaden in de tuin, mijn filtersigaret te roken. Ik maak weleens de toespeling op haar kloostertijd, zeg dat ik me een pater voel die loopt te brevieren. Ze moet warempel lachen en zegt: "In het klooster en zelfs in de tuinen werd er weinig gerookt."

Meer krijg ik van haar retraite niet los.

In de eerste maanden bij haar slaap ik slecht en heb steeds dezelfde droom: Mijn moeder schuift de houten tuintafel voor het gaas, gaat erop staan, slaat voorover en valt in de vijver. Op het moment dat ze onderduikt wordt het water pikzwart en stuurt talloze luchtbellen naar de oppervlakte. Ik roep haar wanhopig maar ze reageert niet, ze is verdwenen.

Ik moet zeggen dat Johanna meestal op mijn gekreun of soms geschreeuw afkomt. Ze raakt me echter nooit aan, spreekt geruststellende woorden, haalt een glas water maar vraagt nooit wat ik gedroomd heb. Maar blijkbaar weet ze dat toch want op een avond voordat ik naar bed ga, haalt ze een fotoalbum uit de boekenkast. Ze zegt tot mijn verbazing: "Voordat je weer over je moeder gaat dromen helpt het misschien om naar haar foto's te kijken."

Haar stem klinkt beverig, hulpeloos maar wordt hard als ze erop laat volgen: "Je bent inmiddels oud genoeg om dit alleen te doen."

En weg is ze en ik blader door mijn moeders leven. Ik herken ze wel, de foto's van Johanna met haar lange, gekrulde, koperen haar die haar babydochter vasthoudt. Dan moeder met een geruit jurkje en de armen over elkaar in de schoolbank, gevolgd door meer jeugdafbeeldingen. Maar dan opeens kom ik een foto tegen die ik nog niet gezien heb. Om mijn opkomend verdriet te ontlopen breek ik mijn hoofd over het feit wie haar gemaakt kan hebben. Ik weet het niet en ben totaal overdonderd. Ze staat in de tuin bij de rozen en kijkt over de rijke bloemenpracht recht in mijn ogen. Ze lacht verlegen alsof ze het niet helpen kan dat haar omgeving zo perfect is. Ze is prachtig en precies zoals ze was, ze zal altijd zo blijven! Op het moment dat ik dit besef breekt het verdriet in me los en zie ik haar gezicht vervagen in een floers van tranen. Ik sluit het album en vlieg in gedachten de kamer uit, ben de komende tijdloze momenten bij haar, eindelijk weer bij haar. Ik heb niet alleen haar gestalte voor ogen maar koester me in haar geur, luister naar haar stem en laat me beroeren door haar vochtige, warme handen. En als ik in bed lig weet ik dat het gedeeltelijk mijn eigen schuld is dat ze was verdwenen. Ik heb haar ziekte niet aanvaard, wilde niet weten hoe slecht ze eraan toe was, heb niet geluisterd naar haar stem.

Nu is het te laat en kan ik enkel mijn best doen om haar steeds omhoog te trekken uit het zwarte water van onze vijver.

Ik slaap beter in de weken na de hereniging met mamma maar word kwaad, steeds kwader op mijn grootmoeder. Ik denk tenminste dat ik vol met wrok zit over haar strakke regels maar al gauw voel ik dat ik eigenlijk woedend ben op mijn moeder. Ze is dan wel erg ziek geweest en gestorven maar ze heeft me in de steek gelaten: had ze niet zo door haar leven gevlinderd en hiermee de naam Vlinder hooggehouden, dan leefde ze misschien nog. Ik weet bijna zeker dat Johanna harder gevochten zou hebben voor haar leven. In een week dat alles tegenzit, besluit ik voor de eerste keer er tussenuit te knijpen. Ik heb geen idee waar ik naartoe zal gaan maar lig een halve nacht te broeden op een plan.

Ik ben erbij geweest toen mijn grootmoeder haar gezicht verloor. Het is verschrikkelijk voor haar omdat zelfs ik in dat kille huis weinig van haar geheimen ken. Er komt op een regenachtige middag iemand van maatschappelijk werk op bezoek. De dikke, blozende vrouw is door de kerk gestuurd en laat zich niet ontmoedigen door het helse najaarsweer. Buiten worden door een harde wind de laatste bladeren uit de struiken en bomen gegeseld en binnen kraken de meubels en beslaan de ramen. De vrouw is op de fiets gekomen, ze is ingepakt in plastic jas en broek, haar korte haar zit verstopt onder zo'n vies kapje, dat ze binnen uitschudt en oprolt tot een klein pakketje.

Johanna had haar vast niet binnen gelaten maar ze heeft het twijfelachtig geluk dat ik de deur open doe. Druipend staat ze op de gangmat en wanneer ze ontdaan is van alle regenkleding, kan ik niets anders doen dan haar de kamer inloodsen. Ze stelt zich voor aan Johanna en deze werpt mij onmiddellijk een woedende blik toe.

"Gaat u even zitten dan krijgt u iets warms te drinken en daarna kunt u weer vertrekken."

De vrouw is stomverbaasd en kijkt naar mij om te zien en te horen hoe ik reageer. Ik zeg timide (inwendig heb ik lol): "Wat kan ik u aanbieden: koffie, thee of een borrel?"

"Thee graag, met suiker."

Dan valt het stil en de gestuurde vrouw zoekt een passende opening. "Ik kom in naam van de pastoor om u hulp aan te bieden."

"Ik heb geen hulp nodig."

"U heeft waarschijnlijk een zware tijd nadat uw dochter is overleden."

Dit is fout, helemaal fout; mijn grootmoeder staat op en lijkt veel groter dan ze is. Alleen ik kan zien dat haar handen licht beven als ze haar voeten stevig op de vloer plant. Ze kijkt naar mij en zegt: "Jonathan, kan jij dit verder afhandelen. Ik vertrek."

Statig loopt ze naar de deur en negeert de vrouw die nu zenuwachtig staat te wiebelen. Toch is ze niet zo bleu als het lijkt want ze onderneemt nog een poging, ze stapt naar voren en staat stil bij Johanna. Waar ze het zo vlug vandaan haalt weet ik niet maar ze reikt mijn oma een schilderijtje aan. Er wordt allereerst niet op gereageerd maar wanneer ze zegt: "Dit is een afbeelding van Onze Lieve Vrouw van Altijddurende Bijstand," veert Johanna op alsof ze gestoken wordt door een venijnig insect. Ik zie haar kijken, ineenkrimpen, haar hand grijpt naar haar hart en dan begint ze te huilen. Ze huilt geluidloos en ik heb enorm met haar te doen. Ik weet totaal niet waarom ze huilt en ben de komende minuten druk bezig om de verbouwereerde maatschappelijk werkster het huis uit te krijgen.

En de volgende dag pas hoor ik wat haar zo veel verdriet gedaan heeft. Onze Lieve Vrouw van Altijddurende Bijstand was mijn moeders favoriete prentje. Ze had het op school gekregen en was er trots mee thuis gekomen. Johanna had het niet gewaagd hier spottende opmerkingen over te maken. Ze liet het toe dat het bont gekleurde plaatje in een lijstje ging en bij mamma's bed kwam te staan.

Johanna praat heel kort over deze gebeurtenis en wordt dan kwaad. Ze lijkt haar harnas snel weer aan te trekken door te zeggen: "Dat uitgerekend die dikke, roomse koe mij deze herinnering terug moet brengen!"

Ik ben blij met deze opening en probeer haar meer te laten vertellen maar dat gaat niet door.

"Hou op met vragen jongen, dit is voorlopig wel genoeg."

Vanzelfsprekend word ik dan ook kwaad omdat ik de eenzaamheid niet aankan die op die momenten steeds groter wordt. En waar ze dat lijstje met het prentje van Maria heeft gelaten dat vraag ik haar wel een andere keer.

Maar soms kan ik van mijn grootmoeder enige waardering krijgen voor wat ik doe. Mijn schoolprestaties op de havo zijn wisselend maar ik vind zelf dat ik veel meer leer wanneer ik me bezighoud met de maatschappelijke ontwikkelingen. Ik ben veertien jaar wanneer ik meedoe met de grote Vredesdemonstratie november 1981.

Mijn oma heeft zelfs een spandoek genaaid, waarop ik met een zwarte stift 'Geen 572 kruisraketten in Europa' heb geklad. Ik ben een van de weinige die dit precieze cijfer groot op het doek heeft staan omdat ik me al een hele tijd verdiept heb in de beangstigende onderhandelingen. Het plan van Amerika om zo veel raketten in West-Europa te plaatsen is waanzinnig.

Het gaat dus ook niet door en ik heb nog steeds het gevoel dat ik daar persoonlijk aan heb meegewerkt. In 1985 ondertekent het kabinet Lubbers alsnog het plaatsingsbesluit maar ik wist toen al dat de raketten er nooit zouden komen. De Russen ontmantelen de SS 20 raketten en mijn voorspelling komt uit en zorgt voor grote opluchting.

Het is die dag stampvol op het Museumplein in Amsterdam, de PvdA-vertegenwoordigers worden van het podium afgefloten en een man valt tussen de menigte op zijn gezicht. De stok van mijn spandoek breekt als een witgeschilderd spook mij fanatiek aan de kant duwt om dit voorval te zien en ik bedenk dat de jongen weinig vreedzaams uitstraalt.

In dezelfde tijd begint ook het grote schieten.

Het zal in Amerika en elders in de wereld wel veel eerder begonnen zijn maar ik maak dan pas bewust mee dat er overal aanslagen gepleegd worden. De aanslag op Ronald Reagan schokt me, ondanks dat ik weinig sympathie kan opbrengen voor de voormalige cowboyfilmster die tot president is verkozen. Deze republikein wint van Jimmy Carter en een paar maanden later is hij aan de beurt. Wanneer hij het Hilton hotel verlaat wordt hij beschoten en krijgt een kogel in zijn borst. De aanslag is niet dodelijk maar ik word opnieuw geplaagd door het oude visioen. Er worden nieuwe beelden aan toegevoegd: Ik zie het doelgerichte schot van de man achter de boom, het slachtoffer wankelt en slaat achterover. Dan volgt er een gevoel van opluchting als de dader ervandoor gaat in het totaal verlaten bos.

Wat zou er gebeurd zijn als ik vroeger tussen de bomen had gelopen en dit gebeuren lijfelijk had meegemaakt? Had ik dan een beschrijving kunnen geven van de moord en de moordenaar? Was dan door mijn toedoen de dader gearresteerd en had hij zijn straf moeten uitzitten in de gevangenis?

Ik weet niet of ik echt opgelucht ben dat dit alles niet gebeurd is want ik voel me opnieuw schuldig. Ik zit weer vol schaamte over iets wat ik niet gedaan heb maar waar ik achteraf gezien meer duidelijkheid in had kunnen brengen. Ik weet wel dat veel jongens (en meiden) van mijn leeftijd dikwijls in een identiteitscrisis zitten maar mijn puberteit is nog veel complexer. Want hoe gaat mijn leven eruitzien zonder mamma's steun? Zij wist overal raad op en gaf me altijd het idee dat ik een gezonde, normale jongen was. Dat ben ik kwijt omdat ik niet meer weet waar ik thuishoor. Ik word bang wanneer ik geplaatst word in een andere dimensie en ik ben onzeker over mijn ontwikkeling.

Johanna kan ik hierover niet in vertrouwen nemen. Ze zal het misschien wel begrijpen maar ik zit niet te wachten op de rigoureuze stappen die ze dan ongetwijfeld zal ondernemen. Ik heb het gesprek weleens voorzichtig naar helderziendheid en visioenen gebracht maar had toen al snel door dat ze daar persoonlijk geen ervaring mee heeft. Mamma misschien wel.

"Jouw moeder kon van geluk spreken dat ze mij had; ze kon zo chaotisch zijn dat ze de werkelijkheid vaak uit het oog verloor."
Ze weigerde echter na deze uitspraak om een voorbeeld te geven.

Het is een klotedag geweest op school: ik leg lamlendig de lange weg af naar Johanna's huis. Mijn fiets stond niet in het fietsenhok en is waarschijnlijk gestolen. Dan voel ik opeens dat ik gevolgd word. Ik sta stil op het trottoir en kijk om, zie een middelgrote hond van onbekend ras, die eveneens blijft staan. Een lange, pluizige staart gaat voorzichtig heen en weer en wanneer ik me vooroverbuig en de smalle kop streel, begint hij uitbundig te kwispelen. Ik loop door en het dier volgt me weer, rent zelfs af en toe naast en voor me. Ik ga even zitten op een bank in het kleine park, moet lachen als hij aan mijn voeten gaat liggen. Ik vraag hem waar hij thuishoort, zie dan pas dat hij geen halsband draagt: hij ziet er goed verzorgd uit. Ik besluit hem mee te nemen, hoop stiekem dat het dier in de steek is gelaten en mijn eigendom mag worden. Natuurlijk had ik kunnen weten dat Johanna hier heel anders over denkt.

Wanneer ik haar huis binnenstap met de vrolijke hond vlak achter me, krijg ik onmiddellijk te horen dat het mormel naar buiten moet. Voordat ik iets kan uitleggen staat ze al te bellen met het dierenasiel en ik hoor dat ze er pas de volgende dag terechtkan. Ik vraag haar (voor de eerste keer op smekende toon) of de hond blijven mag wanneer de eigenaar zich niet meldt.

"Geen sprake van en maak maar vast een plek in de stal, waar hij vannacht slapen kan."

Met stal bedoelt ze de schuur en ik ben, zoals altijd, verbaasd dat mijn grootmoeder, die toch altijd zo goed is in taal, dit woord steeds gebruikt. In een stal leven dieren en zover ik weet heeft er zelfs nog nooit een muis gewoond. Ik speel en wandel een groot gedeelte van de middag en avond met de hond, om zodoende nog wat extra zout in mijn wonden te wrijven. Dan komt de nacht.

Shadow (zo heb ik hem ondertussen genoemd) gaat eerst blaffend tekeer, om al gauw over te gaan op een hartverscheurend gehuil. Ik sta drie keer op en vraag Johanna de eerste keer of hij niet op mijn kamer mag slapen maar daar komt niets van in. Ik probeer hem te sussen maar hij kruipt dicht tegen me aan, om vervolgens opnieuw te janken wanneer ik hem verlaat. Gedurende een korte tijd is het stil en ik ben net weggezakt in een lichte sluimer, wanneer mijn schaduw opnieuw begint: deze keer lijkt zijn gejank op het geluid van een wolf, die zijn roedel kwijt is.

Johanna's slaapkamerdeur vliegt open, ze dendert de trappen af en begeeft zich naar de stal. Het wordt even stil en ze bemoeit zich met de hond want ik hoor haar schelden, dan een harde schreeuw. Ik storm mijn bed uit, struikel over mijn schoenen, val voorover. Een paar minuten later passeer ik mijn grootmoeder op de trap, ze zegt geen woord maar loopt in een rare houding de badkamer in. Ik ben verder niet meer geïnteresseerd in haar maar vastbesloten om de hond bij me te houden of desnoods in de stal te gaan liggen. Maar Shadow is weg, ik zoek alles af, roep hem maar hij is definitief verdwenen.

Dan komt in bed in een woedende vlam het idee in mijn hoofd om te vertrekken. Dit is de eerste maar beslist niet de laatste keer. Ik voel wanneer ik wakker word opnieuw dat ik Johanna hartgrondig haat en besluit haar te negeren. Dit wordt onmogelijk wanneer ik in de badkamer een bebloede handdoek vind en even later de keuken inloop. Ze staat met haar rug naar me toe voor het gasfornuis en probeert een ketel water op te zetten. Haar rechterarm is omwonden met verband en wel zo slordig dat er een bloedvlek doorschemert en een gerafelde reep bijna op de vloer hangt. Ik val haast over mijn gretige woorden: "Wat is er gebeurd?"

"Die rothond heeft me gebeten, zorg zelf maar voor je ontbijt want het lukt me niet."

En al haar trots is als sneeuw voor de zon verdwenen wanneer ze eraan toevoegt: "Ik denk dat ik maar eerst naar de dokter ga voor een tetanusspuit."

Ik weiger haar te helpen en in plaats van me te schamen hierover zeg ik met juichende triomf en met een stem vol wraak: "Ja, laat ernaar kijken en goed verbinden, Johanna: de beet van een dolle hond kan dodelijk zijn."

Mijn grootmoeder gaat altijd kaarsrecht aan tafel zitten, ze heeft zich meestal omgekleed, alsof ze in een luxe cruiseschip dineert waar het verplicht is in gala te verschijnen. Ze draagt zelden een lange broek en nooit een spijkerbroek. Ik weet, omdat ik me zo vaak aan haar erger, dat ik zo lang als ik leef haar gestalte voor me zal zien. Van haar rossiggrijze krulhaar dat van haar voorhoofd weggekamd moeilijk te temmen is, tot aan haar glimmende, gehakte schoenen.

Ik weet niet waar ze de rokken, bloezen en jurken vandaan haalt maar ze lijken wel persoonlijk voor haar gemaakt. Ze zitten om haar lijf gegoten als de schubben om een vis. Ze is wel oud maar haar figuur is nog statig en gevuld. Het mooiste zijn haar handen die zonder ringen maar goed verzorgd haar woorden kracht bijzetten.

Aan tafel wordt er vaak (te vaak naar mijn zin) over boeken en politiek gepraat. Ik moet wel toegeven dat ik het dikwijls met Johanna eens ben, alleen gaat ze naar mijn mening te fanatiek tekeer over de terugkeer van de religie in Europa. Ze

is katholiek-af sinds haar kloosteravontuur en geeft de grote godsdiensten de schuld van bijna alles. Haar motto is:
Schaf de islam en het christendom af en je bent al een heel eind op weg naar de vrede.

Het is volgens haar onvoorstelbaar om, bevrijd van de middeleeuwse geloofstirannie en wijzer geworden door grote moderne psychologen, weer terug te keren naar die onzin.

"Angst Jonathan, alleen maar angst: Gilles Kepel heeft het niet voor niets over: 'La revanche de Dieu'. Ze geeft zelfs op een avond toe dat ze bang is voor de groei van de extreem rechtse partijen.

"Ze zijn niet reëel bezig, jongen, als we meegaan in hun stommiteiten, breekt de echte hel los."

Ik vind overigens dat ze heel mooi vergelijkingen kan maken en ben geraakt wanneer ze zegt dat fantasten de wereld niet kunnen redden. Haar laatste zin hierover treft me.

"Ze zijn als een sisyphus bezig die verwoede pogingen deed om een rotsblok de berg op te duwen, wetende dat het steeds weer naar beneden zou donderen."

Ze zit vol tegenstrijdigheden. Ze gelooft niet meer in de God van de christenen maar is vervuld van haar eigen God. In haar ogen is die minder wreed en hij houdt door de eeuwen heen de mensheid een spiegel voor. Hij woont in haar en strooit kwistig zijn symbolen rond. Er zitten vaak christelijke tussen en wanneer ik daar wat van zeg, wordt ze kwaad.

"Er is niets mis met symbolen, alleen nemen te veel mensen ze als de ultieme waarheid aan."

Meestal breng ik het gesprek door een achterdeur naar het boek dat ik aan het lezen ben en op dit vlak verschillen onze meningen enorm. Ze heeft de moderne schrijvers wel gelezen maar vindt alleen Reve en Hermans de moeite waard. Haar voorkeur ligt bij de antieke en schrijvers uit de achttiende en negentiende eeuw. Dit komt hoofdzakelijk omdat ze hun taal zo mooi vindt en zeer geïnteresseerd is in geschiedenis. Ik ben na een tijd dan ook niet meer verrast als ze in plaats van met een gebed het avondeten begint met een zin als: er was alleen de wind, de klagelijke wind, die opstak; er was de wind, die klagelijk aan huilde, huilde met lang uit gestootenen snik op snik ....

Dan volgt: "Wie heeft dit geschreven?"

"Frederik van Eeden."

"Mis; Louis Couperus maar ik vergeef je want het komt ook wel uit een heel oud boek, namelijk *Lucrezia*."

Opnieuw komt er iets op mijn levenspad waar ik geen vat op heb.

Ik word gekeurd voor militaire dienst. Ik kom hier niet onderuit omdat ik geen broer heb waarmee ik de competitie kan aangaan om uitgeloot te worden. Tussen stoere, onverschillige en een beetje bange knapen word ik getest. Lichamelijk ben ik wel in orde, hoewel er bedenkelijk over mijn lengte wordt gepraat. Dan volgt er nog een test waarin ik een soort tekstverklaring moet maken en die doe ik goed (ik kan het niet over mijn hart verkrijgen de Nederlandse taal te verkrachten). Mijn mederedder blijkt een morsetest te zijn die supersnel gaat en waar ik niets van bak. Op de vraag of ik eventueel uitgezonden wil worden naar Duitsland geef ik het hooghartige antwoord: "Eigenlijk wil ik helemaal niet in militaire dienst."

Het lijkt me inderdaad overbodig om veertien maanden lang door de modder te kruipen, stormbanen te beklimmen en stompzinnige lui aan te horen. Ik krijg als ik op tv sergeanten voor de mannen zie staan vaak de slappe lach. Het schreeuwen van onverstaanbare woorden en hun achterlijke houding maakt absoluut geen indruk op me.

Ook de vacatures trekken me niet aan. In de lijst: gevechtsfuncties, logistiek, techniek, communicatie, geneeskundig, is er niet een waar ik warm voor loop.

Johanna is het voor een van de weinige keren met me eens dat het verloren tijd is en dat ik sowieso weinig discipline heb. Ze zegt: "Het duurt niet lang meer dan wordt de dienstplicht afgeschaft en kunnen alleen liefhebbers deze moordmachine in stand houden." (het zou nog ongeveer twaalf jaar duren)

Tot mijn enorme opluchting krijg ik een zakelijke brief dat ik ongeschikt ben bevonden voor Hare Majesteits leger. Het staat er natuurlijk niet zo, maar verbaasd lees ik dat ik twee centimeter te lang ben. Nooit eerder ben ik zo blij geweest met mijn lengte en het is ook de eerste keer dat ik Johanna omhels en een rondedans maak door de kamer.

Johanna sterft wanneer ik twee jaar bij haar weg ben. Ik ben natuurlijk te laat om nog bij haar ziekbed te staan en zoals de familietraditie vereist verdwijnt ze in het niets. Er blijft niets anders over dan haar as in een urn, in een nis bij het kerkhof (wanneer ik daar geweest ben, weet ik echter beter).

Ze is op 28 mei 1987 gestorven en dat is op precies dezelfde dag dat de West-Duitse sportvlieger Matthias Rust met een klein vliegtuig het Sovjetluchtruim binnenvloog. Ik heb wel meer van die gedachtesprongen en de datum is me bijgebleven omdat dit feit voor grote beroering zorgde in Europa. Zonder dat iemand het merkte vloog Matthias rechtdoor naar Moskou en zette zijn toestel neer op het Rode Plein, letterlijk op de stoep van het Kremlin. Gorbatsjov ontsloeg op staande voet de minister van Defensie. Als ik hoor dat mijn grootmoeder in het stadsziekenhuis is overleden en twee dagen erna in stilte gecremeerd is, ben ik toch van slag. Ik vlucht voor mijn emotie door me allereerst af te vragen wat ze van Matthias Rust gezegd zou hebben.

"Geen beste beurt voor het Sovjetleger, Jonathan, daar gaat hun zogenaamde beste luchtverdediging ter wereld."

Het is onnodig om zoals na moeders dood haar foto's te bekijken want ik weet allang dat ze vaak aanwezig is en dat de rest van mijn leven zal blijven. Ik begin steeds meer te beseffen dat het beste dat ze me geleerd heeft is, dat ik altijd bij mezelf moet blijven.

Zij was alleen zichzelf en deed zich nooit mooier voor dan ze was. En ondanks dat ze weinig over haar gevoelens sprak, was ze voor mij vaak een open boek. Ze leefde lang alleen maar ik kreeg niet vaak het gevoel dat ze eenzaam was. Ze was streng en eigenwijs maar claimde niemand. Ik heb me zelden schuldig gevoeld dat ik haar huis ontvlucht ben en ik durf zelfs te beweren dat ze me dat niet kwalijk heeft genomen. Het was geen gezellige tijd bij haar en het woord gezellig kwam dan ook haast niet uit haar mond. Ze zat niet op me te wachten met thee en koekjes en ik vraag me nu nog af of ze überhaupt wel blij was met me. Betrokken was ze zeker want de lichtpunten die ze gaf zorgden steeds voor inzicht en meer begrip.

Er gebeurt iets vreemds nadat ik naar het kerkhof ben geweest.

Ik loop naar de uitgang onder de druipende bomen, een warme zon heeft de regen verjaagd. Het is zo benauwd dat ik mijn jas uittrek en ik meen dan Johanna te zien, zoals ik haar nog nooit gezien heb.

Ze is jong en heeft haar dochtertje bij de hand. Haar lange, rode haar hangt in losse krullen over haar schouders, haar ogen staan bang. Ze is verlamd van angst en staat onder de laatste boom op het pad.

Ik weet dan dat het veel te laat is om haar te gaan helpen, voel voor de eerste keer spijt.

Ze kijkt me aan en de paniek in haar blik wordt minder voordat ze weer verdwijnt.

Mijn twijfel blijft bestaan omdat ik besef dat ik me nooit verdiept heb in haar angst, haar wanhoop en verdriet. Ze was immers zo sterk.

Maar mijn grootste spijt betreft het feit dat ik haar geen deelgenoot heb gemaakt van mijn geluk, want na rusteloos zoeken vind ik dat een jaar na mijn vlucht van huis. Ik liet haar achter met de twijfel over mijn afgebroken studie, mijn onzekere toekomst, het onbegrip en de onverschilligheid. Ik had haar op zijn minst op de hoogte kunnen houden van de mooiste tijd uit mijn leven.

Ik heb een gitaar gekocht en ben niet eens verbaasd dat ik in zeer korte tijd al wat kan spelen. In de schoolband was ik de drummer geweest maar dit wordt wel iets anders! Ik volg lessen bij een oude man die me het klassieke werk bijbrengt en al gauw heb ik het gevoel dat dit het is: dat mijn verdere leven in het teken van muziek zal staan.

Ik ben jong en naïef, geloof stellig dat niets me kan weerhouden om een beroemd musicus te worden. Ik ga zeer methodisch te werk en dat is nieuw voor me. Ik werk halve dagen in een koekjesfabriek en daarnaast studeer ik fanatiek. Ik moet van mezelf vier uur per dag gitaarspelen en zelfs een verliefdheid kan me hier niet vanaf brengen. Koekjesinpakkend kan mijn geest nog weleens afdwalen naar Ingrid maar tijdens het spel ben ik enkel muziek: akkoorden, melodieën, snaren, klank, perfectie.

Wanneer ik door een zware griep twee dagen niet kan oefenen ben ik niet alleen hondsberoerd van de moordende koppijn maar nog meer omdat mijn oefenschema in de war is geschopt. Ik begin al gauw van het conservatorium te dromen en heb besloten dat ik de piano als tweede instrument zal kiezen. Maar mijn ongeduld maakt een einde aan deze dagdromen. Mijn oude leraar heeft me al vaak gezegd dat ik me moet melden bij de muziekschool maar ik wil na een jaar al de sprong wagen. Ik doe auditie voor het conservatorium en word afgewezen en op dat moment begin ik alles af te breken. De euforie is verdwenen en als ik ga beseffen hoe lang de weg is die ik nog moet afleggen, word ik me bewust dat ik op het verkeerde paard gewed heb. Als ik toen beseft had dat enkel het spelen me het hoogste geluksgevoel had gegeven, was ik opnieuw begonnen. Ik denk immers tijdens het studeren nooit aan de gitaarconcerten die ik na de opleiding ga spelen. Er is enkel vrede, geluk, concentratie en soms zelfs passie. Groot is mijn voldoening wanneer ik na een paar dagen een moeilijke passage onder de knie heb en net zo groot de verwondering over het feit dat ik zo snel noten kan lezen. De oude man spreekt weinig maar ik heb zelfs nu nog het gevoel dat ik met hem de intiemste gesprekken van mijn leven heb gevoerd. Dat gebeurt op de momenten dat we samen spelen. Hij dwingt me heel goed te luisteren om hem te volgen, of om zelf het initiatief te nemen. We houden zodoende een klankgesprek, waarbij we de moed hebben het muziekstuk te onderzoeken en er zelfs nieuw leven in te blazen.

Het is heel gewoon dat ik hem vertel (als antwoord op zijn vraag of ik al eerder een instrument heb bespeeld) dat het Donderglas mijn eerste instrument is geweest. Evenmin schaam ik me absoluut niet om te proberen deze bezonken klanken te beschrijven: "Watermuziek, buitengeruis, juichtonen, zomernoten."

Maar door mijn ongeduld na de auditie kost het me de grootste moeite het oude ritme weer op te pakken. Ik ben nerveus, geprikkeld, moe en soms word ik razend op mezelf en de hele wereld. Ik kan op een gegeven moment de knop niet meer omdraaien, raak mijn gitaar niet meer aan en beroof mezelf van het grootste geluk tot nu toe. Mijn passie voor muziek is als een konijn dat in een valklem is geraakt en doodgebloed.

Wanneer ik echt op mezelf ben aangewezen is het geluk vooreerst nog ver te zoeken.

Ik ben letterlijk als een dief in de nacht vertrokken want ik heb Johanna bestolen: niet alleen van geld uit haar portemonnee maar ook ontneem ik haar het recht om te weten waar ik naartoe ga. Allereerst verblijf ik ongeveer een maand bij een oudere vriend die economie studeert en op kamers woont. Die weken kijk ik buiten voortdurend om me heen of ik niet gevolgd word. Ik ben weliswaar achttien en grootmoeder heeft altijd beweerd dat iemand volwassen is op die leeftijd en voor zichzelf kan zorgen maar misschien heeft ze zich bedacht en om mijn opsporing verzocht bij de politie. Ik leef voortdurend in verschrikkelijke onzekerheid. Soms ben ik wanhopig omdat ik niet weet wat er gebeurt en wat me nog te wachten staat.

Er is (zoals ik verwacht had) geen vrijheidsgevoel en ik denk 's nachts op de bank, die mijn tijdelijke bed is, aan situaties waarin ik me geborgen voelde en die ik verloren ben. De blije, rommelige chaos bij mijn moeder en zelfs de kille regelmaat van Johanna's huis. Ik blijf in Johanna's buurt hangen en besef al vlug dat ik, wil ik me echt bevrijden, het land uit moet.

Ik kies voor Gent in België omdat ik daar ooit iets over gelezen heb dat me raakte. Ik pijnig mijn hersenen maar ik weet niet meer wat me toen ontroerde.

Ik moet van mezelf wakker blijven wanneer ik op weg ben naar het zuiden. Dit is moeilijk omdat ik de nacht voor mijn ontsnapping heel slecht geslapen heb. Ik heb al meteen een lift gekregen en zit suffig te bedenken wat ik tegen de vrouw moet zeggen die me meeneemt naar Antwerpen. Ze rookt aan een stuk door en ik ben na twee sigaretten gestopt omdat ik het gevoel krijg dat ik meerook met haar. Het is de eerste keer dat ik echt walg van de rook, de stank maakt me ziek en ik besluit dan ook te stoppen. Er is geen blijdschap in me, terwijl ik toch juichend mijn vlucht zou moeten vieren. Ik rijd immers in vliegende vaart mijn vrijheid tegemoet. Geen strakke regels meer, geen gezeik over opleidingen die ik niet af maak.

Na Antwerpen zal ik onmiddellijk tijdens de lunch in het wegrestaurant een andere auto moeten zoeken die me naar Gent kan brengen. Daar woont een kennis (vriend is te veel gezegd) die me tijdelijk onderdak kan geven. Ik ben blij dat de vrouw na mijn instap geen woord meer zegt en het mij gemakkelijk maakt om af en toe weg te dommelen. Ze stapt in Antwerpen niet uit de auto om te eten of koffie te drinken en zegt enkel: "Ik heb nog sigaretten genoeg."

Ik weet niet waarom ik kwaad word; misschien wel omdat ze me niets gevraagd heeft, of me niet eens een goede reis toewenst. Ik was toch zo blij dat ze haar mond hield. Zo heb ik me de start van een gloednieuw leven niet voorgesteld. Ik pak mijn rugzak, stap uit en bedank haar niet eens.

In het wegrestaurant bestel ik de ongezondste maaltijd in tijden. Frieten met stoofvlees en ik bekijk met afschuw de veteilandjes in het vlees. Toch eet ik alles op omdat ik honger heb en hang een kwartier later over de toiletpot om alles uit te kotsen. Ik was mijn gezicht en handen, hang onder de kraan mijn mond schoon te spoelen. Dan staat er een dikke vrachtwagenchauffeur naast me die het nodig vindt zich over me te ontfermen. Hij heeft duidelijk zin in een praatje, ik laat hem kletsen terwijl hij tussendoor een stevige pils drinkt. Ik waag het niet hierover iets te zeggen als ik van hem de volgende lift krijg naar Gent.

Via de vriend van de economievriend vind ik een baan in een bruine kroeg en een kamer in een eeuwenoud pand. In de tweede week weet ik plotseling en onverwacht wat me naar Gent heeft gebracht. Ik had gelezen dat in de middeleeuwen het huisvuil uit de hoge ramen op straat of in de gracht werd gegooid en men er niet voor terugdeinsde de inhoud van pispotten (per ongeluk of bewust) over iemands hoofd te storten. Ik was bij Johanna toen ik dat las en misschien kwam het door haar bijna smetvrees dat het toen zo aanlokkelijk was geweest.

Waarom herinner ik me de ongelukkige tijden altijd beter dan de goede?

Bij de meeste mensen is dat geloof ik omgekeerd.

Ik ben me veel meer bewust van mezelf in tijden van nood omdat ik weet dat ik besta in onvermogen. Ik ken de diepste betekenis van *struggle for life* omdat ik puur egoïstisch vecht tegen pijn en eenzaamheid. De goede, gelukkige dagen deel ik vaker met anderen en bestaat het geluk er misschien in dat ik deel uitmaak van het geheel (wat dat ook mag wezen). Ook weet ik zeker dat het goede altijd weer verdwijnt om een onuitsprekelijke leegheid achter te laten. Hierdoor kan ik zelden van het moment alleen genieten omdat ik me constant bewust ben van de tijd. Het verleden speelt dezelfde grote rol als de onbekende toekomst (en de vrees hiervoor).

Misschien kan alleen mooie muziek me langer vasthouden op een punt van gelukzaligheid en bereik ik dan een vorm van oneindigheid.

Voor de eerste keer sinds mijn vlucht voel ik me echt vrij wanneer ik op een middag ga eten in een eenvoudig restaurant. De zon schijnt maar ik ga niet op het terras zitten omdat het daar veel te druk is. Ik zoek een tafeltje voor het raam en koester me in de warmte van de zon die door de gekleurde bovenramen valt. Ik ruik de etensgeuren die uit de keuken komen en op een vreemde manier associeer ik ze met de geur van weilanden.

Gras en modder, denk ik en ben benieuwd naar het eten dat ik besteld heb. Het meisje dat bedient verschijnt aan mijn tafel met gebakken aardappelen en groentes.

Ze zegt lachend: "Het gebraden haantje komt zo mijnheer; niet uit zichzelf natuurlijk maar ik breng hem zo."

Ik bedank haar vriendelijk en besef opeens dat dit ongeveer dezelfde maaltijd wordt die ik de eerste keer bij Johanna heb gegeten. Ik bestel rode wijn omdat zij altijd beweerde dat bij kip witte, droge wijn gedronken moest worden. Even later eet ik met mijn vingers en heb zelfs mijn servet in mijn T-shirt gestoken om niet onder het vet te komen zitten.

Wat zou ze gegruwd hebben om mijn slechte tafelmanieren!

Ik doe wel meer dingen om het verleden terug te halen. Ze gaan dan wanneer ik me ervan bewust word een eigen leven leiden, maar toch. Op een middag ga ik zwemmen in Blaarmeersen, een natuurgebied dat voor de bewoners van Gent en de toeristen is omgebouwd tot een enorm pretpark. Een camping, golf- en tennisbanen, sporthal, restaurants omringen het meer en beroven het zodoende van zijn stilte. Toch zwem ik hier graag omdat er nog wel plekken te vinden zijn die ruiken naar ongereptheid. En natuurlijk om tegen een oude eik aan te hangen op mijn handdoek, om naar de jonge meisjes te kijken die er bijna bloot paraderen. Of zwemmend de aandacht trekken.

Want daar gaat het immers om; gezien en het liefst bewonderd worden. Op een middag dwaal ik af en kom terecht op een stuk weiland waar nog veldbloemen groeien die ik dacht vergeten te zijn. Haast onbewust en vanzelfsprekend begin ik te plukken en geniet van de geur van platgetrapt gras en rietstengels. Er zoemt van alles om me heen en ik word pas opgeschrikt door andere geluiden als ik weer bij het water sta. Er spelen wat kinderen aan de kant die opkijken als een oudere vrouw komt aanzwemmen. Ze roept iets en als de kinderen omkijken heb ik pas in de gaten dat ze mij moet hebben.

"Hebt gij die bloemen voor een meisje geplukt?" vraagt ze en veegt slierten nat grijs haar uit het gezicht. Er gaat iets van pijn door me heen omdat ik aan mijn moeder denk, ik antwoord haar desondanks vriendelijk: "Nee mevrouw, ik heb ze voor u geplukt."

Ik loop naar de oever en leg de bos bloemen neer voor de verbaasde, onbekende zwemster.

Het is niet zo moeilijk om aan dit nieuwe land te wennen. De angst bij het ontwaken omdat ik niet weet waar ik ben, ebt snel weg en om me er veilig te voelen weet ik dat ik daar zelf veel aan kan doen. Ook weet ik dat die veiligheid me zomaar weer tussen mijn vingers door kan glippen. Wat dat betreft is er weinig verschil met Nederland. Ook hier hoor ik nieuwsberichten, weerberichten en muziek op de radio, ook dit land is niet groot en vaak net zo regenachtig en winderig als thuis. Het heeft zijn kustgebied met duinen en vuurtorens, meren, rivieren en bossen. De weilanden zijn misschien wat slordiger maar daarentegen is de taal een stuk verzorgder en vol fantasie. Het heeft zelfs drie taalgebieden: het Vlaamse, Franse en Duitse maar voorlopig houd ik me maar bij de meest bekende.

Waarom heb ik voor een stad gekozen?

Misschien omdat hier altijd geluiden zijn die de stemmen

binnen in me het zwijgen opleggen. Toch zijn er ook rustige plekken, zoals het oude Begijnhof dat zo ingenieus gebouwd is dat het een stilte-eiland is tussen de rommelige straten. Hier is het mogelijk dat je op een lome dag honderden vogels kan horen fluiten in de bomen en in het gras. Ik neem altijd een boek mee wanneer ik hier ga zitten zodat ik kan gaan lezen als ik zoveel rust niet aankan.

Ik leer het kroegleven snel en ben in het begin verbaasd over mezelf. Ik had nooit gedacht dat ik me zou kunnen aanpassen aan het bedienen van mensen die zo verschillend zijn. Het is een allemanskroeg omdat hij naast een bioscoop ligt en er naargelang de soort film die er wordt vertoond steeds ander publiek komt. Als na een romantische film het oudere volk zit na te kletsen kan het ook gebeuren dat later een groep jongeren zich luidruchtig bij hen aansluit en het op een grote huiskamer lijkt. De eigenaar is een bestofte oude Belg die dol is op film en de muren van zijn etablissement heeft hij volgehangen met foto's van voornamelijk oude films. Deze posters zijn ingelijst in protserige gekrulde, vergulde lijsten. Achter in de ruimte is een houten trap naar een soort romantisch balkon en van hieruit kan men het café overzien. Van alle kanten word je bekeken door Greta Garbo, Clark Gable, Charley Chaplin, Charles Heston en de rest van de vergane glorie adel. Het lijkt erop dat deze sterren weten dat de tijd voorbij is dat ernaar hen gekeken werd en ze nu dus hun dagen doden met het bestuderen van een nieuw publiek. Want wie kijkt er nog naar een wulpse Marlène Dittrich die met de benen wijd, achterstevoren op een wankel stoeltje zit? Of naar Stan Laurel die op de galapremière van een van zijn Amerikaanse films een charmante buiging maakt, met zijn ogen dichtgeknepen tegen de lichtflitsende camera's? Toch heb ik hier een situatie meegemaakt die dode helden even tot leven brengt. Het is op een drukke avond. Het regent al uren pijpenstelen en al voordat de bioscoop het publiek loost zijn alle stoelen in het café bezet. Ik kijk toevallig naar de deur wanneer het gebeurt:

Er komt een vrouw in de deuropening die even blijft staan. Het is alsof ze door haar verschijning en haar blik de cafégasten dwingt naar haar te kijken. Ze drinkt ieders aandacht met gulzig genoegen. Ze kijkt rond en naar boven en ik bedenk hoe fantastisch en perfect ze in de kroeg past. Ze is van middelbare leeftijd maar zo ouderwets gekleed dat er onmiddellijk verwarring is omtrent haar leeftijd. Het wijduitstaande, bruine haar dat glinstert van regenvocht, het onopgemaakte gezicht en slanke figuur maken haar tijdloos.

Eigenlijk is haar kleding belachelijk maar je vergeet dat onmiddellijk omdat alles haar zo goed staat: de witte kanten blouse, lange rok, zwart fluwelen cape, rijglaarsjes en de vossen bont rond haar schouders. Ik sta achter de bar vurig te hopen dat ze naar me toe komt, word dan afgeleid door twee studenten die tot de vaste klanten behoren.

"Voor ons nog maar eens twee pintjes, wanneer je tijd hebt, makker."

Geërgerd draai ik me om en zet even later de bestelling op de toonbank.

In een fractie van een seconde later denk ik serieus dat ik de jongens een dreun wil geven omdat de vrouw verdwenen is. Het kan niet anders dan dat ze zich heeft omgekeerd en weer is vertrokken want hoe ingespannen ik ook zoek: ze is verdwenen.

Ik heb haar nooit meer gezien.

Dezelfde nacht nog schrijf ik Johanna een brief. Dat doe ik niet omdat het tafereel van vanavond me beangstigt. Ik voel me er eerder door getroost en op de een of andere manier verbonden met mijn grootmoeder. Ik schrijf haar precies wat er gebeurd is in de kroeg en zie de vrouw uit ongeveer de vorige eeuw weer haarscherp voor me. Waarom doe ik dit? vraag ik me af. Doe ik het voor haar of voor mezelf?

Ik kom al schrijvend tot de conclusie dat ik helderheid krijg in mijn hoofd, dat ik niet bang ben dat Johanna me niet gelooft. Kort beschrijf ik haar waar ik na mijn vlucht gezeten heb en waarom ik uiteindelijk voor Gent gekozen heb. Ze zal het begrijpen dat mijn keuze mede door haar is bepaald. Zij was het immers die met me discussieerde over oude tijden, vergelijkingen maakte met de huidige tijd. Gent zou als een perfect kledingstuk ook haar passen en wat zou ze genieten van de grachten, oude panden, kerken en de Kathedraal.

Een week later krijg ik een brief terug en lees:

Zondagmorgen, 5 september 1985,

Lieve Jonathan,

Verrast heb ik in goede gezondheid jouw brief ontvangen. Het verbaast me niets dat je voor Gent gekozen hebt, ik denk dat het een goede keuze is. Je vertelt me uitgebreid over het visioen in het café en ik heb geprobeerd dit te begrijpen. Als ik eerlijk ben was ik in eerste instantie kwaad omdat ik dacht dat je aan de alcohol was geraakt en die bewuste avond een glaasje te veel op had. Maar gaandeweg ben ik bang geworden want ik herken zo veel.

Jouw moeder, mijn lieve dochter, vertelde me soms soortgelijke verhalen en ik maakte me daar niet ongerust over omdat het bijna allemaal vrolijke taferelen waren die ze zag. Ze was heel klein toen ze met mij op bezoek was bij een kennis in een nogal somber, oud pand. Ze verveelde zich blijkbaar want opeens vroeg ze de huiseigenaar waar de mooie tuin met de twee vijvers gebleven was. De man schrok want er was helemaal geen tuin. Hij vertelde dat op die plaats nu een atelier was gebouwd dat hij verhuurde aan een kunstenaar. Er had vroeger inderdaad een mooie tuin gelegen met vijvers.

Ik herinner me jongen dat jij, toen je nog bij me was, toespelingen maakte en onhandig vroeg of ik ervaring had met helderziendheid. Dat heb ik niet en ik was die dag te veel geraakt om er verder op in te gaan. Je hebt het niet getroffen met mij, dat besef ik terdege maar ik kan me nu eenmaal niet anders voordoen dan ik ben: vaak verbitterd, heel soms eenzaam maar gelukkig wel sterk.

Maar om op jouw gave terug te komen (want dat is de reden dat je me schrijft): ik ben bang omdat jij heel anders in elkaar zit dan je moeder. Ik ben er bijna van overtuigd dat jouw helderziendheid ook weleens donkere, hartverscheurende beelden kan brengen. Schrijf ze dan op Jonathan en probeer hulp te zoeken. Je weet zelf wel het beste bij wie. Wees echter voorzichtig met de mensen die je uitkiest. Door de eeuwen heen is er in feite niets veranderd. In de middeleeuwen zou je wanneer je een vrouw was als heks bestempeld zijn en omdat jij een man bent voor de duivel uitgemaakt worden. En heden ten dage worden mensen wel voor minder vervolgd. De zogenaamde tolerantie in Nederland betreffende homoseksuelen is lariekoek. Ga niet in de dorpen kijken die zelfs nu nog vasthouden aan de leer van Calvijn. Ik ben er van overtuigd dat ze daar geen poot aan de grond krijgen en zij ze het liefst in een kar door de Dorpsstraat zouden willen jagen.

Sorry, jongen, ik draaf weer door en je zult wel blij zijn hiervan verlost te zijn.

Het ga je goed!

Johanna

Twee dagen later krijg ik opnieuw post uit Nederland. Deze keer vind ik een pakje in de brievenbus dat me na het uitpakken blij maakt en ontroert. Het is een klein schilderijtje, het ingelijste prentje van een icoon. Ik begrijp onmiddellijk waarom mijn moeder het zo mooi vond. Maria met een donkerrood gewaad, blauwe mantel en sluier houdt het Jezuskind in haar armen. Rechts en links achter haar zweven twee kleine engelen en ik word getroffen door een bijzonder detail: de sandaal van Jezus hangt los aan zijn kleine voet. Deze keer is de begeleidende brief van Johanna kort:

Onze-Lieve-Vrouw van Altijddurende Bijstand.

Dit is een van de vele titels die gebruikt wordt voor Maria.

Deze Byzantijnse icoon draagt dezelfde naam en is sinds de vijftiende eeuw in Rome. Waarschijnlijk is ze veel ouder.

Bij rooms-katholieken zeer populair en in de Oosters orthodoxe kerk is de afbeelding bekend onder de naam: Theotokos van de Passie (letterlijk Godbaarster van de passie).

Ik weet dat ik Johanna niet zal bedanken. Ik schrijf niet terug omdat ik niet verwikkeld wil raken in een correspondentie met haar. Ik weet namelijk precies welke onzin we dan gaan uitwisselen: politiek, boeken en sociale onrechtvaardigheid. En over wat ons bezighoudt schrijven we toch niet. Omdat we geen gewone mensen zijn die binnen de huiselijke grenzen blijven. Die vertellen wat ze met de feestdagen gaan eten en het werk waar ze mee bezig zijn. Ik wil ook niet echt weten wat haar geheime verlangens en passies zijn en op haar angst zit ik nog steeds niet te wachten. Wat zou ze vinden van een kort gedicht eens per maand? Zoiets van:

In de huidige tijd waart
het groepsgevoel rond,
en wordt tot nieuwe godsdienst
verheven.
Vrouwe pas op, want het individu
wordt nadat het gegeseld is
ten dode opgeschreven.

In Gent leef ik meestal erg intens en misschien blijft het daarom een stad die me steeds is bijgebleven. Voor de zo gelukkige gitaartijd zijn mijn dagen wisselend. Ik beleef de eenzaamheid, angst, soms geluk maar alles duurt maar even. Zelfs een verliefdheid gaat voorbij als de lichtflits in een donkere nacht.

Ze is dronken als ik haar voor de eerste keer zie en ze gaat onhandig op een kruk aan de bar zitten. De kroeg waar ik werk is het eindstation van die dag want ze vertelt dat ze 's middags al met drinken is begonnen en dat ze nu wel wat wil eten.

"Volgens mij is het beter dat je naar huis gaat om eens goed te slapen."

Ik lijk waarschijnlijk op een priester in de verkeerde omgeving want ze wordt kwaad en snauwt: "Moei je niet met mij."

"Bemoei je niet met mij."

Dan komt ze bijna helemaal bij haar positieven: ze strijkt haar haren uit het gezicht, gaat rechtop zitten en antwoordt: "Nee maar, de Hollander wil me de les lezen."

Ik heb haar die nacht niet naar huis gebracht maar wel een week later wanneer haar vriend op studiereis gaat naar Berlijn. We beleven een heftige tijd en ik ben zo stom om te geloven dat ze deze vriend zal verlaten voor mij. Dat ze enkel op stap gaat omdat hun relatie niets voorstelt, dat ze ontrouw is omdat ze niet meer van hem houdt. Maar er is iets totaal anders aan de hand.

Ze gaat op stap omdat ze niet alleen kan zijn.

Ze gaat op stap omdat ze bang is voor de stilte, die haar aan het denken zet.

Ze gaat op stap omdat ze altijd op zoek is naar afleiding buiten haarzelf.

Ze is totaal verknipt en dat heb ik weer. Ze heeft de zin: "Ga niet weg, blijf dicht bij me" waarschijnlijk ontelbare keren gezegd na het vrijen tegen de eindeloos lange rij van minnaars.

Als de vriend terugkomt en ze zich weer in zijn armen stort ben ik jaloers en scheld haar uit voor hoer.

En ondanks de wetenschap dat ik houd van een zeepbel die wegvliegt en spoedig uit elkaar zal spatten om niets achter te laten, ben ik ontheemd en diep bedroefd. Ze is immers het eerste meisje dat me heeft kunnen raken. Het is wel vreemd dat ik me van deze eerste relatie zo weinig herinner. Dus is het lariekoek wat er wordt beweerd: dat de eerste verliefd-heid zo'n grote impact heeft op iemands leven.

Misschien is ze ook vervaagd omdat er kort na onze schei-ding op een zaterdagavond brand uitbreekt in het café. Deze gebeurtenis is wel in detail opgeslagen in mijn hersenen.

Ik ben op het balkon en heb net een bestelling afgeleverd wanneer er beneden een vrouw gilt en een man roept: "Brand, Nanda, wegwezen!"

Terwijl ik de trap afga, half rennend half vallend, zie ik aan de overkant van het lokaal de vlammen hoog oplaaien. De donkerste kant van de kroeg wordt fel verlicht en lijkt op een verlaten hel. De klanten proberen in paniek de deur te bereiken, veroorzaken zodoende een chaotische opstopping voor de bar. Verbijsterd zie ik hoe vlug het vuur langs de linker muur het balkon bereikt. De chaos is daar nog groter omdat iedereen de trap af wil en een duwende, gillende klomp mensen bezeten vecht voor hun leven. Mijn collega's Sarah en Jannes die alleen in het weekend werken, hebben met brandblussers een groot gedeelte van de vlammen snel gedoofd. De kroeg is heel vlug verlaten en terwijl ik tot de ontdekking kom dat er slechts twee blussers zijn, hoor ik een soort ontploffing op het balkon.

Ik kijk naar boven en zie door het witte poederwaas een meisje liggen. Ze ligt voorover met haar hoofd vlak bij de trap, ik verstijf en kan geen stap meer verzetten. Het is de eerste keer in mijn leven dat ik compleet uit angst besta. Dan is het alsof ik een warme hand in mijn nek voel die me tot leven wekt. Ik storm naar boven over troep en glassplinters, trek het bewusteloze kind naar me toe terwijl ik nog op een trede van de trap sta. Ze is inderdaad haast een kind en dat is mijn en haar geluk omdat ik haar moeiteloos naar beneden kan trekken. Het vuur is gedoofd, ze ligt daar terwijl ik neerkniel en me beschermend over haar heen buig. Mijn geest is volkomen leeg op dit moment maar helder, want als ik de sirenes van de brandweer hoor, kijk ik rond of er nog iets te blussen valt. Het meisje is het enige slachtoffer en ik verbaas het ambulancepersoneel met de woorden: "Ze mankeert niets, laat haar maar met rust."

Ik bereik hiermee onbewust dat ik haar niet in de steek hoef te laten omdat ik mee moet naar het ziekenhuis. Het gaat met zachte drang omdat de oudere verpleger meent dat ik bij haar hoor. Ze wordt een nacht ter observatie in bed gehouden, ik bezoek haar de volgende middag, hoor dan dat ze in feite hetzelfde heeft ervaren als ik.

Ze is bewusteloos geraakt van angst, terwijl ik kort tot niets in staat ben geweest.

Als ik het café terugzie ben ik geschokt. De verbrande hoek is zwartgeblakerd en donkerder dan ooit, een muur lijkt op een zwart-wit gespikkeld maanlandschap waartegen kapotte stoelen en tafels afsteken als verminkte dieren. De zwaar gehavende leuning van de trap lijkt nog na te beven wanneer er iemand in de buurt komt. Het gekke is dat er aan de buitenkant zo weinig te zien is. De cafédeur is in zijn geheel uit zijn voegen getild en tegen de buitenmuur gezet. De stoep is brandschoon geveegd. Ik moet over de drempel stappen om de vernielde ruimte te voelen en te zien (en ruiken). Toch is alles niet eens zo ernstig beschadigd, het pand is binnen een maand als vanouds. In het begin na de heropening wordt het balkon minder bezocht maar dat is maar even.

Nog dagen erna blijf ik enigszins verdoofd rondzwerven in de stad.

Ik moet nog een keer naar de kroeg omdat een verzekeringsagent onderzoek doet naar de oorzaak van de brand. Ik kan hem weinig vertellen; alleen dat de brand begonnen is in de donkere hoek maar dat weet hij allang. Ik besluit tijdens dit bezoek dat ik na de restauratie niet meer zal terugkeren ondanks het feit dat de aangeslagen baas me nog twee maanden doorbetaalt. Ik ben in zijn ogen een held omdat hij gelooft in een stuk in de krant, waarin ik afgeschilderd word als iemand die met gevaar voor eigen leven het meisje heeft gered.

(Veel later zie ik als klant dat het stuk met een foto van mij is ingelijst en aan de muur van het balkon hangt.)

Deze tijd van nietsdoen is moordend. Ik moet me vastklampen aan een vaag gevoel dat er iets goeds gaat gebeuren anders red ik het niet. Natuurlijk weet ik dan nog niet dat ik gitaar ga spelen maar ik droom soms over eenzelfde geluksgevoel. Maar veel vaker word ik 's nachts benauwd wakker en zie ik steeds de laatste beelden uit mijn afgebroken slaap. Ik storm de houten trap op in de kroeg en voel de hitte van de oplaaiende vlammen in mijn rug. Op het balkon staat alles zoals het altijd stond, de vloer is schoongeveegd. Ik zoek het bewusteloze meisje maar ze is er niet; het verdriet hierover is zo groot dat ik voorover val en geen lucht meer krijg. Ik weet niet hoe ik moet ademen en dus zal ik wel sterven. Ik besef iedere dag dat ik geen doel heb in mijn leven en dus geen toekomst.

Had Johanna dan toch gelijk toen ze wekenlang zat te zeuren over mijn vervolgopleiding na de middelbare school? Twee studies werden vroegtijdig afgebroken omdat ik haar hoofdzakelijk wilde dwarszitten. De Bedrijfskunde en Geschiedenis bestonden kort uit enkel duffe boeken, die uitgelegd werden door even duffe leraren. Johanna werd steeds kwader door mijn apathie en riep soms: "Wanneer ik zo'n kans had gekregen!"

Ik heb in Gent geen behoefte aan dit soort kansen maar ben wel blij met een nieuwe kans in de liefde. De eerste poging was immers ten dode opgeschreven door gebrek aan moed van twee kanten. Zij zocht alleen gezelschap en ik was verliefd op haar kortstondige aandacht.

Ik zie haar onmiddellijk achter de balie in de bibliotheek.

Ze moet hier net begonnen zijn met werken omdat het onmogelijk is dat ze me eerder is ontgaan. Ze is niet eens mooi op een opvallende manier maar ik verlang meteen naar haar. Ik kijk om me heen of iedereen in haar omgeving hetzelfde voelt als ik: dat er een krachtveld om haar heen is waar je wel blij van moet worden.

Levenslust, een gretige lust naar meer nog dan alleen leven! Dan ben ik verbaasd dat niet iedereen die bij de balie staat of in haar buurt rondloopt dit ziet en met haar praten wil. En dat ik om te beginnen op een afstand blijf kijken komt niet omdat ik niet opgeladen wil worden. Ik ben alleen bang dat ze tegen zal vallen; dat haar stem dit wonder zal bederven. Er loopt een man naar haar toe met een stapel boeken en voordat hij haar bereikt heeft, roept hij: "Ingrid!"

Ze kijkt op en vraagt: "Ja?"

Mijn hart wordt ruimer en ik denk: Haar naam is net zo mooi als de rest.

Ik krijg pas echt het gevoel dat ik voor de eerste keer de liefde bedrijf bij Ingrid en van haar herinner ik me dan ook bijna alles. Ze studeert en werkt dus in de moderne, glas en betonnen stadsbibliotheek. Ze is mijn prinses, roos, trol, liefste, schoonheid en ga zo maar door! Haar gezicht vind ik nergens in een modetijdschrift maar het is duizend keer mooier dan dat van het duurste model. Ik kan dankzij haar weer lezen nadat ik eerder dagen op dezelfde bladzijde van een boek bleef hangen. We vrijen, spelen en praten heel veel. Ik weet opeens dat ik toch wel een aardige jongen kan zijn. Ingrid bestudeert soms mijn gezicht met dezelfde waarderende blik in haar ogen als Johanna, wanneer we over een boek praten. Alleen zegt zij dat ik een genie ben en mijn grootmoeder heeft dat nooit gezegd. Ik werk niet, leef eerst van het geld van de kroegbaas en daarna van Ingrid, totdat ik een nieuwe gitaar koop en ik een baantje zoek waarbij ik absoluut niet hoef na te denken.

Ik ga koekjes inpakken in een fabriek, mijn lief zit er niet mee, ik ben dan haar Chocoprins en ze zegt vaak terecht dat ik haar verwaarloos omdat het zwaar concurreren is met de gouden buik van mijn instrument.

Ik ben gelukkig met Ingrid omdat ze mijn nachtspoken verdrijft en ze met beide benen stevig op de grond staat. Ze is nuchter en zo aards als een prachtige rups die sterft voordat ze zich gaat verpoppen. Ze blijft op de grond en weigert als vlinder naar een onbekende hemel te vliegen. Ze leest veel maar op een heel andere manier dan dat ik gewend ben. Wanneer ik een enkele keer vochtige ogen krijg bij een ontroerende passage en haar vertel wat er zo mooi is, zegt ze sussend: "Rustig, Jonathan, het is maar een boek."

Dit begrijp ik niet omdat ze wel laaiend enthousiast gaat zitten bij een pas ontloken boterbloem en haar neus in het gras steekt. Ze is zorgzaam maar schaamt zich daar ook voor wanneer ze mijn ontbijt klaarzet en ik slaperig aan tafel ga zitten. Ze bezweert me dat het truttig is en ze dit maar een keer doet. Dan lacht ze stralend als ik zeg: "Het geeft niet, trol, je mag dit eeuwig volhouden van mij."

"Echt waar?"

"Ja, wanneer je me belooft dat je het altijd in deze outfit doet."

Want ze is zo prachtig in mijn verschoten blauwe, veel te grote pyjama die Johanna nog voor me heeft gekocht.

Ze vertelt dat ze als oudste uit een groot gezin al vroeg moest meehelpen en dat dit haar soms de keel uithing.

"Het werd helemaal erg toen we van Friesland naar Canada verhuisden, mijn vader de grote boer ging spelen en mijn moeder het huishouden, de dieren en de tuin moest verzorgen. Ik ben toen naar Gent gevlucht om te studeren maar ik mis ze allemaal vreselijk."

Ik luister naar haar en dit alles is zo vreemd alsof ik luister naar een sprookje van Grimm. Ik besmeer een beschuitje dik met jam en zeg: "De jongen die op reis ging om het griezelen te leren."

"Wat zeg je nu?"

"O, niets bijzonders, ik moet denken aan een sprookje dat

ik heb gelezen; alleen ben jij een meisje dat ook nergens bang voor is."

Omdat ik die dag ben opgestaan met een gevoel van angst in mijn onderbuik ben ik blij dat de zon schijnt en we naar buiten kunnen. We gaan koffiedrinken op een terras op het plein van de St. Baafs kathedraal. Ik voel hier, ondanks de toeristische drukte, de middeleeuwen het sterkst en vertel haar van de pispotten, die nu waarschijnlijk nog maar zelden gebruikt worden. Ze schatert maar ondanks deze volmaakte omstandigheid raak ik mijn angst niet kwijt. Dan ontstaat er voor de kathedraal een drukte van belang omdat een gids een groep vrouwen verzamelt en de kerk inloodst.

In de stilte die er volgt verschijnt een man. Hij is er plotseling en ik weet niet waar hij vandaan komt.

Hij loopt moeizaam naar het open portaal van de kathedraal en draait zich dan om. Ik zie zijn gezicht en schrik want ik weet wie deze man is. Hij zal nu rond de vijftig zijn en ondanks de donkere gleufhoed die zijn waarschijnlijk kale schedel bedekt, zijn gegroefde, slappe wangen en verzonken ogen, herken ik mijn vader. Ik weet niet of hij mij ziet, ik krijg de tijd niet om op te staan en naar hem toe te lopen want hij krimpt in elkaar van pijn en valt voorover. Op dat moment komen er een man of zes uit de kathedraal die me het zicht op hem ontnemen. Ze lopen druk pratend naar het café naast me en wanneer ik wanhopig mijn vader zoek is hij verdwenen.

Ik zeg niets. Het heeft geen zin om tegen Ingrid te zeggen: "Mijn vader is zojuist gestorven."

Ze zal het toch niet begrijpen. Ik kom terug op aarde door iets te zeggen tegen een deftige, oude heer die een stoel zoekt. Ik zeg tegen hem, zoals ik tegen mijn vader gezegd kon hebben: "Neemt u deze stoel maar want ik ga naar binnen om af te rekenen."

En om het verdriet te verdrijven herinner ik me de sterke, jonge man op het schoolplein en mijn lef van die dagen.

Toch weet ik nu zeker dat Ingrid mijn eerste grote liefde was en het terugdenken aan haar vult me nog steeds met heimwee naar de dagen van ongelooflijk geluk. Dergelijk geluk duurt nooit lang en het verlies ervan slaat diepe wonden.

Het ergste is dat zij niet zomaar verdwijnt maar dat ik haar laat weggaan. Ik ben te zeer verdiept in de muziek en wanneer ze me vraagt om met haar mee te gaan naar Canada weiger ik. Ze gaat naar haar ouders en vijf broers en zusters en ben ik misschien bang voor zo veel familiegeluk?

Ze gaat weg en ik kom in een rouwproces terecht dat me alle energie ontneemt. Ik denk na of beter gezegd, ik pieker me suf over mijn verlies. Ik twijfel er geen moment aan dat mijn vader is gestorven. Ik besef dat het de vijfde keer was in mijn leven dat ik heel helder in een andere tijd en omgeving kon kijken. Alleen werd ik de eerste vier keer getroost:

door mijn vader op het schoolplein,

door de sfeer van mijn moeder in haar sterfkamer,

door Johanna als jonge vrouw,

door de geheimzinnige vrouw in de deur van de kroeg.

Ik was door die gebeurtenissen niet verontrust geweest maar nu wil ik het niet meer!

Ik denk aan de dromen over mijn blonde, sterke vader en de momenten dat we samen over de wereld zwierven. Heb ik daarom nooit de behoefte gevoeld om hem op te zoeken?

Nu ben ik bang en heb er spijt van dat ik niets tegen Ingrid heb gezegd; zij had met haar nuchtere kijk op alles wel een oplossing geweten.

Ik wil het niet meer.

Deze zin spookt door mijn brein en geeft soms rust want

wanneer ikzelf iets niet meer wil, mag het ook niet gebeuren. Helderziendheid is iets waar niemand op zit te wachten in een wereld die gedoemd is ten onder te gaan. Mijn rouwproces geldt voornamelijk Ingrid en het is heel zwaar omdat ik niet kwaad kan zijn op haar. Ik verlang naar ogenblikken die ik nooit meer zal krijgen. Ik wil vergeten en herinneren.

Het herinneren doet zeer maar nog pijnlijker is het idee dat ik haar helemaal kwijtraak want mijn leven zal een woestenij zijn zonder haar geur, het geluid van haar stem en de schoonheid van haar gebaren. En precies zoals in mijn jongenstijd droom ik van het grote weerzien. Ik reisde toen mijn vader achterna, nu vlieg ik naar Canada om haar weer te mogen omhelzen. Maar mijn vertrouwen van toen is weg omdat mijn vader dood is en ik nog maar een fractie van mijn kracht overheb.

Voorlopig heb ik genoeg aan haar gestalte in ieder vertrek dat ik betreed.

In de bibliotheek zie ik haar staan, ze geeft me een knipoog over het hoofd van een klant aan de balie. In de bioscoop voel ik haar warme hand in de mijne, hoor ik haar lach, terwijl de rest van het publiek juist de adem inhoudt. In de supermarkt verlang ik naar haar onbezonnen heen en weer geren, terwijl ik me daar zo vaak aan geërgerd heb. In bed mis ik alles en probeer ik niet te herinneren anders word ik gek. Dan komt toch onvermijdelijk het beeld van de toekomst: van een Ingrid die moe van het wachten op mij zich troost met een Canadese plaatsvervanger. Ze zal gelukkig worden en met haar heldere kijk op het leven Jonathan Vlinder in *no time* vergeten. Ze zal het ontbijt klaarmaken voor de Canadees maar er gelukkig nooit meer zo geweldig uitzien als toen omdat de blauwe pyjama bij mij is gebleven.

Ik ga van pijn en verdriet uit, zij van het simpele, natuurlijke geluk. Ik kan haar wel zoeken maar het lukt niet, ze is er niet en zal er nooit meer zijn. Ik begrijp op een middag opeens waarom haar gezicht niet te vinden is in het gewone straatbeeld of in tijdschriften. Ik ben een antiekzaak in gevlucht omdat het begint te stortregenen en zie een glimp van haar ogen, neus en mond in een schilderijtje van lang geleden. Ik vraag de antiquair hoe oud het is, hij weet het niet precies maar denkt aan het portret van een nobele dame uit de zestiende eeuw. Het is duur maar ik koop het onmiddellijk om het bij mijn bed te hangen.

Maar wanneer ik in de St. Baafs een kaars aansteek voor de nagedachtenis van mijn vader, ben ik voor de eerste keer blij dat ze er niet bij is. Er komt een vrouw op me afgestevend en ik zie in het kaarslicht dat ze heel oud moet zijn, ook zie ik in haar lege blik dat het leven haar verveelt.

"Mag ik u vragen voor wie u een kaars aansteekt?"

"Voor mijn vader die nog niet zo lang geleden gestorven is."

Ik merk dat ik door deze hardop uitgesproken zin heel even de kracht terugkrijg die ik als kind bezat. Dan hoor ik dat ze niet alleen verveeld maar ook verward moet zijn. Ze kijkt naar de bus met kaarsengeld en zegt: "Daar moet u geen geld ingooien want dan verdwijnt het meteen."

Ik zoek wat kleingeld en geef het haar want aan alles zit immers een prijs: zelfs aan moed.

Ik loop de kathedraal uit, voel buiten in de frisse wind dat ik me veel beter voel. Dat komt niet door de kaars maar door mijn antwoord aan de oude vrouw. Ik wil niet meer denken aan mijn helderziendheid maar wel geloven in de hand van de voorzienigheid, die ervoor zorgt dat ik van buitenaf geholpen wordt door onbekenden, in situaties die zomaar gebeuren kunnen en me inzicht geven.

Ik loop naar het terras waar ik zo vaak met Ingrid heb gezeten en weet opeens en onverwacht dat ik nooit naar Canada zal gaan. Ik denk: gelukkig voor haar en schrik van die gedachte die in feite aantoont dat ze aan Jonathan Vlinder ontsnapt is. Ze is te jong en simpel gelukkig om haar leven te slijten met iemand die geregeld wordt ingehaald door de schaduw van de haat.

Met iemand die niet de moeite neemt om zich te verdiepen in andermans leed. Ik ga zitten, bestel een glas witte, droge wijn waar ze zo dol op was. Wanneer ik een slok neem is de herinnering aan haar zonder pijn en de leegte in mijn hart stroomt even vol van haar.

Het gaat te ver om nu tussen de mensen iets hardop te zeggen, dus fluister ik onopgemerkt: "Op je gezondheid, lieve trol."

Ik blijf nog ruim negen jaar in Gent wonen en dat is lang voor iemand die in gedachten altijd op reis is. Ik val weer terug op de muziek omdat ik weet dat dit een prima remedie is om te vergeten, om met mensen om te gaan die ik het beste van mezelf kan geven. Dit laatste is een leugen: ik weet dat ik Ingrid het beste van mezelf heb gegeven. Waarom ga ik haar niet achterna? Dit is een vraag waar ik al zolang het antwoord op weet. Ik heb sinds mijn jeugd nooit in duurzaamheid geloofd. Niets is blijvend en toch verlang ik naar geborgenheid die eeuwig zal duren. De angst om iemand te verliezen is mijn grootste angst maar ik doe ook geen moeite om dit te voorkomen. Ik speel jaren in diverse bands en verbeeld me steeds dat het goede bands zijn. Alleen de eerste keer wordt een grote sof: ik ga weer gitaarspelen in een hardrockband om mijn verdriet te overschreeuwen. Deze keer met een elektrische gitaar. Als ik mijn ogen sluit zie ik ons weer staan: de drummer, zanger, nog een gitarist, de dikke keyboardspeler. Het gehuil, gejank, geroffel, gebeuk: het hoort bij mijn onrust en mateloos verweer. Ik raas de avonden door en voel me keihard vanbinnen en vanbuiten. Ik weet dat we niet goed zijn maar ook weer niet echt slecht. Ik verbaas me nu nog over het feit dat we het lef hadden om naar het Monsters of Rockfestival in Engeland te gaan. In de plaats Castle Donington komen jarenlang achtereen de ruige muziekliefhebbers bijeen om met hun muziek te feesten, blowen en zuipen. Het is het land waar ik me door magie omgeven voel en me maar al te graag laat betoveren door een zwarte, schijnbaar gevoelloze heks. We wassen ons drie dagen nauwelijks. Het eerste dat ze in plat Engels tegen me zegt is dat ik stink maar ze moet toch lachen om een actie van onze drummer. Deze kruipt op een mistige morgen uit zijn tentje met een handdoek om zijn nek en toilettas in zijn linkerhand. Hij brult: "Opgelet mannen, ik ga me wassen!" Hij strijkt met een vinger van zijn rechterhand over het vochtige tentdoek, wrijft over zijn gesloten ogen en zegt voldaan: "Ziezo, daar knap je van op."

De heks is zangeres bij een punkband maar houdt zich niet aan de outfitregels. Haar haren zijn niet geverfd (ze zijn van nature inktzwart), ze draagt geen leren accessoires, geen veiligheidsspelden door haar witte vel. Ze ziet er zo tijdloos uit en tegelijk niet van deze wereld, dat ze me intrigeert. Ze luistert meestal alleen tussen de menigte naar de muziek en ik weet eigenlijk niet of ze ook alleen naar het festival is gekomen. We raken in gesprek op die avond dat donkere wolken hun uiterste best doen om de maan te verstoppen. Ik heb geen idee hoe het komt maar ik moet steeds aan mijn sprookjesboek denken; aan de angsten die de verhalen van Grimm vaak opriepen. Vrouw Holle, die mensen met pek overgoot. Vondevogel, die als baby ontvoerd werd door roofvogels. Ik ben nogal onder invloed van de alcohol in het slechte bier, als ik de heks een sprookje wil vertellen. Ik heb een zin gezegd van een koningsverhaal wanneer ze me onderbreekt.

"Hou op man, ik heb mijn buik vol van sprookjes."

"Waarom in godsnaam?"

"God heeft niets te maken met handen die boven een graf uitgroeien."

En of het door het spookachtige weer komt of door mijn roes, ik weet onmiddellijk wat ze bedoelt. Het was waarschijnlijk het kortste maar meest gruwelijke verhaal van Grimm geweest: *Het eigenzinnige kind.* Zodra ik de titel heb uitgesproken begint ze te vloeken. Dan vertelt ze dat haar moeder plagerig maar veel te vaak had gezegd dat ze beter moest luisteren, omdat er anders als ze dood was iets vreselijks zou gebeuren. Net zoals in het sprookje zou haar arm tevoorschijn komen boven de aarde van haar pas gedolven graf. Haar moeder zou zelf naar het graf gaan om met een roe op het armpje te slaan, dan pas zou het teruggaan in de grond en zou ze rust krijgen.

Ik onderdruk de neiging om te lachen want ik zie tot mijn verbazing dat ze huilt. Ik wil haar troosten maar ze zegt dat ik niet moet denken dat ze verdrietig is.

"Het is misschien nog nooit in je op gekomen dat iemand ook van woede kan huilen."

De woorden van Johanna: "De werkelijkheid is vaak nog veel erger," bevatten zeker waarheid voor dit meisje. Ze heeft het sprookje zo letterlijk geloofd dat ze er nu nog last van heeft. Dit kan niemand beredeneren en ik hoop voor haar dat ze op een dag zal beseffen dat schuldgevoel een slechte levenspartner is. Het is immers onmogelijk dat een klein meisje zo slecht kan zijn dat ze zo'n gruwelijke vloek over zich heen krijgt. Ik neem haar die nacht bij de hand en we vrijen in het natte gras als twee vreemdelingen die elkaar heel even herkend hebben.

Ik heb een vriend en besef dat het voor de eerste keer is in mijn leven. Bij Johanna in mijn studententijd ging ik ook wel op stap met de jongens en meiden: er was echter niemand bij die mijn vertrouwen kon winnen. Ik weet niet meer precies waar ik me mee bezighield toen ik Paul ontmoette maar deze ontmoeting staat in mijn geheugen gegrift met een helderheid die de sterren laat verbleken. Hij heet Paul Winters maar ik noem hem al vlug broertje omdat ons samenzijn wel eens een familiegevoel kan zijn. Hij is net als ik lang en donker en in het begin denk ik dat hij net zo cynisch is. Dat lijkt echter maar zo omdat hij het leuk vindt om rollen te spelen en hij mijn cynisme die eerste avond vermakelijk vindt. We discussiëren over van alles, zelfs over God in wie we allebei niet geloven; dan zit ik hem opeens te vertellen dat ik na Ingrid niet meer echt van seks kan genieten. Het blijkt dat we op een lijn zitten omdat hij ook iemand heeft verloren van wie hij veel hield. Hij kijkt me aan, zijn ogen worden zacht wanneer hij zegt: "Ik hoop niet dat we iedere keer dat we elkaar zien herinnerd worden aan ons verlies, want ik mag je wel."

Maar het blijkt niet erg te zijn om aan wat dan ook herinnerd te worden in de weken die volgen want we zoeken elkaar steeds op. Paul schaamt zich net zo als ik over zijn egoïsme en gebrek aan inlevingsvermogen. Toch is het heerlijk te kunnen schelden, te kankeren, te vernederen zonder er direct op afgerekend te worden. Hij is een Belg en hij beweert dat hij enorm uit de toon valt omdat de meeste van zijn kennissen zich niet hardop durven uitspreken over zaken waar ze echt de pest aan hebben. Hebben we net als echte broers sommige eigenschappen gemeen? Dat is niet zo maar hij vindt het in ieder geval niet verachtelijk wanneer ik mijn woede over Johanna uit.

"Liefde en haat liggen zo dicht bij elkaar dat ze soms haast niet uit elkaar te trekken zijn."

"Dus je wilt beweren dat ik van Johanna hield?"

"Sterker nog, je houdt nog steeds van haar."

"Belachelijk, ze heeft me verstikt terwijl ze dacht dat ze me van alles kon leren. De wijsheden die ze vertelde kwamen uit boeken: van haarzelf heb ik zelden iets gezien."

"Ik denk dat je heel goed weet dat dit niet waar is. Ze liet haar slechte kant uitvergroot zien. De meeste mensen vinden het moeilijk om slecht te zijn, ze doen hun uiterste best om aardig gevonden te worden."

"Ik heb me nooit op die manier in haar verdiept."

"Omdat je spijt hebt, ben je nu kwaad op haar."

Dit gesprek voeren we de eerste avond en ik voel heel even angst opkomen en wil vluchten, zoals dat steeds gebeurt in die dagen maar ik blijf en voel het als een overwinning op mezelf.

Er gaan ongeveer zes maanden voorbij voordat ik opeens besef (wat ik eigenlijk al na een paar dagen weet): ik houd van Paul en ben voor de eerste keer niet bang voor deze vriendschap,

niet bang voor deze nieuwe gevoelswereld,

niet bang voor de euforie die kameraadschap me brengt,

niet bang dat hij net als de rest zal verdwijnen.

Integendeel, ik weet zeker ook zonder helderziendheid, dat dit een hechte vriendschap zal worden. Na de eerste avond praten we niet veel meer over gevoelens omdat het niet nodig is. Ik vertel hem over mijn visioenen zoals hij vertelt over de rollen die hij speelt: enigszins beschroomd maar eerlijk.

Paul is op zijn parttimewerk (op een kantoor van de gemeente) een brave burger en hij gaat daar zo in op dat hij soms in slaap valt voor zijn pc. Wanneer hij vrij is of uitgaat verschillen zijn personen. Soms speelt hij de versierder, dan is hij de ongenaakbare snob maar meestal de rebel. Hij gelooft me onvoorwaardelijk wanneer ik hem het verhaal vertel van de dood van mijn vader maar wat veel belangrijker is: hij gelooft dat ik sinds die dag alleen ben, zonder familie. En als die bruine hondenogen zacht worden speelt hij geen spel en zie ik een veel beter mens dan ik ooit geweest ben en nog zal worden. Alleen haal ik het niet in mijn hoofd om dit tegen hem te zeggen.

Wanneer ik denk aan de tijd voor onze ontmoeting voel ik opnieuw het ongenoegen in iedere vezel van mijn lijf. Er zijn van die periodes die als een zwarte filmstrook in mijn geheugen zitten. Ik lijd aan angstaanvallen; wanneer ik dan binnen ben vlucht ik naar buiten, loop ik ergens op straat begin ik naar huis te rennen om de voordeur achter me dicht te slaan. Ik heb niets te doen en voel me te slap om een baan te zoeken. Ik zit op mijn kamer met uitzicht op een naargeestig binnenplaatsje. Er is troep rondom me omdat ik niet opruim, niet afwas en mezelf verwaarloos. Ik luister, nadat ik lusteloos gitaar gespeeld heb, naar de huisgeluiden: het gerommel in de verwarmingsbuizen, soms het kraken van de vloer, het gezucht in de muren. Ik eet steeds hetzelfde: brood, kaas, eieren en drink de hele dag zwarte koffie.

Ik ga zeer omzichtig naar buiten omdat, wanneer ik door paniek overvallen word, de angst daar groter is dan binnen. Ik hang rond in de bibliotheek, in boekwinkels, musea, kerken. In cafés word ik overspoeld door eenzaamheid die de mensen om me heen vanzelf op afstand houdt. Ik straal immers dezelfde kilte uit als het natte weer en het publiek wil zich toch verwarmen. Ik hoop dan dat ik niet in paniek raak voordat de regenbui over is omdat ik anders weer eens als een natte hond moet thuiskomen. Ik ben in die dagen niet iemand bij wie je graag op bezoek gaat. Ik ben in feite niemand want geen mens drukt op mijn bel of bonst op het raam om mijn aandacht te trekken. Ik ben daar eigenlijk wel

blij mee want nu kan ik me verstoppen en word nooit opgeschrikt door een joviale stem die als een wanklank mijn oren
binnendringt. Ook kan er geen onverwacht licht mijn ogen
openen. De eenzaamheid wordt een jas die ik iedere morgen
na het ontwaken aantrek.

Op een middag zit ik in de bieb aan de leestafel een stripboek te lezen wanneer er een lichtstraal naar binnen valt.
Niet door het raam want het is een grijze dag maar recht
in mijn hart en ik ga rechtop zitten. Ik wacht af, er gebeurt
niets dus loop ik maar weer naar mijn kamers. Er ligt een
brief op me te wachten met het verzoek om aanstaande zaterdag voor een gesprek naar een kroeg te komen vlak bij het
station. De afzender is de leider van een band, hij zal misschien een gitarist zoeken. Ik voel me teleurgesteld en weet
niet of ik zaterdag de deur wel uit durf. Ik ben moe en reali-
seer me dat ik eigenlijk voortdurend uitgeput ben. Het enige
wat zin heeft is slapen maar dat is ook iets dat ik zomaar niet
krijg. Het komt niet eens in mijn hoofd op dat sloten koffie
ook niet echt helpen.

Wat heeft die lichtstraal te betekenen?

Een korte opleving, de vage hoop op iets goeds of enkel
een por van buitenaf om te veranderen?

Ik heb gerookt maar ben daar na een tijd mee gestopt omdat ik toch bang ben voor de risico's.

Wil ik dan toch niet dood zoals op de verpakking staat?

Ik zit liever miserabel in mijn troosteloze hok te wachten
op verlossing. Wanneer ik toegeef aan deze hel, zal ik er ook
weer vanzelf uitkomen. Waar is mijn muzikale passie gebleven?

De brief van vandaag is misschien een uitnodiging, een uit-
daging om iets nieuws te beginnen, maar ik ben te moe om
iets te beginnen.

Bij Paul ontdek ik de kracht van gesprekken. Het spel van het uitwisselen van woorden wordt iets van levensbelang wanneer alle partijen geneigd zijn enigszins naar elkaar te luisteren. Ik voel me geen buitenstaander wanneer ik bij Paul en zijn vrienden in de kroeg zit en raak heel langzaam mijn vervreemding kwijt. Ik kan als mijn angst verschijnt door een plotseling uitgesproken zin, de reden ervan bij mezelf onderzoeken en een weerwoord geven. Het is niet belangrijk wat deze vrienden doen om in hun levensonderhoud te voorzien. Ze drinken bier of wijn, roken, snuiven soms en hebben overal een mening over. Naargelang het onderwerp vindt er vaak een verschuiving plaats in belangrijkheid van de spreker. Degene die het meeste weet of het beste kan uitleggen is die avond koning. Natuurlijk zitten er vaak schreeuwers tussen, die menen van alles op de hoogte te zijn maar die vallen meestal heel vlug en keihard door de mand.

Bij een van de eerste gesprekken herken ik mezelf zo duidelijk dat ik verbaasd ben dat ik blijf zitten. Een magere, bleke jongen met rossig haar heeft de hele avond gedronken en heel weinig gezegd. Dan ineens barst hij los: "Mijn ouders hebben me gigantisch voorgelogen. Ze hielden me steeds voor dat ik met mijn intelligentie kon bereiken wat ik maar wilde. Na al de scholen die ik heb doorlopen kreeg ik inderdaad een goede baan maar wat ik wilde heb ik niet bereikt: rust, geborgenheid en liefde moet ik vast op een andere manier verdienen. Ik kan er alleen maar miserabel aan toe zijn, daar ben ik een echte kei in. Ik trek het ongeluk naar me toe als een loopse teef de reu. Ja, kijk maar weer verveeld allemaal, ik zie jullie denken: hij zwemt niet alleen in de alcohol maar ook weer in zijn smerige poel van zelfmedelijden."

Hij zwijgt en omdat ik bang geworden ben begin ik halsoverkop te bazelen.

"Je voelt je ellendig omdat je waarschijnlijk het verkeerde

beroep hebt gekozen. Probeer te gaan schrijven want je kan alles haarscherp uitleggen."

Er is opeens een stilte ontstaan aan de vriendentafel; het voelt als zitten op een eiland middenin een rumoerige zee. Tot zover is het acceptabel wat ik gezegd heb maar het wordt echt verbijsterend stil wanneer ik zeg: "Ik heb bewondering voor je."

Hoe red ik me hieruit?

Ik kan toch moeilijk zeggen dat ik dit ook zou willen, dat ik van de gelegenheid gebruik wil maken om mijn onverklaarbare angst te beschrijven. Wat zou het een bevrijding zijn om in tranen uit te barsten en te zeggen: ik ben moe, nee kapot; ik ben op de vlucht voor ongrijpbare emoties.

Maar ik begin enkel nog meer te zweten en buig mijn hoofd voorover. Ik ben bang voor mijn eigen stem maar nog banger voor de minachting op de gezichten om me heen. Die zal ongetwijfeld ontstaan wanneer ik blijf zitten. Dan hoor ik Paul "Jonathan," zeggen en ik kijk naar hem. Hij heeft mijn naam genoemd, niet dringend maar bijna terloops, hij kijkt me niet eens aan wanneer hij vervolgt: "Ik heb ook bewondering voor iemand die zijn zwakke kant durft te tonen. We komen allemaal vroeg of laat de man met de hamer tegen, alleen zullen de meeste mensen daar zelden voor uitkomen."

De magere jongen lijkt opeens nuchter als hij op felle toon zegt: "Paul, bemoei je er niet mee, laat Jonathan uitspreken. Waarom heb je bewondering voor me?"

Ik weet onmiddellijk dat ik afstand moet nemen van een toevlucht en antwoord: "Omdat jij lak hebt aan andermans mening en ik een lafaard ben."

Ik kijk nu naar de jongen, maak een gebaar met mijn handen dat het rumoerige café, de eenzaamheid, mijn bezwete hemd en mijn angst omvat. En dan voel ik weer de lichtstraal van de bibliotheek maar nog feller en warmer, wanneer iemand tegenover me roept: "Daar moet op gedronken worden, wie heeft er goesting?"

Alleen de rossige slaat deze keer het rondje over maar klinkt met zijn lege glas tegen het mijne.

Dan begint een dikke, plompe vrouw de glazen, asbakken en losliggende troep te verzamelen van de verlaten tafel naast ons. Ze gaat weg en komt even later terug met een emmertje sop. Ze poetst fanatiek met een vaatdoek het tafelblad schoon, kijkt naar ons vrienden alsof ze zeggen wil: "Oprotten allemaal, ik wil naar bed."

Het is ver na middernacht als ik in mijn kamer sta en besef dat het in deze rotzooi geen thuiskomen is. Ik ben moe maar voel me niet meer zo somber als de afgelopen dagen. Door de woorden van Paul hoor ik er op de een of andere manier weer bij. In ieder geval weet ik dat ik kan veranderen. Ik verschoon mijn bed, haal vuile kopjes, borden en onduidelijke troep van tafel en was af. Ik zie dat ik de boel nog lang niet op orde heb maar ben opeens uitgeput. Ik open het raam en hoor meer dan dat ik het zie dat het regent. Overal een zacht getik, een regelmatig druipend geluid van water. Ik steek mijn hoofd naar buiten in de grauwe sluier. Zo blijf ik lang staan, totdat het vocht door mijn haren mijn schedel bereikt. Doordrenkt maar ongewoon fris wrijf ik wat later mijn haren droog, kleed me uit en kruip onder het dekbed. Ik denk nog even aan de man met de hamer, slaap dan diep voor de eerste keer sinds weken. Vlak voor het ontwaken droom ik van Paul: hij staat op een grasveld midden tussen een groep mensen. Het stortregent; het water stroomt uit zijn haar, langs zijn kleren, zijn schoenen in.

Dan komt uit het niets een forse man met een flinke hamer in zijn hand. Hij begint op de hoofden te beuken en er vloeit bloed, het gejammer is niet van de lucht. Dit alles duurt maar even en wanneer de man verdwijnt zie ik tot mijn opluchting dat hij mijn vriend met rust heeft gelaten.

Hij moet wel iets speciaals in me wakker gemaakt hebben want ik blijf in Gent wonen voor hem.

De ontmoeting met de bandleider was, hetzij uitgesteld, een verrassing geweest. Hij bood me een baan aan in Brussel als tweede gitarist maar ik weigerde.

Wanneer Paul dit hoort is hij stomverbaasd en vraagt: "Waarom heb je dit in vredesnaam afgewezen?"

"Ik wil in Gent blijven tot ik me wat beter voel; ik vind wel iets anders."

Dit is alles wat er gezegd wordt maar ik weet dat er meer is: wanneer mijn vriend gezegd had dat hij meeging naar Brussel dan had ik onmiddellijk toegehapt. Een paar dagen later kom ik met de vraag op de proppen die ik allang had willen stellen:

"Hoe vind je het dat ik in Gent blijf?"

Voor de eerste keer zie ik iets van verlegenheid in zijn ogen voordat hij antwoordt: "Verschrikkelijk maar we zijn nu eenmaal voorbestemd om broers te zijn."

Broeders!

Ik zie opeens een heel andere kindertijd.

Met Paul naar school,

met Paul vissen in de grote vijver,

met Paul bij Johanna.

Dit laatste geeft me even een gevoel van onbehagen omdat ik voel dat Paul beter bij mijn grootmoeder past. Hij heeft haar zekerheid en twijfelt niet aan zijn idealen. Maar dan weet ik dat dit waarschijnlijk niet altijd zo is geweest. Had hij het niet over de man met de hamer gehad en gezegd dat iedereen hem tegenkomt? Wat weet ik nog weinig van hem en ik wil alles weten.

Ik weet niet of ik zonder Paul reislustig was geworden.

Zeker is wel dat hij de aanzet heeft gegeven en dat ik vooral tijdens onze diverse reizen veel facetten van zijn karakter heb gezien. Hij heeft gespaard en vertelt me op een avond dat hij alleen werkt om er af en toe tussenuit te gaan.

"Wat bedoel je met er tussenuit gaan?"

"Op reis gaan sukkel, mijn grenzen verleggen, verandering weet je wel!"

Dan vraagt hij of ik met hem meega naar Indonesië.

"Ik heb niet veel gespaard, Paul."

"Dat maakt niet uit, ik betaal de tickets en op de Indonesische eilanden is het levensonderhoud goedkoop."

Ik twijfel en zie dat hij teleurgesteld is.

"Het lijkt me tof om samen te gaan. Alleen reizen heeft zijn voordelen maar in Indonesië is het veiliger met z'n tweeën."

Ik ga uiteindelijk mee. Ik herinner me dat het inderdaad niet ongevaarlijk was. Mijn vriend was eerder in Sulawesi maar nu is Java aan de beurt.

"Een eiland is ruim voldoende voor twee maanden," heeft Paul beweerd en ik merk al gauw dat zelfs een eiland me soms te veel wordt. Ik word hier door alles aangeraakt: de hitte, de herrie, het vuil, de schoonheid van de natuur, de geuren; om nog maar te zwijgen van de goede en slechte visioenen die me bezoeken. Ik voel me in de tropen een ander mens; wantrouwend, nieuwsgierig, vlug ontroerd en meer vatbaar voor sfeer. Ook verleg ik mijn grenzen (zoals Paul zei) want ik word zonder blikken of blozen een dief; weliswaar door de omstandigheden maar toch!

We zijn ruim vier weken aan het trekken wanneer Paul ziek wordt. Hij zegt dat ik me niet ongerust moet maken omdat het bijna iedereen overkomt die uit het redelijk schone Europa komt. Hij heeft last van zijn buik, is misselijk en in een klein dorp aan de westkust zakt hij midden op straat in elkaar. Hij is bewusteloos en ik raak in complete paniek. Ik denk aan het visioen van de afgelopen nacht en weet me geen raad. Ik had op de harde bultzak gelegen en zat tussen waken en slapen. Paul, die zich al dagen niet goed voelde, was buiten op het erf voor het *guesthouse*. Ik hoorde hem in zijn komische Bahasa met de oude baas praten en zakte weg.

Kort daarna lijkt er een windvlaag door de kamer te gaan en ik sta op.

Ik loop naar Pauls bed en schrik. Mijn vriend ligt in zijn onderbroek uitgestrekt en totaal verloren op de bultzak. Ik kijk naar zijn gezicht en zie dat hij dood is. Er volgt erkenning en ontkenning maar omdat er vliegen op zijn voorhoofd blijven zitten, moet ik geloven dat hij er echt niet meer is.

Nu ligt hij als een slappe pop aan mijn voeten, midden op de stoffige straat. Het is er gelukkig niet druk maar twee fietstaxi's zijn voorbijgereden, ondanks mijn geroep om hulp. Dan verschijnt er plotseling een kleine, jonge vrouw in de deuropening van het huis recht tegenover me. Ik roep haar, ze kijkt naar Paul en draait zich om. Ik denk wanhopig dat ook zij niet geïnteresseerd is maar daar is ze alweer! Naast haar staat een jongen die, tot mijn verbazing, een soort rotan draagbaar vasthoudt. Het stel loopt kalm op ons af en het meisje buigt zich over Paul. Ze tilt eerst een ooglid op, legt dan een smal bruin handje op zijn voorhoofd en zegt in keurig Engels dat hij aan uitdroging lijdt. Hij wordt op de draagbaar gehesen en naar het huis gedragen. Dan blijkt dat de jongen een man is, die het hoofd is van de puskesmas (verplegingspost) van het dorp.

Weer besef ik hoe moeilijk het is om leeftijden te schatten in dit land.

Ik vraag naar de dokter maar die is er niet; het dichtstbijzijnde ziekenhuis staat in een stad op dertig kilometer verwijderd van de kust. Maar mijn vriend is gered want hij is in goede handen. Hij wordt twee weken uitstekend verpleegd en ik schaam me na afloop omdat ik de eerste dag pertinent weiger dat ze hem een injectie geven. Ik zit uren bij hem en hij vertelt dat hij niet bang is geweest om te sterven. Wel is hij uiterst kwetsbaar en ik zie hem voor de eerste keer huilen wanneer hij de pijn weer voelt van zijn verloren liefde. Hij zegt: "Ze kon er niet tegen dat ik geen ambitie had om hogerop te komen; ze wilde zekerheid en die kon ik haar niet geven."

Maar de dag van zijn genezing zal ik niet snel vergeten omdat hij zo'n grote belofte inhoudt voor de toekomst.

Ik heb bananen gekocht in de propvolle toko aan het eind van de straat. Terug bij het huis blijf ik even talmen in het tuintje aan de voorkant. De zon schijnt op de hibiscusstruiken en geeft de roze en witte bloemen een prachtige glans. Ik schaam me er niet voor om enkele takken te plukken voor Paul en loop naar zijn kamer. Maar hij is er niet en ik hoor dat hij is gaan wandelen. Vanzelfsprekend loop ik naar de kust en zie hem daar langs de vloedlijn lopen. Ik kan hem gemakkelijk inhalen en blijf vooreerst een tijd achter hem aan lopen. Hij komt steeds langzamer vooruit, blijft staan en draait zich dan om. Hij is waarschijnlijk van plan om terug te gaan en is blij verrast om mij te zien. Zijn gezicht is smaller geworden, heeft de bruine kleur bijna verloren maar zijn ogen stralen. Paul steekt zijn armen in de lucht en roept enthousiast: "Ik ben er weer!"

Ik merk dat ik de hibiscus nog steeds in mijn hand heb en Paul zegt: "Gooi die bloemen in zee Jonathan, om de goden te bedanken dat ik nog leef."

Hij knapt snel op; we reizen verder in bemo-busjes, gehuurde roestbakken, grote bussen, *bècaks*. We zijn niet voorzichtiger geworden, integendeel: we dagen de hele wereld uit en deze overmoed zorgt voor nieuwe problemen. Op heel Java (behalve in de dorpen en gehuchten) bereidt men zich voor op de verkiezingen. Een oude vrouw heeft ons gewaarschuwd dat we ons niet moeten mengen in discussies over de kandidaten: "*Awas*, niemand is te vertrouwen!"

Maar we zijn dit even vergeten wanneer we in een fietstaxi in gesprek raken met de onvermoeibare bestuurder. Hij laat ons enthousiast de stad zien en brengt ons naar het atelier van de beroemdste batikschilder. Daarna gaat Paul de fout in omdat hij een spottende opmerking maakt over de dochter van Soekarno. De tropennacht bevriest even, de gespierde jongen stopt en sommeert ons uit te stappen. Mijn vriend heeft even helemaal niet door waarom hij er uitgegooid wordt en wil de man bij het afrekenen een fooi geven. Hij weigert die hooghartig, ik trek Paul mee die nog steeds staat te kletsen. In de hoofdstraat verdwijnen we in de drukte en zoeken twee stoelen op een terras. Ik zit echter niet lekker meer met mijn biertje wanneer ik de bèjacrijder te voet zie naderen. Hij is niet alleen; een stuk of vijf jongens en mannen volgen hem. Het is een grimmig stel en ik moet onwillekeurig denken aan het begin van een vechtscène in een film. Paul is ook stil geworden en hij zit gespannen te wachten.

"Dat ziet er niet goed uit, Jonathan," zegt hij zacht.

"Inderdaad, laten we hem smeren."

Daar is het echter te laat voor want Paul wordt al uit zijn stoel getrokken en ligt het volgend moment op het trottoir. Het gaat zo snel dat ik pas zie waar hij geraakt is wanneer ik hem kreunend in elkaar zie krimpen. De bèjacrijder heeft hem in zijn maag gestompt en geeft hem een harde schop in zijn buik.

Woedend kom ik in actie maar het haalt niets uit tegen de snelheid, kracht en overmacht van de groep. Ik incasseer om te beginnen dezelfde keiharde stomp in mijn maag; ik kan me staande houden maar de pijn lijkt me even te verlammen. Ik voel me hoofdzakelijk bang en belachelijk als ik om me heen begin te meppen en ben haast opgelucht wanneer er twee motoragenten stoppen bij de stoeprand. Ik kijk naar de mannen in de nauwe, groene uniformen, die voor een wonderlijk effect zorgen. De verhitte mannen laten los, staan stil, bewegen kort helemaal niet en gaan er vervolgens vandoor. En wat er dan gebeurt past totaal niet in mijn leven tot nu toe. Een agent spreekt opgewonden door zijn mobilofoon en hij gaat wat later aan de kant voor een donkerblauwe politiebus, die naast ons stopt. Nog eens twee agenten springen eruit en Paul en ik worden als zware criminelen achterin op een harde bank geduwd. We zijn letterlijk met stomheid geslagen en de pijn in mijn maag lijkt door de spanning een keiharde bal te worden. Ik kijk naar mijn vriend en hij bekijkt mij met een schuldige blik in zijn ogen. Lang zwijgen we, dan zegt hij moeilijk: "Ik had mijn mond moeten houden over Soekarno's dochter."

"Maakt niet uit, laten we allebei vooral volhouden dat we geen verstand hebben van politiek."

We worden echter niet eens ondervraagd wanneer we gearriveerd zijn in een donker, groot politiebureau. Onze paspoorten en verzekeringspapieren worden opgeborgen in een soort ijzeren geldkistje en we worden van elkaar gescheiden. Ik moet in het kantoor blijven en Paul wordt afgevoerd. Verbijsterd begin ik me eindelijk te verweren. Ik vraag waar ze hem naartoe brengen, wat de bedoeling is van dit gewelddadig vertoon, dat het verboden is onze paspoorten te vorderen, enzovoort, enzovoort. De agent die achtergebleven is in het sombere vertrek kijkt me minachtend aan en zegt dan in slecht Engels: "Voorlopig zijn jullie nog verdachten en u zult moeten wachten op mijn collega."

"Waar worden we dan van verdacht?"

De man slaat nu vlug zijn ogen neer en antwoordt: "We houden jullie al een tijdlang in de gaten."

Dit geloof ik niet en ik vraag me af of de bèjacrijder hier de hand in heeft of dat een buitenstaander het korte straatgevecht heeft gemeld. Ik probeer het op een andere manier en doe net of ik de hufter op zijn woord geloof.

"Ik geef toe dat we ons nogal overmoedig en luidruchtig gedragen hebben maar we zijn ook zo verrukt van deze prachtige stad."

De agent onderbreekt me en ik krijg het idee dat hij een groot gedeelte van mijn betoog niet heeft begrepen. Hij snauwt: "Welke stad?"

"Yogyakarta natuurlijk; het culturele hart van Java."

Dit snapt hij (het staat ook in alle reisgidsen) en hij zegt dat ik moet gaan zitten en mijn mond houden.

Dat doe ik en het uur dat ik wacht is een van de langste in mijn leven. Er wordt in- en uitgelopen, geschreeuwd, gepraat; meestal over mijn hoofd heen. Mijn angst groeit en ik begin Indonesië te haten als een land dat me probeert alles te ontnemen. Dan komt eindelijk de agent terug die Paul heeft weggebracht. Hij deelt me mee dat hij mijn vriend in een cel heeft opgesloten, dat ik kan gaan maar dat ik voorlopig in Yogyakarta moet blijven.

Alsof ik zou vertrekken zonder Paul!

Ik moet me tot het uiterste beheersen om de man niet aan te vliegen, als blijkt dat ik mijn vriend niet mag bezoeken. Ik sta voor hem en kijk op hem neer, leg een smekende blik in mijn ogen waarover ik me dan weer schaam.

"Ik wil weten waarom hij gevangen zit."

Alweer krijg ik geen antwoord maar kan na een kwartier vertrekken met mijn papieren en paspoort. Ik stop mijn spullen in mijn buiktasje en zie mijn beurs. Ik weet dat ik niet zo veel los geld bezit maar probeer het toch. Ik loop naar het bureau en bied het papieren geld aan, dat in roepia's heel wat lijkt. Mijn omkooppoging mislukt maar ik weet zeker dat er even een twijfelachtige, hebberige glans verschijnt in de ogen van de agent tegenover me. En dan sta ik op straat waar de gloeiende zon me om de oren slaat en ik geen kant uitkan. Mijn hoofd bonkt, mijn lichaam voelt gemangeld en allerlei opties om Paul vrij te krijgen gaan door me heen: de Nederlandse ambassade, een vriend van Paul die in Solo woont, maar ik besef plotseling hoe hopeloos de situatie is. Onze terugreis naar België (via Londen) staat gepland over twee dagen en Paul moet dus heel snel vrijkomen.

Ik merk pas dat ik weer in de hoofdstraat ben wanneer ik voor hetzelfde café sta waar we zijn opgepakt. Ik ga op het terras zitten, bestel een bier. Er gaat een uiterst vreemde gewaarwording door me heen: ik wil vluchten maar word door een of andere hand van buitenaf gedwongen om te blijven zitten. Ik vraag me af of het misschien toch waar is dat ik in de gaten gehouden word. Maar opnieuw weet ik bijna zeker dat het niet zo is; dat de kleine agent dit zei omdat hij belangrijk gevonden wilde worden. Zijn machtsvertoon, het neerslaan van zijn ogen, de soms schreeuwende stem; alles leek op een mislukte poging om te overheersen. Hij zal zich waarschijnlijk dagelijks enorm moeten bewijzen tegenover collega's en vooral zijn meerderen. Hoe was het in me opgekomen die kleine driftkikker om te kopen? Waarschijnlijk door de herinnering aan de verhalen over de corrupte Indonesische overheid. Wanneer de president een schurk is, waarom zou zijn ondergeschikte zich dan aan de regels houden en eerlijk blijven?

Ik bestudeer de mensen op het terras en kan niets bijzonders aan ze ontdekken. Het zijn voornamelijk toeristen, die zitten te kletsen en drinken. Naast me zit een aantrekkelijk jong meisje bij waarschijnlijk drie vriendinnen; zo te zien lowbudgetreizigers want er liggen vier rugzakken op de grond. Ze bukt zich en haalt een leren mapje uit een van de propvolle zakken. Dan begint ze haar geld te tellen; het mapje zit vol dollars en roepia's. Ik ben verbaasd hoe naïef en nonchalant ze de briefjes zit te tellen en rangschikken. Ze houdt wat roepia's apart en schuift het mapje terug in de voorklep van haar rugzak. Ik kijk om me heen en zie dat het terras grotendeels verlaten is. Het luidruchtige viertal en ikzelf zijn nog achtergebleven en ik wacht.

Waar wacht ik op?

Ik moet nodig stappen ondernemen om Paul te redden. Het meisje naast me vangt mijn blik en lacht naar me. Ik voel me ellendig want deze glimlach doet me meer dan ik mezelf kan toegeven. Ze zit niet te flirten, het lijkt wel alsof ze mijn wanhoop gevoeld heeft. Als ze opstaat en naar het café loopt, kijk ik haar na en voel me verloren wanneer ze verdwijnt; alsof mijn laatste hoop in rook vervliegt. Dan kijk ik naar haar rugzak, zie het geldmapje met een punt uit de klep steken.

Is dit Jonathan Vlinder die zich nauwelijks vooroverbuigt en vliegensvlug het mapje pakt?

Als een geroutineerde zakkenroller laat ik het in mijn broekzak glijden en krijg een wonderlijk visioen voor ogen: net als in een sprookje van Grimm zie ik Paul zitten met een zware ketting om zijn enkel, vastgeketend aan de vloer in een smerige, vochtige kelder. Ik sta op en voel geen greintje schuldgevoel wanneer ik binnen ga afrekenen. Het meisje is waarschijnlijk naar het toilet want ik zie haar nergens.

We zijn precies op tijd op de luchthaven Soekarno Hatta en de Boeing van Garuda Indonesia gaat een uur later de lucht in. Ik heb alsnog mijn vriend vrij gekregen maar nu via de officiële weg (tussen aanhalingstekens). Onmiddellijk na de diefstal ben ik teruggegaan naar het politiebureau en nu mag ik wel Paul bezoeken in zijn cel. Hij zit niet aan de ketting maar is volledig van de kaart. Ze hebben hem beschuldigd van het uitlokken van een oproer; het maakt niets uit dat hijzelf niet is begonnen met vechten. Dezelfde kleine agent gaat me voor naar het kantoor en deze keer zwaai ik niet met geld maar vraag hoe hoog het bedrag is van een borgsom. Ik weet niet of ik me correct uitdruk maar het mannetje begrijpt me direct. Hij slaat zijn ogen niet neer maar noemt, alsof hij het verwacht heeft, een fors bedrag in roepia's. Ik vraag hem of ik in dollars kan betalen, bied hem er driehonderd en hij gaat akkoord. Ik ben zielsgelukkig maar leef de laatste twee dagen voortdurend in angst.

De uren tikken tergend langzaam voorbij en we verwachten ieder moment dat we opnieuw aangehouden worden. Paul zegt weinig nadat ik hem het verhaal verteld heb van mijn brutale roof. Hij heeft maar een ding in gedachten: zo vlug mogelijk het land verlaten! Ik heb het zogenaamd druk met van alles maar kan alleen maar aan het meisje denken en haar reactie.

Wanneer heeft ze haar verlies ontdekt?

Brengt ze mij in verband met de diefstal?

Gaat ze aangifte doen?

Wanneer ze dat doet, zal de kleine agent ongetwijfeld argwanend worden over de dollars. Er zit echter een grote kans in dat hij dan zijn mond zal houden.

We blijven niet lang meer in de stad, reizen met een gehuurd busje naar Jakarta. Bij iedere stop letten we goed op voordat we uitstappen. Wanneer de bus wordt aangehouden voor controle moeten we ons uiterste best doen om niet op te vallen. In het vliegtuig wordt Pauls zwijgzaamheid zo'n last dat ik na een kwartier losbarst in verwijten.

"Het lijkt wel alsof je het me kwalijk neemt dat ik die cel niet in hoefde."

Paul rilt en trekt het vliegtuigdekentje over zijn schouders.

"Niet doen, Jonathan, laat me met rust; ik neem je helemaal niets kwalijk."

Hij sluit zijn ogen en na een kwartier slaapt hij vast.

Achteraf gezien is onze eerste reis samen naar dat tropisch eiland hoofdzakelijk een vergissing geweest. Natuurlijk hebben we mooie dagen beleefd en genoten van de overweldigende natuur maar mijn herinnering is er toch vooral een van angst. De vlucht naar huis maakt veel goed. Terwijl ik naar mijn slapende vriend kijk, besef ik pas volledig hoe bang ik geweest ben om hem te verliezen. De reis duurt ruim twintig uur en wanneer Paul wat uitgerust is praten we weer als vanouds; eigenlijk beter dan vroeger want de emoties zitten nog dicht onder onze huid en zoeken een uitlaatklep. Paul vertelt dat hij geweten heeft dat hij absoluut niet tegen opsluiting kan. De lange uren in de cel hebben hem opnieuw een heel ander beeld gegeven van tijd. Glashelder was daar het beeld teruggekomen uit zijn jeugd toen hij als jongetje voor straf in het trapgat moest zitten. Na ongelooflijk onzekere minuten had hij gegild: "Hoe lang nog, mamma?"

Zijn moeder had op haar horloge gekeken en gezegd: "Nog vijf minuten," toen was ze vertrokken.

Die vijf minuten leken een eeuwigheid te duren en toen ze terugkwam was hij snikkend tegen haar aangevallen.

"Waarom heb je gelogen?"

"Wat bedoel je, Paul?"

"Je hebt me veel langer laten zitten."

Na dit voorval had zijn moeder hem nooit meer op deze manier gestraft.

We komen erachter dat de grote liefde voor een vrouw nooit helemaal overgaat. En dat wat eerst een obsessie leek, verandert in troost in tijden van nood. Het heeft Paul geholpen in die cel; het beeld van zijn meisje maakte veel goed. Het was niet eens verlangen geweest maar meer de gedachte aan de tijd dat hij zich zo vrij gevoeld had. Hij beschrijft haar daar hoog in de lucht en het is alsof ik haar heel duidelijk voor me zie. En als ik vertel dat ik Ingrid naar Canada heb laten vertrekken, is Paul niet eens verbaasd.

"Ik weet niet waarom maar dit is weer iets dat echt bij jou past."

Ik luister naar Paul en hij luistert naar mij. Het is alsof de eenzaamheid, de spanning en angst ons zo dicht bij elkaar hebben gebracht dat we beiden alleen nog over wezenlijke zaken kunnen praten. Mijn vriend is even stil tijdens de zouteloze maaltijd die wordt opgediend en hij eet braaf alles op. Dan begint hij iets te vertellen wat hem de grootste moeite kost. Hij praat zorgvuldig en denkt goed na voor iedere zin. Hij heeft nog een zusje gehad dat op driejarige leeftijd gestorven is. Hij vertelt hoofdzakelijk hoe verdrietig zijn ouders zijn geweest; dat hij zijn leven lang een vaag schuldgevoel heeft gehad omdat hij haar niet voor de geest kan halen. Er stond een foto van haar in de kamer waar hij vaak voor had gestaan om te ontdekken wie ze was. Maar deze foto bleef een anoniem plaatje en zijn hoofd bleef leeg. Ik ben verwonderd dat ik precies weet wat hij bedoelt en geef hem ongevraagd raad.

"Ik heb je nog nooit over haar gehoord, Paul; misschien is het wel nodig dat je vaker over haar praat, dan krijgt ze vanzelf een gestalte."

Paul schudt even met zijn hoofd en kijkt naar zijn handen die werkeloos in zijn schoot liggen. Hij maakt een vuist van zijn rechterhand en zegt: "Heb jij weleens iemand willen helpen die niet geholpen wilde worden?"

"Ik denk het niet."

"Ik was tien jaar oud en mijn grootste verlangen was mijn ouders van hun verdriet af te helpen. Ik kon de pijn in mijn moeders ogen niet verdragen en evenmin de machteloze woede van mijn vader. Ik rende soms tijdens de pauze op school naar huis om te kijken hoe het daar was. Stond mijn moeder af te wassen en was mijn vader gewoon naar zijn werk gegaan, dan was alles in orde en ging ik weer naar school. Maar toen ze op een keer op bed lag, kon ze me niet meer de deur uit krijgen. Ik moest bij haar blijven om te helpen, ik wist alleen niet wat ik moest doen en dat maakte me steeds gefrustreerder. Ken jij de gewaarwording de pijn van iemand anders te voelen? Als iemand behoorlijk hard zijn hoofd stoot en er een pijnscheut door je heengaat. Dat gevoel kreeg ik wanneer mijn moeder huilde en ik voelde me schuldig vanwege mijn onmacht."

De stewardess serveert met oosterse gratie en glimlach opnieuw een kleine maaltijd en ik verbaas me erover hoe vlug de uren verstrijken. Ik denk aan Pauls verhaal en weet dan dat hij niet veel veranderd is. Hij is nog steeds zorgzaam, voelt zich betrokken bij andermans leed; alleen probeert hij het, nu hij volwassen is, zoveel mogelijk te verbergen.

Waarom doet hij dit?

Is hij zich bewust dat medelijden niets oplevert en dat hij er steeds schuldiger door achterblijft? Het overlijden van zijn zusje heeft hem gedeeltelijk gevormd maar hij heeft zelf de keuze gemaakt om te proberen het verdriet van zijn ouders op te lossen. Dat hem dat niet is gelukt belet hem niet het bij andere mensen te proberen. In feite moet ik hem nu vertellen dat het hem bij mij wel gelukt is; dat hij me gered heeft van de ondergang maar ik zwijg. Ik kijk door het kleine raam naar de wolken waar we doorheen glijden en probeer me te ontspannen. Dit lukt maar gedeeltelijk omdat er talloze vragen door mijn hoofd spoken:

Waarom was het visioen van Pauls dood zo griezelig echt geweest? Waarom kan ik het niet loslaten nu hij gezond naast me zit? Waarom vertel ik het hem niet?

Deze vragen komen en gaan, verdwijnen even snel in de wollige buitenlucht als ze gekomen zijn. De vlucht is al bijna op haar eind wanneer Paul zegt dat hij urenlang over zichzelf heeft zitten praten. Hij kijkt er zo verbaasd bij dat ik moet lachen.

"Ja, vriend, daar kijk je van op; dit is weer iets anders dan het gezeur van je broer aanhoren."

Nu is hij verward.

"Je broer, bedoel je jezelf, Jonathan?"

"Ja natuurlijk, jij hebt dagenlang naar mijn ellende geluisterd."

En dan krijg ik de kans om te zeggen wat ik al zo lang had moeten zeggen, want Paul vraagt: "En heeft het geholpen?"

"Ja, je hebt me erdoorheen gesleept."

En om alles toch weer af te zwakken laat ik erop volgen: "Ik voel me net zo plechtig alsof ik in de biechtstoel zit."

Het doodsvisioen laat ik echter veilig in de wolken zitten. Even gaat de vreemde gedachte door me heen dat Paul lijkt op die zachte, rondgevormde wolken en ikzelf meer weg heb van een spitse, harde steen waaraan menigeen zich stoot.

Ik speel al maanden in een band in Brussel wanneer ik Xavier voor de eerste keer zie. Hij wordt een vriend maar het duurt lang voordat ik dit mezelf kan toegeven. Hij heeft een slechte invloed op zijn omgeving, duivels plezier in het benadelen van mensen om hem heen maar ondanks alles kan ik niet om hem heen. Hij fascineert me, haalt alles in me boven wat ik aan kwaadheid bezit. De duistere fantasieën van

Grimm worden door hem reëel gemaakt. Johanna was zich er niet van bewust dat ze, zoals Paul ooit zei, haar slechte kanten uitvergroot liet zien. Xavier daarentegen doet bewust niets liever. Hij is als de dood om aardig gevonden te worden, zijn zwakte te tonen of sentimenteel te zijn. Ik had me niet met hem moeten inlaten omdat ik van het begin af aan geweten heb dat hij niet deugt. Wanneer ik in Gent ben luistert Paul met toenemend ongemak naar mijn verhalen en als hij vraagt hoe dit nieuwe wonder heet, antwoord ik: "Xavier O."

"Toch niet de Xavier O. waar niemand de echte achternaam van kent?"

"Ja, en wat is je probleem?"

"Jonathan, ik heb geen probleem maar wanneer je met deze man blijft omgaan kan het weleens helemaal misgaan. Hij speelt namelijk geen spel dat hij meedogenloos is, hij is meedogenloos."

"Waarom?"

"Hij is een van de ergste criminelen die in Brussel en omgeving op een smerige manier aan de kost komen."

"Waarom loopt hij dan vrij rond?"

"Waarom, waarom! Hij is zo glad als een aal en wanneer je mijn vriend wilt blijven, laat hem dan schieten."

"Hij drinkt niet, hij gebruikt geen drugs, hij rookt zelfs niet."

"En daarom is hij onschuldig?"

Ik weet dat Paul gelijk heeft maar waarom word ik dan zo kwaad?

Ik zie Xavier voor de eerste keer als hij in een furieus gevecht is gewikkeld voor de deur van de zaal waar we spelen met de band. Het is een regenachtige, sombere avond want we hebben weinig publiek, dat ook nog matig enthousiast reageert. Tussen twee nummers in horen we de sirenes van politieauto's en we zijn eigenlijk blij met de afleiding. Een stuk of zes mannen, waaronder jonge jongens, zijn buiten druk aan het vechten en ik zie tot mijn verbijstering dat een forse, gespierde vent met lange zwarte krullen een jongen van hooguit dertien jaar helemaal in elkaar slaat. Ik hoor het kind jammeren: "Nee Xavier, ik zal het nooit meer doen." Dit klinkt zo kinderlijk dat ik koud word van afschuw. De politieauto's zitten vol agenten en wanneer ze gestopt zijn sommeren ze het gevecht onmiddellijk te stoppen. De hele clan gaat ervandoor maar de zwarte vent wordt door drie agenten overmeesterd, in de handboeien geslagen en afgevoerd.

We ontfermen ons over het jongetje en blijven bij hem tot de ambulance komt. Hij is flink toegetakeld, het bloed blijft uit zijn neus stromen en zijn arm ligt in een rare kromming over zijn borst. We laten hem liggen omdat iedere aanraking hem in elkaar laat krimpen.

"Wat is er gebeurd?" vraag ik hem en hij draait zijn hoofd naar links.

"Wie is die Xavier?"

Nu kijkt hij me aan, ik zie angst in zijn ogen en weet meteen dat hij niets zal loslaten. Een van de bandleden vertelt me later dat deze Xavier een bekende is van de politie in Brussel maar dat hij een tijd uit de stad verdwenen was.

"Zijn aanhang wordt steeds jonger," zegt de zanger vol minachting.

"Wie mishandelt er nu een kind."

Ik ben de walgelijke beelden van deze mishandeling nog niet vergeten wanneer ik Xavier O. echt ontmoet. We spelen in dezelfde zaal en het is precies een week geleden dat hij door de politie is opgepakt. Het is deze keer een stuk drukker maar dat neemt het ongenoegen niet weg, ik besef steeds meer dat ik bij de verkeerde groep speel. Ik kijk naar het publiek en mijn hart begint zwaar te bonzen wanneer ik achterin Xavier zie staan. Eigenlijk hangt hij meer tegen een pilaar aan en kijkt naar ons. In feite kijkt hij alleen naar mij en of het zo moet begin ik met meer gevoel te spelen. Ik schaam me want ik voel me net een jongen die opkijkt naar de sterkste leerling van de klas. En net als de schooljongen ben ik blij dat hij me in de pauze aanspreekt. Ik weet nog precies wat zijn openingszin was: "Waarom speel jij eigenlijk in zo'n kloteband?"

Ik weet het antwoord niet meer maar wel vergeet ik heel vlug dat ik eigenlijk een afkeer van hem had. Xavier O. is knap en heeft de charme van een filmster. Dat klinkt als een cliché maar bij hem is het echt en zelfs niet aangeleerd. Na een paar minuten voel ik me net zo overmoedig en stel onbevreesd de vraag: "Waarom hebben ze je al zo vlug weer losgelaten?"

"Losgelaten? Ik ben geen hond. Ik stond dezelfde avond alweer op straat."

En dan hoor ik dat zijn interesse voor de band en mijzelf in het bijzonder puur eigenbelang is.

Hij begint te vertellen dat hij spijt heeft van de aframmeling van de jongen. Hij noemt het een aframmeling, alsof hij alleen wat driftige klappen heeft uitgedeeld.

"Ik mag dat joch graag maar hij had het bloed onder mijn nagels vandaan getreiterd."

Dan blijkt dat de politie niet weet wie de jongen zo heeft toegetakeld en dat Xavier een verklaring heeft afgelegd dat hij het niet gedaan heeft.

"Zeg tegen je vrienden dat ze hun mond moeten houden want dat is tenslotte het beste voor het slachtoffer."

Ik zie opnieuw de angstige ogen van het kind voor me en ik word kwaad.

"Is dit een bedreiging? Je weet dat die jongen doodsbang is en je niet zal verraden."

"Dat weet ik en jullie doen dat ook niet in zijn belang."

Ik weet niet wat me bezield heeft toen ik hem meende te bewonderen maar nu ben ik laaiend.

"Sodemieter op lafbek, ik moet weer aan het werk."

Heel even komt er iets dreigends in de donkerbruine ogen maar dan worden ze samengeknepen en breekt er een lach door, die zijn gezicht van binnenuit opglanst. Tot mijn verbazing steekt hij zijn rechterhand uit die ik aanpak, hij zegt: "Oké, ik ga ervandoor maar ik zie je wel weer."

Zodoende laat hij zich niet wegsturen, is hij absoluut niet van plan het initiatief bij mij te leggen. En inderdaad duikt hij daarna steeds weer op en hij begroet me dan met: "Vorst van Oranje."

Waarom voel ik me hierdoor zo gevleid en ben trots op deze titel?

Komt echter de gedachte aan mijn moeder terug en hoor ik haar zeggen: "Hij heeft de houding van een vorst," dan negeer ik haar omdat zij niet in de buurt van Xavier O. mag komen. Ik hoor steeds meer verhalen dat hij mensen afperst, besteelt, misbruikt en zelfs vermoordt. Maar hij is het type niet van een doortrapte crimineel. Zijn foto past niet in een misdaaddossier: de goed gevormde kop met de krullende haren, de open blik en zijn lijf met de atletische bouw. Het lijkt alsof hij gul is en iedereen van alles gunt, zolang het hem voor de wind gaat. Later weet ik dat dit niet zo is; dat alleen zijn eigen heil telt en dat het gaat ten koste van alles. Hij is nooit van zijn stuk te brengen en zijn enige zwakke plek bestaat erin dat hij een gezondheidsfanaat is, doodsbang om ziek te worden. (Ik herinner me dat hij eens vertelde waarom hij nooit in een ziekenhuis kwam.

"Het zijn broedplaatsen van bacteriën. Wat denk je wat er

met je gebeurt wanneer jij je begeeft tussen longpatiënten, maaglijders, reumatische wrakken, kankergevallen en diabetici? Als je al niet besmet raakt, word je toch minstens voor de korte tijd dat je er bent een zenuwpatiënt.")

Xavier heeft bijna een half jaar mijn leven beheerst. De dag krijgt een extra glans wanneer hij eraan komt of als ik zijn stem hoor. Er gaat opwinding en huiver door me heen bij het aanhoren van zijn plannen; ook ben ik in mijn hele leven tot nu toe niet zo sterk geweest. Mijn benauwde momenten raken op de achtergrond. Zou het omgaan met het kwaad mijn angst de duisternis inschuiven? In feite ben ik met de bandleden medeplichtig aan zijn laffe optreden want we hebben gezamenlijk verklaard dat X het kind niet heeft mishandeld maar dat een van de jongens dit heeft gedaan, die ervandoor zijn gegaan. Natuurlijk wist niemand zijn naam.

Allereerst is er verder niets aan de hand.

Xavier volgt het optreden van de band en komt steeds terug op zijn eerdere uitspraak: "Je verknoeit je tijd, Jonathan, een vorst behoort alleen op te treden of een beter gevolg om zich heen te hebben."

Of ik al beweer dat ik nooit de leider van een band zou willen zijn, het maakt niet uit; X blijft stoken en de andere leden beledigen.

"Jonathan Vlinder is de enige met talent en jullie zijn een stel parasieten."

Ik ben verbaasd dat er zelden een weerwoord komt en zie duidelijk dat iedereen bang is voor hem. Steeds vaker ga ik met Xavier op stap en ik vergeet nooit onze eerste dag samen. We hebben een afspraak en hij zegt dat hij me een volmaakte dag gaat bezorgen; wat dit inhoudt, houdt hij tot het laatst geheim. Ik merk dat ik 's morgens wakker word met hetzelfde gevoel van vroeger als mijn moeder een verrassing voor me in petto had. Het is winter en een ijskoude dag. Ik weet nog dat deze dag stralender, veel helderder was dan ooit een dag in februari. Er ligt al dagen een pak sneeuw, dat iedere dag wordt bijgevuld door nieuwe buien. Die dag echter schijnt de zon en vriest het licht. Precies om tien uur word ik opgehaald en we rijden in de Mercedes van X de kledderige stad uit. Ik verbaas me over zijn kleding en vind dat hij nu wel erg overdrijft. Door zijn angst voor verkoudheid heeft hij zich ingepakt als iemand die min veertig graden moet doorstaan in Siberië. Maar een halfuur later begrijp ik het.

We stoppen bij een grote, luxe boerderij en het geheim wordt onthuld wanneer er twee forse paarden worden ingespannen voor een prachtige arrenslee. Xavier haalt twee bontmutsen tevoorschijn uit de kofferbak en vraagt me plaats te nemen op een van de zitplaatsen achter de menner. Hij schuift twee manden onder de stoelen en verwisselt zijn muts voor de vosbonte; dan plant hij mij de andere op mijn hoofd. Hij geeft zelf het sein tot vertrek door te fluiten en de dikke paardenman kijkt geërgerd achterom maar de fjorden hebben zich al in beweging gezet. Het gewicht van de slee kost de dieren geen enkele moeite en het is eigenlijk zinloos dat ze worden aangespoord door het geknal van twee zwepen. Ik zeg niets wanneer Xavier roept: "Geef ze er van langs, dit is geen tempo!"

Geïrriteerd buig ik me naar voren en trek de lange zweep uit de hand van de menner; dan pas zeg ik: "Bij een sledetocht is het niet de bedoeling om te racen."

We glijden een tijdlang door het verstilde landschap en net als ik denk dat Xavier wel erg veel van me pikt, fluit hij hoog en hard op zijn vingers. Een paard schrikt enorm en gaat in draf, terwijl hij het andere aanspoort mee te gaan.

Ik had het kunnen weten!

Deze vriend zal nooit de teugels helemaal uit handen geven

en hij lacht omdat de dikkerd voor ons bijna achterovervalt. Ik probeer te begrijpen wat ons bindt en haal het niet in mijn hoofd om dit aan X te vragen. Waarschijnlijk komt hij niet vaak met mensen in aanraking die niet bang voor hem zijn; hij denkt een zielsverwant gevonden te hebben maar hij vergist zich. Ik voel me wel aangetrokken tot zijn duivelse kant maar tegelijkertijd weet ik dat ik nooit zo dicht bij hem zal komen als bij Paul. Ik betwijfel of hij, net als ik, geniet van de schoonheid van de natuur en de zuiverheid voelt die er in de lucht hangt. Ik geniet wel maar nu ik samen ben met hem laat ik niet de ontroering toe, die toch het gevolg zou moeten zijn van zo veel schoonheid. En alweer heb ik me vergist want zielsverwantschap is niet de reden dat hij me steeds opzoekt. Zelfs deze tocht die perfect is (we eten onderweg de manden helemaal leeg) is geen teken van vriendschap.

Dat merk ik wanneer we 's avonds, ter afsluiting van de dag, gaan dineren in een duur restaurant. Het is de eerste keer dat hij me in zijn plannen betrekt; hij stelt me schaamteloos voor om mee te doen met een geplande overval op een juwelier. Alles is tot in de puntjes voorbereid en hij brengt het als een spannende passage uit een misdaadroman (ik heb overigens nog nooit gezien dat hij ooit een boek las). Ondanks alles ben ik geïmponeerd en wanneer ik hoor dat hij me nodig heeft om op de uitkijk te gaan staan (zitten) in een auto, weiger ik in eerste instantie. Hij is van plan de overval te plegen wanneer er publiek in de winkel is, het liefst voor sluitingstijd.

"De verwarring is veel groter als de zaak vol mensen is maar het moet wel deze week gebeuren omdat de juwelier een nieuw alarmsysteem heeft besteld dat direct aangesloten zal worden op het politiebureau. Nog geen week geleden is hij namelijk al bestolen."

"Door jou?" vraag ik verbluft.

"Nee en dat maakt het interessant want ik ben van plan het op dezelfde manier te doen. In eerste instantie is vrijdag de beste dag maar je hoeft je alleen paraat te houden, ik bel je vlak voor het gaat gebeuren."

Wat bezielt me om mee te willen doen; de oude bekende hang naar de afgrond? Juist nu zou ik angst moeten voelen voor de weg ernaartoe maar ik ervaar het niet als de verkeerde weg, ik ben alleen nog nooit zo nieuwsgierig geweest. Ik ben zelfs niet bij machte om redelijk na te denken over deze misdaad, laat staan over de gevolgen. De koorts in mijn bloed is groter; wetende dat dit niet alleen een kwajongensstreek gaat worden, een vrolijk uit de band springen, kan ik toch de verleiding niet weerstaan. Ik blijf uit de buurt van Paul, bel hem zelfs niet op omdat ik bang ben mezelf te verraden. En Paul neemt geen contact met mij, alsof hij weet dat ik er geen behoefte aan heb. Toch denk ik vaak aan hem; vol schuldgevoel mis ik hem.

Wanneer ik in een klein, onopvallend café zit te wachten op X besef ik opeens dat ik nog terug kan. Ik kan nu kiezen: een andere baan zoeken, doorgaan met muziek maken of lid worden van Xaviers bende. Want ik weet inmiddels dat, alhoewel ik nooit iemand ontmoet heb, hij niet alleen werkt. Hoe moet je zijn om uitgekozen te worden?

Iemand zonder angst, handig, vindingrijk en meedogenloos?

Tot nu toe heb ik niets van dit alles getoond, uitgezonderd misschien mijn overmoed. Maar zelfs die verdwijnt wanneer X mij tien minuten later uitlegt dat ik niet alleen op de uitkijk moet staan maar er na de roof met de buit vandoor moet gaan. Ik kijk hem aan en mijn ogen branden, ik heb het koud terwijl mijn lichaam nat is van het zweet.

Daar zit ik, de Vorst van Oranje, de zogenaamd onbevreesde vriend van iemand die geen liefde of vriendschap te bieden heeft. En ik voel dat ik helemaal niet verlang naar de afgrond, dat ik het liefst alles wil afblazen. Maar dan verschijnt er voor de eerste keer een glimp van minachting in de donkere ogen tegenover me en met een nonchalant gebaar legt Xavier de autosleutels van de vluchtauto op tafel. Mijn angst (want dat was het wel degelijk) verdwijnt en er gaat een idiote gedachte door me heen: ik kan mijn mannelijke waardigheid alleen bewijzen door alle fatsoensnormen te doorbreken.

Ik pak de sleutels maar aan het einde van het gesprek negeer ik de uitgestoken hand van Xavier.

Onder bepaalde omstandigheden is alles mogelijk; wanneer iemand zo rijk is dat hij zelf niet meer weet hoe rijk, is hij verplicht anderen te laten delen in zijn welvaart. Dit soort uitspraken rollen uit Xaviers mond wanneer hij mijn twijfel ziet. Hij praat als een robinhood die de rijken besteelt, alleen is hij niet geneigd de buit onder de armen te verdelen. Hij gaat over de geldzaken en eigenlijk ben ik blij dat hij daar erg onduidelijk over is. De overval in de juwelierszaak is gelukt, alleen moet de buit nog verkocht worden. Ik heb samen met de drie andere dieven met ontzag gekeken naar de horloges, ringen, kettingen, armbanden en andere sieraden. Een lange, magere jongen vindt dat de vangst in natura verdeeld moet worden maar daar komt niets van in. Nu zie ik pas hoe groot Xaviers overmacht is. Hij is de onbetwiste leider en de bedenker van iedere stap die er genomen gaat worden. De politie is op een dwaalspoor gebracht omdat de bende in zwarte broeken, truien en handschoenen gewerkt heeft; hun hoofden verstopt in bivakmutsen en met sjaals over het onderste gedeelte van hun gezicht. In precies dezelfde outfit hebben de andere dieven het een week geleden gedaan en ik heb zelfs in hetzelfde merk vluchtauto gewacht en ben er in weggereden.

Het lijkt wel alsof na deze overval de euforie en spanning verdwenen zijn.

Ik merk dat ik probeer om Xavier te ontlopen en heb er eigenlijk helemaal geen zin in wanneer we een avond en nacht samen op stap gaan. Dit stappen is zo totaal anders dan met Paul. Met mijn oude vriend zocht ik ook de herrie op van cafés met harde muziek maar we belandden tussendoor altijd wel ergens waar we konden discussiëren. Dat kon zo goed met hem omdat hij de gave bezat om heel intens te luisteren wanneer het onderwerp van gesprek hem boeide. Waarom denk ik steeds in de verleden tijd aan hem? Ik weet toch al lang dat ik weer bij Paul terecht zal komen en dat ik het liefst van Xavier afwil. Die verwarde, ongelooflijk smerige nacht is de laatste die we samen doorbrengen. Ik word nog steeds vervuld met schaamte wanneer ik eraan terugdenk. Veel van die uren ben ik vergeten en ik heb de hoop nog niet verloren dat het dieptepunt ook nog uit mijn systeem verdwijnen zal.

We hebben allebei natuurlijk wat gedronken maar alleen ikzelf ben aangeschoten omdat Xavier zoals altijd geen alcohol drinkt. Hij bedwelmt zichzelf liever met andere prikkels en die bestaan uit: zijn omgeving tiranniseren. Eerst is het alleen maar vervelend en vrij onschuldig. Hij commandeert de barman, duwt een jongen van de stoel waarop hij wil gaan zitten, schreeuwt vaak veel te hard, maar ik heb niet door welk spel hij begint te spelen wanneer we aanschuiven aan de tafel waar twee heel jonge meiden zitten. Ze hebben plezier en vinden het prima dat we naast hen komen zitten. Allebei zijn ze in eerste instantie geïmponeerd door Xavier, die er prachtig en cool uitziet en zich opeens als een heer gedraagt. Hij plaatst wat algemene opmerkingen over de kroeg, de muziek, de stad en biedt hun een consumptie aan. Ik kijk verbaasd naar zijn huichelachtige, ontspannen gezicht en negeer de knipoog die hij me geeft.

Terwijl hij steeds drukker bezig is indruk te maken op de twee, bekijk ik ze zwijgend. De meisjes verschillen van elkaar als dag en nacht; ze zijn waarschijnlijk haast even oud (ik schat ongeveer achttien jaar) maar de een is knap en de ander lelijk. Ik vermoed dat ze zich daar terdege van bewust zijn want de knappe gedraagt zich uitdagend en luidruchtig, terwijl haar vriendin zich stil afzijdig houdt. Ik kijk naar haar en vraag me af hoe de natuur iemand onaantrekkelijk maakt en kom tot de conclusie dat zij er zelf voor gekozen heeft om in de schaduw te blijven. Haar blonde haren hangen sluik en slecht geknipt om het smalle gezicht, verbergen haar voorhoofd en een gedeelte van de kaaklijn. De ogen staan schuw en lichten alleen op wanneer haar vriendin haar aanspreekt. De grote neus en te kleine mond leiden de aandacht af van haar ogen, die een donkerblauwe kleur hebben. Ik weet haast zeker dat ze voordat wij verschenen plezier had maar nu voelt ze zich ongemakkelijk. Haar mooie begeleidster echter krijgt steeds meer lol en koestert zich in Xaviers aandacht. Ze gaat dicht bij hem zitten, raakt hem soms aan met een blik in haar ogen van: zijn wij geen prachtig paar!

Xavier speelt mee en vrijt haar op, op een onbeschaamde manier. Ik vind zijn gedrag afstotend maar ook het lelijke meisje kijkt nu vol bewondering naar hem.

Heel even krijg ik de neiging om een gesprek met haar te beginnen maar als ik haar zie kijken naar Xavier, die opstaat en nieuwe drank gaat halen, verdwijnt dat gevoel. Er ligt een hunkering in haar ogen die me meer dwarszit dan ik mezelf toegeef. Ze hoort niet eens wat voor onzin hij uitkraamt. Daar is hij alweer en tot mijn verbazing gaat hij deze keer naast haar zitten. Ze schrikt, wordt vuurrood en haar handen beven. Xavier doet alsof hij niets in de gaten heeft en richt zijn pijlen nu op het magere kind. Hij is nog galanter, praat alleen met haar en zit er niet mee dat hij deze keer geen weerwoord krijgt. Het enige wat hij te horen krijgt is dat zij Lucie heet en haar vriendin Annette. Deze laatste laat op haar beurt niet merken dat ze zich gepasseerd voelt en begint met mij te praten. En ik praat met haar maar weet dat de zinnen die ik zeg eigenlijk voor Lucie bedoeld zijn. Ik probeer door zogenaamde slimme opmerkingen de aandacht van Xavier af te leiden en tot mijn verbazing lukt dit af en toe. Wanneer ik zeg dat lezen net zo belangrijk voor me is als ademen, zwijgt Annette maar haar vriendin valt me enthousiast bij. Er gaat iets door me heen van: mooie meisjes zijn vaak dom maar dan zie ik Ingrid voor me en ik weet dat dit onzin is.

Ik mis mijn verloren meisje opeens zo hevig dat ik sneller begin te drinken. Het is dan na een poos ook totaal onbelangrijk of ik nog iets zinnigs zeg. Ik weet nu niet veel meer van deze zinloze conversatie maar aan het einde zie ik Xavier opstaan en het magere meisje bij de hand nemen. Haar vriendin klampt zich aan mij vast en we verlaten het café, om even later in Xaviers auto naar zijn appartement te rijden. Ik kan de keren dat ik daar geweest ben op een hand tellen maar deze nacht had ik er echt weg moeten blijven. Xavier is iets van plan en al gauw hoor ik dat hij zijn bed afstaat voor mij en Annette. Hij neemt geen blad voor de mond en alles is nog een wollig, golvend decor voor me als ik stomdronken naar de zwartzijden lakens sta te kijken, die hij op het voeteneind heeft gelegd. Ik weet niet eens of Annette ook in die kamer stond; vaag weet ik nog wel dat ik dolgraag in dat bed wilde liggen.

Maar opeens word ik nuchter door de woorden van Xavier.

Hij zegt tegen Lucie: "Wegwezen jij, je bent te lelijk voor mijn bed. Ik neuk je wel ergens anders."

En wat er dan gebeurt zie ik helaas veel te goed, zo scherp als wat: hij pakt de hand van Lucie in een ijzeren greep en sleurt haar naar de gang. Deze overloop is ruim en er staat een zware houten kast. Ervoor op de grond ligt een Perzisch tapijt en daar wordt het meisje omvergeduwd en zo snel overweldigd dat ik haar niet kan helpen. Dit houd ik mezelf altijd voor maar ik weet dat de waarheid heel anders is. Ik doe inderdaad niets en vind nu geen enkel excuus. Xavier verkracht haar maar in die afschuwelijke minuten dat haar broek en slipje ruw worden uitgetrokken en hijzelf zijn broek naar beneden trekt, had ik tussenbeiden kunnen komen.

Maar op het moment dat ik eindelijk vanuit de slaapkamer naar de overloop ga, staat Lucie alweer overeind en nu gebeurt er iets vreemds, nee eigenlijk iets wonderbaarlijks: het meisje, alleen vernederd omdat ze lelijk is, richt het hoofd op, schraapt haar keel en spuugt Xavier midden in zijn gezicht. Hij verstijft, lijkt vervolgens in elkaar te krimpen en is nu nergens omdat er niets overblijft van de man zonder achternaam. Het meisje daarentegen is gegroeid. Hoe heb ik ook maar een moment kunnen denken dat ze lelijk is? Ze gloeit en verheft zich in schoonheid. Haar ogen, haar mond, de gebalde vuisten en zelfs haar kinderlijke lijf zijn fier en prachtig. Op dat moment weet ik dat ik me nog nooit zo geschaamd heb. Ik durf haast niet naar haar te kijken wanneer ze haar kleren bij elkaar raapt en zich begint aan te kleden. Ik wil haar wel helpen maar alsof ze dit voelt kijkt ze me even aan met een blik van intense haat. X bestaat niet meer voor haar, ze gunt hem geen blik en maakt een grote boog als ze langs hem heen loopt. Ik heb weleens gehoord dat aangerande vrouwen zich schuldig en vies voelen en zich na afloop blijven wassen om te proberen enigszins schoon te worden.

Ik wil dat nu ook maar besef dat mijn schuld te groot is. Ik loop terug naar de slaapkamer, zie dat Annette dwars over het bed ligt te slapen en haast me naar buiten. Ik breek dezelfde nacht nog met X maar zelfs dat geeft geen voldoening. Het is alsof zijn woede en daarna zijn onverschilligheid me niet raken; mijn minachting is te groot. Ik wil naar Paul maar weet ook dat dit niet meer kan. Zijn bruine ogen zullen veranderen en nooit meer op de vertrouwde manier naar me kijken. Toen ik het geld van het meisje in Indonesië stal, deed ik dat voor hem maar zelfs dat voelde ongemakkelijk toen ik het vertelde.

Hoe moet ik in vredesnaam de laatste maanden beschrijven en vooral deze walgelijke nacht? Hoe heb ik ook maar een moment kunnen denken dat ik sterker werd? Ik heb opgekeken naar een opgeblazen egoïstische figuur, die over lijken gaat. En op deze manier zou ik mijn mannelijkheid bewijzen?

Ik wil mijn vriend terug maar weet dat ik een afstand heb geschapen die haast onmogelijk te overbruggen is. Ik loop een paar keer in de buurt waar hij woont en voel me een banneling, die wanhopig twijfelt of hij welkom is en doodsbang hoe hij ontvangen zal worden. Ik probeer de maanden met Xavier weg te poetsen uit mijn hoofd maar weet dat ik deze periode nooit ongedaan kan maken.

Maar Paul zelf duikt op een avond weer op en het is alsof hij op reis is geweest en zijn oude ruimte weer opeist. Dit gaat echter niet zonder slag of stoot want ik heb hem zelden zo kwaad gezien. Hij scheldt me uit, maakt verwijten en noemt me een laffe zak. Ik slik alles, merk dat ik het heerlijk vind en doe mijn best om er enigszins beledigd uit te zien. Hij haalt zo ontzettend veel overhoop dat ik hem na een uur vraag me alleen te laten. Hij gaat weg maar als ik de deur in het slot hoor vallen, ren ik achter hem aan, ruk die deur weer open en zeg: "Sorry, sorry Paul, blijf alsjeblieft bij me."

We kijken elkaar aan en ik voel dat ik Xavier nooit echt heb aangekeken. Dat alleen bij Paul mijn gedachten en gevoelens precies in zijn blik passen. Ik voel me dan ook absoluut niet afgewezen wanneer hij zegt: "Nee, Jonathan, ik ga nu" en dan "Hou je haaks, broer."

Het noodlot slaat toe, heel dicht bij huis.

Na onze reizen is Gent steeds onze veilige haven waar we de cafés, restaurants, de goede en slechte buurten kennen als onze broekzak. Maar zoals je ook in je ~~broekzak weleens~~ onbekende kruimels vindt, zo is Paul die avond verdwaald wanneer hij naar huis rijdt.

Hij heeft wat gedronken maar daar ligt het niet aan; hij is zelfs veel eerder vertrokken uit het café dan ik, met de mededeling dat hij moe is. Waarom hij de verkeerde weg inslaat zal altijd een raadsel blijven; hij heeft beweerd dat hij simpelweg niet heeft opgelet. Alles is sinds die avond veranderd. Ik hoor weleens dat iemands hart breekt door een groot verdriet maar mijn vriend is totaal gebroken.

Hij heeft een kind doodgereden dat geheel onverwacht vanuit een zijsteeg de weg oversteekt. Het meisje is net vier jaar oud en is alleen thuis gebleven. Haar ouders gaan even op bezoek bij de buren en hebben er geen flauw vermoeden van dat het kind, wakker geschrokken en waarschijnlijk bang geworden, de deur is uitgegaan. Hoe de ramp precies gebeurd is weet ik niet omdat Paul er niet over praat en ik mijn handen vol heb aan hem. Veel later hoor ik dat de ouders als eerste bij Pauls auto zijn en hem hebben uitgescholden en vervloekt. Hij kan dus niet praten over die nacht maar vertelt me wel dat hij nergens anders aan kan denken. Ik herinner me de tijd dat hij me door zijn vriendschappelijke aandacht uit het moeras trok. Ik wil hetzelfde doen voor hem en misschien juist omdat ik zo mijn best doe, lukt dat niet. Ik kan hem niet bereiken, hij speelt de verdwijningrol en nu hij mij het hardst nodig heeft faal ik gigantisch. Ik ben betrokken, meelevend, behulpzaam, soms net zo wanhopig, vaak kwaad maar niets helpt. Het lijkt erop alsof ik met een drugsverslaafde omga, die absoluut niet van plan is om af te kicken.

Ik probeer hem op een zonnige dag maar weer eens uit zijn hol te lokken. Hij doet na lang bellen, bonzen, schreeuwen, uiteindelijk de deur open en ik schrik. Het is alsof ik hem in dit heldere licht pas goed zie: met zijn gebogen schouders, ongeschoren kop, verwarde haren en gemelijke blik lijkt hij stokoud. Hij gaat slechts gekleed in een boxershort die hij waarschijnlijk net heeft aangeschoten want hij zit gedraaid en achterstevoren. Ik doe een poging om hem aan het lachen te krijgen en zeg: "Zit je pik tegenwoordig aan de achterkant; lijkt me nogal moeilijk pissen."

Paul hoort me waarschijnlijk niet eens want hij graait tussen wat troep op een laag tafeltje zijn zonnebril tevoorschijn. Hij zet hem op en ziet er zo belachelijk uit dat ik moet lachen. Dit lachen, zo onverwacht opgekomen, vervult me met andere, verwarde gevoelens. Hoe lang is het geleden dat we onbezorgd plezier hadden samen? Dat we tegelijk uitbarstten in een schaterlach, terwijl we de hele wereld belachelijk maakten?

Paul heeft echter geen enkele boodschap aan sentimentele herinneringen want op dat moment schiet een magere, rode zwerfkat tussen zijn benen door de gang in. Hij vloekt hartgrondig en snauwt me toe: "Kom erin en doe de deur dicht."

De kat is ondertussen voor de koelkast gaan zitten en miauwt verleidelijk. Ook zij is waarschijnlijk naar binnen gevlucht bij een oude vriend; alleen weet deze zwerver nog niet dat die vriend veranderd is. Paul loopt met verbeten, snelle passen op het dier af. Hij grijpt het ruw bij haar nekvel en stormt naar de voordeur. De kat hangt slap en verbaasd in zijn greep en krijgt de tijd niet om kwaad te worden. De deur is al open, hij smijt haar met vaart het trottoir op en gooit de deur weer in het slot. Hij draagt nog steeds de donkere bril en ondanks dat ik zijn ogen niet kan zien, zie ik zijn woede. Ik denk dat hij mij ook het liefst bij mijn lurven wil grijpen om me buiten te zetten. Maar ik vergis me want hij negeert me en gaat douchen. Ik wacht zittend aan tafel en blader wat in het fotoboek dat ik bij een antiekzaak heb gekocht.

Ik weet dat Paul zich interesseert voor fotografie uit de negentiende eeuw en hoop hem te ontdooien. Even schaam ik me bij de gedachte dat ik al wekenlang zijn liefde probeer te kopen door steeds cadeaus mee te nemen. Ik koop de stomste dingen voor hem, zoals een koffiebeker met de tekst: 'Als ik mijn zegeningen tel, ben jij er een van.' Of de achterlijke fles doucheschuim die de vorm heeft van een uitgezakte hond.

Met het fotoboek kan ik hem eindelijk plezier doen.

Het lijkt alsof, net als in het lied, de rook om zijn hoofd is verdwenen. Paul is weer even de geïnteresseerde, geboeide vriend van vroeger. Alleen door het soms beven van zijn hand wanneer hij een bladzijde omslaat, weet ik dat er iets gebeurd is. Hij praat, wijst aan en ik ben de geheimzinnige zwart-wit modellen van zoveel jaren geleden dankbaar. Ze zijn allemaal dood en begraven maar krijgen het voor elkaar om mijn vriend weer tot leven te wekken. Hij heeft vuurrode wangen, zijn ogen glanzen en zijn stem is veranderd. Ik hoor weer de warme, diepe klank die ik zo gemist heb. Ik ben kennelijk zo blij dat ik hem zit aan te staren. Wanneer hij opkijkt en mijn blik vangt, veranderen zijn ogen. Ik weet dat ik me hierover niet ongerust hoef te maken want het gebeurt zo vaak; bij iedere rol een andere uitdrukking. Maar hij speelt geen rol meer wanneer hij me plotseling verward, hulpeloos aankijkt. En omdat hij dit niet kan toestaan snauwt hij me toe: "Wat zit je me nu stom aan te staren."

Ik reageer als een kind dat een stuk speelgoed wordt afgepakt: "Ik wacht op een bedankje voor het fotoboek."

Onmiddellijk schaam ik me omdat het niet mijn bedoeling is me bloot te geven. Voor wie wil ik het eigenlijk dat Paul opknapt?

Voor hem of voor mezelf?

Er schieten een paar kinderachtige tranen in mijn ogen en ik zeg zacht: "Sorry, broer, ik weet het ook niet meer."

Ik sta op, loop naar de deur omdat ik weg wil naar de zonnige buitenlucht.

"Wacht even, Jonathan, dan ga ik mee."

Zijn stem klinkt neutraal en is weer veilig afgeschermd maar ik vind het al heel wat dat hij mee wil. Ik kijk om en zie hem op de stoel zitten met het boek in zijn handen. Ik weet niet waarom maar hij is zelf op dit moment een foto, een opname voor de eeuwigheid: schoongewassen, klaar voor het volgende gevecht om overeind te blijven. De woorden van mijn moeder gaan door me heen: "Kijk hem eens, is hij niet prachtig?"

Paul wil iets zeggen, hij slikt iets weg maar blijft zwijgen en het is goed zo.

We zitten tien minuten later op een terras bij het water. Het is al zo laat in de middag dat er langgerekte schaduwen over de gracht glijden maar het is nog warm genoeg. We zijn allebei zwijgzaam, alsof we bang zijn dat iedere zin die we zeggen verkeerd zal uitvallen. Dan zegt Paul opeens: "Je weet nooit van tevoren wanneer de bom zal barsten."

Ik denk onmiddellijk dat hij het over zichzelf heeft en over onze verwarde manier van communiceren. Maar ik zit ernaast want hij kijkt me rustig aan en gaat door: "*De derde man van Graham Greene.*"

Ik ga verheugd rechtop zitten en neem een flinke slok bier.

Dit is prima! Ik weet dat Paul de eerste zin van talloze boeken letterlijk in zijn hoofd heeft zitten maar alleen wanneer hij het boek de moeite waard vindt.

"Wist je dat Greene dit boek heeft geschreven als filmscenario? Ik heb altijd gedacht dat Carol Reed, de regisseur van de beroemde film, de reeds geschreven roman gebruikt had. De schrijver zegt in het woord vooraf dat het voor hem onmogelijk is een filmscenario samen te stellen zonder eerst een verhaal te schrijven. Zelfs voor een film is meer nodig dan enkel intrige; een film behoeft een zekere mate van karakterbeschrijving, van stemming en sfeer. Hij zegt dat het ondoenlijk is deze zaken samen te vatten in de telegramstijl van een scenario. Een regisseur moet kunnen beschikken over meer materiaal. Door de aanpassing van zijn verhaal voor de film vond Greene de film beter dan het boek."

"De film is goed, mede dankzij het spel van Orson Welles," zeg ik en dan: "Het is zo lang geleden dat ik hem gezien heb dat ik me het verhaal niet meer kan herinneren."

Paul zwijgt even en antwoordt dan: "Het is weer een typische Greene-situatie. Het gaat over gewetensconflicten en de keuze tussen het vervullen van iemands plicht ten opzichte van de maatschappij en vriendentrouw."

"Vriendentrouw."

Ik spreek dit woord bijna plechtig uit en Paul vervolgt: "Ja, zoiets als tussen ons."

En nu zwijg ik want ik vind het nog steeds moeilijk om te reageren wanneer mijn vriend, zonder sentimenteel te worden, laat merken dat hij om me geeft. Ik ken tot nu toe niemand die zo goed in staat is om eerlijk en zonder schaamte zijn liefde te tonen als hij.

Ik lig in bed en lees *De oubliette*, de eerste novelle die Vestdijk publiceerde. Ik denk aan Paul en probeer de eerste zin weer terug te halen; de zin die er bijna voor gezorgd had dat ik een ander boek had gekozen:

Hugo, door liefdeloze en bejaarde ouders reeds vroeg aan zijn lot overgelaten, liep op een wintermorgen over velden met sneeuw overspreid, en langs besuikerde hutten van lijfeigenen naar het dennenbos.

Hoe prachtig had Johanna dit gevonden!

Ze zou enkel de zin geciteerd hebben, zonder zich druk te maken over de inhoud.

Ik weet dat deze gedachte niet helemaal eerlijk is want ze had wel degelijk vaak de psychologische motieven uitgeplozen. Toch had ik beter een stripboek kunnen kiezen want het boek roept weer de beklemming op, waarmee ik vroeg in de morgen wakker werd. Een angstaanjagende schaduw die me de hele dag heeft achtervolgd.

Mijn mobiel roept me met het domme, vrolijke deuntje dat ik erin heb gezet. Ik moet opstaan omdat ik het op tafel heb laten liggen.

"Ja, met mij."

Dit zeg ik meestal 's avonds en 's nachts omdat ik me dan veiliger voel.

"Jonathan," en nog eens "Jonathan."

Het is Paul en hij zegt mijn naam met een stem die zich lijkt vast te klampen aan iets reëels. Ik krijg het visioen van zijn hoofd in rook.

"Ha vriend, hoe gaat-ie?"

Het blijft even stil en dan hoor ik tot mijn verbazing: "Goed, heel goed."

Nu luister ik gespannen want er is iets met zijn stem, iets onheilspellends.

"Wat ben je aan het doen?"

"Ik lees een boek van Camus."

"Wat is de eerste zin?"

Op dat moment wordt de verbinding verbroken en ik tik gejaagd zijn nummer in. Ik wacht tevergeefs want Paul neemt niet op. Het gaat helemaal niet goed, zijn woorden waren helder en foutloos maar mij houdt hij niet voor de gek. Mijn vriend is verder weg dan ooit en ik moet naar hem toe. Ik zeg hardop: "Mij ontglip je niet makker," en ik ben al bezig met het aantrekken van mijn broek; waar is mijn jas? Ik schiet de nacht in, ik loop eerst maar begin al vlug te rennen. Ik kan nog rennen en verbaas me daarover. In feite zou de angst, die steeds groter wordt, me moeten verlammen maar flitsen van herinneringen uit de tijd samen met Paul drijven me voort. Deze herinneringen zijn nodig om de paniekgedachten in toom te houden. Maar eenmaal in Pauls huis stap ik een stilte binnen die al mijn hoop laat verdwijnen. Ze weegt zo zwaar dat ik minutenlang bevries: niets kan horen, zien, ruiken of voelen. Dan sta ik toch opeens in zijn kamer en zie hem aan tafel zitten. Hij zit, maar zijn hoofd ligt voorover op het tafelblad op een uitgestrekte arm. En ik hoef zijn gezicht niet te zien om te weten dat hij dood is.

Er komt niets anders in me op want dit compleet veranderde, verstilde lichaam is niet mijn vriend. Mijn vriend bezit energie, charme, schoonheid of desnoods agressie maar niet deze schimmigheid. Heel lang staar ik wanhopig naar een mislukt wassenbeeld en vraag me af waar Paul is. Ik ga ernaartoe en omdat ik nog steeds bang ben, raak ik uiterst voorzichtig de afhangende hand aan. Het vlees is koud en dit gevoel maakt alles zo onherroepelijk, zo definitief dat ik in elkaar krimp van ellende. Ik moet mezelf ertoe dwingen naar het gezicht te kijken dat grotendeels verborgen is maar niet helemaal. Ik zie een wit stuk voorhoofd onder het donkere haar en een oog (dat gelukkig gesloten is) boven een donkerblauwe schaduw. "Paul is dood," zeg ik hardop en kom in beweging. Ik draai de stoel een halve slag naar me toe en neem het lijk in mijn armen, zet me schrap maar ben verbaasd over het te dragen gewicht, ik kan me goed staande houden.

Ik moet weten waar hij is en tegen het hoofd dat slap tegen mijn borst ligt, fluister ik wanhopig: "Waar ben je, broertje?"

Ik krijg geen antwoord, mijn blik valt op de tafel waar een pot met pillen staat naast een leeg glas; de pot is leeg op twee pillen na. Het dringt met een schok tot me door dat Paul zijn dood zelf heeft gekozen; hij heeft zichzelf bewust vernietigd, kan ik hem daarom niet vinden? Ik voel een verdriet dat grenst aan krankzinnigheid en weiger de gedachte toe te laten dat ook deze vriend me in de steek heeft gelaten door te verdwijnen. Dan pas zie ik dat Pauls mobiel vlak bij mijn voeten ligt. Ik klem mijn armen vaster om hem heen en eindelijk komt er warmte op me af door de kamer, raakt mijn hart dwars door de kilte van Pauls lichaam. Ik weet nog steeds niet waar hij is maar word doortrokken van de wetenschap dat ik onschuldig ben aan zijn dood. Dat hij nog steeds mijn broer is en dat de rest van mijn leven zal blijven. Ik voel zelfs iets van geluk omdat ik maar hoef te wachten op zijn komst; het zal niet eens zo heel lang duren.

Natuurlijk wist ik al lang hoe de familie van Paul in elkaar zit maar bij de crematie ontmoet ik voor de eerste keer zijn zusje. Ik beoordeel iedereen naar Pauls normen. Hij heeft me ooit verteld dat zijn broer en zus mijlenver van hem afstaan omdat ze enkel bezig zijn met carrière en geld verdienen.

Zijn ouders vinden hem (Paul) een buitenbeentje en snappen er niets van dat hij wanneer hij werkt, dit alleen doet om er weer zo snel mogelijk tussenuit te knijpen. Ik praat met zijn moeder na de crematie en zij heeft het over hem in de verleden tijd, terwijl ik mijn vriend er steeds bijhaal alsof hij zo naar binnen kan stappen. Ik zeg afwezig: "Paul is mijn broer en daar verandert niemand wat aan."

Ze kijkt me verbaasd aan en antwoordt verdrietig: "Hij was te jong om te sterven; ouders mogen hun kinderen niet overleven."

Ik zeg maar niets meer want het is onmogelijk om haar uit te leggen dat Paul heel dicht bij me is. Hij praat met me en heeft me al laten weten dat hij zich goed voelt. Ik merk dat ik hem talloze vragen stel en herinneringen met hem deel alsof we samen in de kroeg zitten Ik wil net vertrekken wanneer zijn zus me plotseling aanspreekt. Ze is kwaad en gaat onmiddellijk in de aanval. "Ik begrijp jou niet; ik heb begrepen van Paul dat jij zijn beste vriend was en je loopt nu niet echt over van verdriet."

Ze staat voor me en ik schrik van de blik in haar ogen. Ik begrijp niet waarom ze zo woedend is.

"Hij heeft je zeker nooit verteld dat ik zijn lieveling was toen we klein waren?"

"Nee, dat heeft hij inderdaad niet."

Ik denk aan het dode zusje en zeg net op tijd niets over haar, omdat de jonge vrouw wankelt. Ik merk dat ze me ergert en dat ik net als zij kwaad word op Paul.

Wat is dit?

Ontstaat er nu nog een competitiestrijd?

Ik was zijn broer en zij had nooit veel voor hem betekend, anders had ik het wel geweten.

Had ik het wel geweten!

Ik merk dat Paul me ontglipt, dat ik net als zijn familie in de verleden tijd bezig ben.

Ik sta op en zeg: "Ik heb hier geen zin in; ik moet weg."
In de keurige tuin, onder de bomen, voel ik een pijn die
ik niet kan beschrijven. En Paul zwijgt, terwijl ik de straat
oploop.

Bestemming

Barcelona is deze keer geneigd me milder te ontvangen, de zon schijnt en maakt haar fleurig en levendig. Nadat ik een pension gevonden heb in de buurt van Plaza Sarria haast ik me naar buiten (het pension is zo donker als een wijnkelder). Op het plein neem ik plaats tussen de bejaarde mannen, die zwijgend of pratend de boel in de gaten houden. Ik besef dat ik stukken ouder ben dan bij mijn eerste bezoek aan de stad. Ik ben opnieuw verward en vraag me af of ik net als de oudjes hier in verveling mijn leven zal eindigen. Dan richt ik mijn aandacht op de voorbijgangers en probeer ondertussen namen terug te halen. Ik heb hier toch eerder geleefd en kennis gemaakt met mensen die me geholpen hebben. Waar is de jongen gebleven die me uitgebreid verteld heeft dat ik in een rouwproces zat en dat ik gerust kwaad mocht worden?

"Ik ben mijn hele leven al kwaad, Carlos."

"Dan heb je waarschijnlijk veel verlies geleden."

Zijn achternaam weet ik niet meer maar ik ben al blij met de herinnering aan deze opgewekte taxichauffeur. Hij was er zo trots op geweest dat hij als geen ander de weg wist te vinden in de stad. En dat hij Engels en Frans kon verstaan en zich in beide talen kon uitdrukken. Ik weet zelfs nog waar hij woont en zal hem zeker gaan bezoeken. Ik weet nu al dat ik dan uitgebreid over de Algarve zal vertellen en pas veel later voor de dag zal komen met het feit dat ik met een dronken kop een zoon verwekt heb. Carlos zal dan ongetwijfeld en ongevraagd met goedbedoelde onzin aankomen. Misschien vertel ik hem niets en speel opgewekt de eeuwige vrijgezel. Ik heb immers geen behoefte aan zijn morele theorieën en begrijp nu eenmaal niets van zijn vurige familiegevoel. Hij kon me toentertijd nog aan het lachen maken met zinnen als: het moederschap maakt zelfs van een hoer een heilige.

Ik denk echter niet dat ik dat nu nog zo leuk vind.

Nu komt er een groep kinderen langs. Ze lopen als eenden achter een dunne, lange vrouw met grote voeten. Onmiddellijk is te zien dat dit een schoolklas is en dat is niet zo moeilijk omdat ze in een soort colonne lopen. Twee aan twee, hand in hand. Het zijn allemaal meisjes in donkerblauwe schorten, witte bloesjes en zwarte schoenen. Ik krijg het gevoel dat ik teruggezet word in een andere tijd en dat het absoluut verboden is om de meisjes aan te spreken of zelfs maar hun aandacht te trekken.

Het zit me niet mee want Carlos is verhuisd en de nieuwe bewoner weet niet waar naartoe. Dan maar naar de kroeg op de Plaza waar we vaak doorgezakt zijn. Hij zit daar natuurlijk niet maar de patroon vertelt me dat hij inmiddels getrouwd is en vader geworden van een dochter. Hij woont gelukkig wel nog in de stad; weliswaar niet in het vrolijkste deel en dit wordt nog benadrukt door de weersomslag als ik op weg ben naar hem toe. Er hangen antracietgrijze wolken boven de huizen, die de straten een grauw aanzien geven. Ik besef weer hoe belangrijk het zonlicht is en hoe groot de verschillen van sfeer in deze gigantische stad. Je vindt hier hemel en hel naast elkaar of samengevoegd zoals op het grote kerkhof.

De straat waar Carlos woont lijkt uitgestorven maar wanneer ik afdaal op de oude klinkers duikt er opeens een kind op vanachter een elektriciteitskast. Ik blijf staan en denk onmiddellijk: Carlos' dochtertje, omdat haar donkere krullen, de stralende ogen maar vooral haar houding niet anders dan door Carlos kunnen zijn doorgegeven. Wanneer ze me ziet verdwijnt ze onmiddellijk weer achter de metalen kast en even denk ik dat ik haar stralende beeld enkel gedroomd heb. Dan wordt er een voordeur geopend en verschijnt Carlos. Hij is nog niets veranderd, alleen zijn zwarte krullen zijn wat langer zodat ik nu zeker weet dat ik zojuist zijn kind heb aanschouwd. Voordat hij me in het vizier krijgt roept hij met een jolige stem: "Marina!" alsof hij aan een vaak herhaald spel begint.

Het kind vertoont zich niet maar antwoordt: "Carlo, Carlos!" en aan haar opgewonden stem te horen geniet ze duidelijk. Dan ziet Carlos mij en wordt er nog een naam geroepen waar Marina waarschijnlijk niets van snapt: "Jonathan!" Hij spreidt zijn armen zo wijd alsof hij een olifant moet omhelzen en stormt op me af. Hier in Barcelona heb ik nooit enige moeite gehad om door mannen gekust en geknuffeld te worden. Ik zet me schrap. En hij omklemt me inderdaad als was ik zijn teerbeminde en ik hoor tranen in zijn stem wanneer hij zegt (in het Spaans doorspekt met Engelse woorden om mij te helpen waarschijnlijk): "Er is heel wat water door de zee bij Barcelona gestroomd en toch lijkt het alsof ik gisteren nog bij je was."

"Poëtisch als altijd, Carlos!"

"Nog veel poëtischer, Jonathan, het leven lacht me toe."

Hij laat me los en observeert me.

"Ik heb gehoord en gezien dat je een dochter hebt, je bent toch wel getrouwd hoop ik?"

"Je hebt haar gezien terwijl ze zich het liefst verstopt? Aha Marina, geef Jonathan een hand."

Het kind, nu verlegen tegen haar vader aangeleund, aarzelt.

"Je hoeft niet bang te zijn, Jonathan zal je nu nog niet kussen."

Een kleine hand in de mijne en het knikje met de knie dat ik altijd zo hartveroverend heb gevonden maken mij nu verlegen en Carlos loodst me vlug het donkere huis binnen. Een mollige jonge vrouw, die al door de gang onderweg was naar ons toe, staat voor me.

"Mag ik je voorstellen: mijn vrouw Isabella, de roos van

mijn hart en de koningin van deze casa."

Ik maak een buiging en zeg wat ik niet laten kan: "En de moeder van Marina, ze is dus heilig!"

Carlos fronst en begint dan te lachen. Zijn vrouw speelt mee en reikt me haar hand.

"In hoogsteigen persoon, señor maar heilig ben ik allerminst."

Terwijl ik haar zachte vingers druk kijkt ze naar Carlos en haar grote donkere ogen stralen. Ik denk, wat een prachtig stel en verbaas me over de verandering in mijn gevoelens. Het is alsof in dit gezin geen plaats is voor cynisme en haat. Ik moet even aan Suzannes keuken denken en de blije stilte die ik daar gevoeld heb maar dan stroom ik ondanks deze gezegende omgeving toch weer vol angst en twijfel. Ik zit even later tegenover Carlos die me vertelt hoe oud Marina is, hoe voortreffelijk haar geboorte was en waar hij Isabella heeft gevonden. Ik probeer me te concentreren op de bewegende schaduwen op de muur achter Carlos hoofd, besef dan al vlug dat ik dit beter niet had kunnen doen. Ik zie namelijk heel duidelijk oude beelden die me ruim twintig jaar geleden met afschuw hebben gevuld. Ik was jong en keek vaak naar Theo en Thea die vernieuwende kinderprogramma's maakten op tv. Ze waren zo apart dat ook veel volwassenen bewondering hadden voor hun creativiteit. Ikzelf bewonderde en haatte het stel maar kon het niet laten steeds te kijken.

Nu zie ik op de muur als bij een diavoorstelling de aflevering waarbij ik letterlijk gedwongen word af te dalen in het menselijk lichaam. Al gauw wordt duidelijk dat het een vrouw is want via mond, slokdarm, maag, darmen kom ik in de baarmoeder terecht. Daar zwemmen twee foetussen; niet in de normale houding maar met uitgestrekte armpjes en benen dicht bij elkaar. Ik voel opnieuw, heviger nu, de afkeer, angst en jaloezie van toen. Waarom zijn die ontspannen, nog niet volgroeide baby's zo angstaanjagend? Omdat ze me het gevoel geven van totale eenzaamheid. Ik zwom en zwem nog steeds alleen met niemand om me aan vast te klampen. Opeens ontdek ik dat Carlos en zijn vrouw naar me kijken en dat het volkomen stil is in de kamer. Marina is verdwenen en op een vreemde manier ben ik daar blij om. Ik besef dat ik het gelukkige echtpaar ontroerd heb aangekeken maar de kinderogen heb ontweken. Ik word kwaad op mezelf en Carlos zegt zacht: "Ik dacht dat je los was van je woede maar nu geloof ik het niet meer."

Rustig blijven Jonathan, er is niets aan de hand!

Ik slik de prop in mijn keel door en zeg: "Laten we alsjeblieft niet in herhaling vallen, Carlos, de situatie is veranderd. Ik ben enkel boos op mezelf."

"Waarom, amigo?"

"Omdat ik mijn blijdschap laat verjagen door beelden van vroeger. Je kent me toch en je hebt Isabella vast verteld hoe wisselvallig mijn karakter is."

Nu staat de jonge vrouw op en loopt naar de deur.

"Ik ga even kijken waar Marina is gebleven dan kunnen jullie bijpraten."

Ze kijkt me lief aan, voegt eraan toe: "Je vindt de blijdschap wel weer terug, Jonathan."

Ze is al op de gang en even later hoor ik haar in de straat met het kind praten. Ze zegt zo hard dat Carlos en ik haar kunnen horen: "Kom Marina, we gaan naar de visboer."

Maar ondanks alle goede bedoelingen wil ons gesprek niet vlotten. Ik kan onmogelijk over Suzanne praten omdat ik weet wat hiervan de gevolgen zullen zijn. Ik begin me al af te vragen waarom ik in vredesnaam naar Carlos ben gegaan en houd het er maar op dat ik in de veronderstelling was dat hij nog vrijgezel was. Maar ik weet toch dat hij ook dan razend enthousiast geweest zou zijn wanneer hij over de zwangerschap had gehoord.

En ik kan er niet tegen. Ik wil er niet over praten, als ik het doe ben ik een toekomstige vader die geen benul heeft hoe hij daarmee om moet gaan. Om dezelfde reden ben ik mijn belofte aan Suzanne nog niet nagekomen. Ik heb haar nog niet gebeld, geen sms gestuurd of ben aan een brief begonnen. Zij weet niet waar ik uithang en ik weet niet waarom ik haar beloofd heb contact te houden. In haar huis was het zo vanzelfsprekend geweest dat ze me op de hoogte zou houden over de ontwikkeling van mijn zoon maar hier in Barcelona wil ik iets heel anders. Ik wil die uren vergeten dat ik er met de haren bij gesleept werd, dat er niet aan mij maar alleen aan het kind gedacht werd.

Zijn alle vrouwen die moeder worden zo meedogenloos? En hebben zij het alleenrecht om te kiezen? Er is mij niets gevraagd en ik weet bijna zeker dat Suzanne me naar de keel was gevlogen wanneer ik het woord abortus had genoemd.

"Ik wil je niet claimen, ga verder met je leven."

Hoe stel je dit voor Suzanne, na zo'n bericht? Besef je dan niet hoe godvergeten egoïstisch je bezig bent?

"Verder dan dit heb ik nog niet nagedacht."

En ik wens alles uit te wissen. Laat me met rust, je weet toch als geen ander hoe alles moet!

Ik zit nog steeds bij mijn vriend, kan dus niet over Suzanne praten maar ik zeg hem wel dat ik blij ben dat ik hem heb teruggevonden, dat hij me alles moet vertellen en breng zodoende heel langzaam het tumult in mijn hoofd tot bedaren.

Marina is ongeveer drie jaar oud en ik ben voor haar gevallen als een beer voor een pot honing. Ondanks mijn weerstand in het begin van onze kennismaking heeft de kleine heks besloten om me volledig in te palmen. Ik geloof dat ze haar eerste succes te danken heeft aan de geur die er om haar heen hangt. Ze kroop na een paar ontmoetingen op afstand opeens op mijn schoot en ik snoof de geur op van bloemen en betovering. Ik ben er ondertussen aan gewend om mijn neus in haar haren te duwen maar gewoon zal het nooit worden. Ik heb altijd gedacht dat je met kleine kinderen nauwelijks praten kunt maar dat is inmiddels bijgesteld.

Marina praat als haar vader, niet zo poëtisch misschien maar met even veel fantasie. Ze weigerde Jonathan te zeggen, voor haar was Nathan voldoende, maar nadat ik haar het verhaal van Jonas in de walvis verteld heb word ik steevast Jonas genoemd. Dit verhaal heeft haar gegrepen en ik moet het dan ook steeds herhalen. Ze verstopt zich graag en de schuilplaats van de Bijbelheld spreekt enorm tot haar verbeelding.

"Is het donker in de vis?"

"Ik geloof van wel maar Jonas raakt eraan gewend."

"Is hij bang?"

"In het begin een beetje."

"Niet beetje, heel erg!"

Ze neemt dus niet klakkeloos aan wat ik vertel en dat bevalt me wel.

Ze is dol op verstoppertje spelen maar laat het nooit zover komen dat ik haar echt niet vinden kan. Wanneer ik haar roep en mijn stem een smekende klank krijgt, bezwijkt ze en komt met een vuurrood hoofd tevoorschijn.

"Jonas hier ben ik, hoor," alsof ze me wil troosten dat ze zo lang verdwenen was. Ze wordt dan ook bang en soms woedend als ik me verstop en haar te lang laat zoeken. Het is op zo'n moment dat ik besef dat ik Suzanne moet bellen. Ik ben me gaan verschuilen in een portiek van het oude herenhuis op de hoek van de straat. Vaak heeft Marina me daar ontdekt maar deze keer staat de deur open en ben ik de gang ingeglipt. Voor mijn gevoel zijn het maar een paar minuten maar het meisje raakt in paniek, ze gilt wanhopig. Ik kom vlug tevoorschijn en zie in haar betraande, donkere ogen het verwijt waar ze geen woorden voor kan vinden. Ik trek haar in mijn armen en terwijl ik me schaam komt de gedachte aan Suzanne die schaamte nog vergroten.

Ik bel haar 's avonds en ben verrast dat er een soort blijheid door me heen stroomt bij het horen van haar stem. Ik betrap me erop dat ik uiterst geconcentreerd luister naar de klank en uitspraak van haar woorden, merk dan onmiddellijk dat mijn blijheid niet gedeeld wordt. Wanneer ik de naam en het adres van het pension genoemd heb valt er een stilte. Dan zegt ze: "Barcelona," met de nadruk op de eerste lettergreep. Voordat ze zeggen kan dat ik wel erg ver weg zit, haast ik me te zeggen: "Ik ben een vriend gaan opzoeken."

"Je hoeft me geen uitleg te geven. Wil je nog weten hoe het met mij en het kind gaat?"

"Ja, natuurlijk, daar bel ik voor."

"Leugenaar!"

"Alsjeblieft, Suzanne."

"Er is niet veel veranderd, ik voel me prima maar ik moet het gesprek beëindigen want ik heb weinig tijd."

De stilte die volgt brengt me even van mijn stuk, dan komt er een vreemde, droevige gedachte in me op: natuurlijk is ze teleurgesteld en boos, dan moet je maar geen verstoppertje spelen.

Ik weet niet waarom ik me in een taxi naar het kerkhof van San Gervasio laat brengen. De chauffeur kijkt me bevreemd aan als ik hem betaal en op weg ga naar kruisen en zerken. Dit gebeurt wel vaker dat ik impulsief en totaal onberedeneerd aan iets begin. Het is inmiddels aardedonker en wat lichtjes in potjes geven sommige graven een haast feestelijk aanzien. Ik heb nog nooit naar mijn vader gezocht maar nu betrap ik me erop dat ik zijn naam zoek. Ik dwaal ruim een halfuur rond en dan zak ik op een stenen bank, voel tot mijn verbazing dat mijn gezicht nat is van tranen, die waarschijnlijk al geruime tijd opwellen uit mijn ogen.

Hetzelfde overkomt me wanneer ik uren later, kort na het inslapen, droom dat ik terechtkom in Suzannes lichaam. Niet na een erotische omhelzing tijdens een hevige vrijpartij maar op dezelfde manier als in het schaduwenvisioen.

Ik worstel me door haar keelholte de slokdarm in, wandel door haar (gelukkig bijna lege) maag, kruip door dunne en dikke darm en zoek haar baarmoeder. Daar hoor ik voor het eerst onderwatergeluiden omdat mijn oren en ogen gevuld worden met vruchtwater. Ik heb nooit geweten dat het kleurloos was en ben verrast dat de zacht wiegende foetus een zilvergroene kleur heeft (zoals een springlevende vis). Ik zwem voorzichtig om hem heen en word langzaamaan bang omdat de foetus nergens aan vastzit, hulpeloos heen en weer bewogen wordt. Ik moet iets zeggen maar mijn keel zit dichtgeschroefd en mijn ogen klampen zich vast aan de zilveren glans. Dan zie ik aan een zwak pulserende plek dat het hartje klopt. Het volgende moment stijgt het vruchtwater door een stroom van tranen en het is de eerste keer in mijn leven dat ik huil van geluk.

Het is een broos geluk dat ik niet kan vasthouden wanneer ik wakker word. Het is nog steeds donker en ik weet opeens dat dit de langste nacht van mijn leven gaat worden. Binnenin mij wordt het nog donkerder dan de sterrenloze hemel die ik vanuit het raam kan zien. Mijn zenuwen zijn tot het uiterste gespannen, ik zet me schrap om de herinneringen toe te laten die mijn leven gevormd hebben. Het heeft geen zin om ze af te zwakken met de gedachte dat ieder mens zichzelf tegenkomt. Mijn beste vriend heeft me dat voor zijn dood gezegd maar hij vergat erbij te vermelden dat dit meerdere keren geschiedt. Dat er pijn, angst en verdriet bestaan die steeds terugkomen en dat het van levensbelang is dit toe te laten. Daarna kan er weer ruimte ontstaan om door te gaan. Waarom ben ik zo bang? Omdat ik weer weet dat ik niets onder controle kan houden. Dat ik net als de foetus nergens aan vastzit en stuurloos ronddobber. Dat alles dat me lief is verdwijnt als sneeuw voor de zon.

Ik word kwaad op mijn nooit gekende vader omdat hij me wel in een visioen heeft laten zien hoe hij is gestorven maar niet waarom hij mijn moeder en mijzelf heeft laten stikken. Hij had me minstens een hint kunnen geven hoe hij na zijn vlucht is doorgegaan met zijn leven. Of hij beladen met schuld of in vergetende zorgeloosheid vanaf Oostenrijk over de wereld heeft gezworven. Dat laatste heb ik nog het liefst omdat dit het meest past bij mijn jongensdromen. Ik heb hem nooit gezien als de zorgzame vader die mijn groei naar volwassenheid bewaakte. Mijn moeder had hem enkel het stempel van onbetrouwbaar gegeven en het ook nog toegeschreven aan de Oostenrijkse mentaliteit. Verder was hij waar het haar betrof gestorven op het moment van zijn verdwijning.

Waarom wil Suzanne iets anders: een vader die er zal zijn voor haar kind?

Mijn moeder had er geen enkele moeite mee gehad om mij alleen op te voeden of leek dat maar zo? Ik maak me geen enkele illusie dat de aanstaande moeder nog tedere gevoelens voor mij koestert. Ze zal me niet vertrouwen en haar allereerste gevoelens van herkenning zijn veranderd in minachting en bitterheid. Ik zie de schaduw onder haar ogen en de bittere lijntjes rond haar mond die (dat weet ik zeker) in de Algarve nog niet aanwezig waren. Nu weet ik waarom ik steeds in ongerustheid aan haar verdwijnende smalle rug moet denken. Ze is in feite voor mij verdwenen op het moment dat ik mijn vaderschap ontkende. Toen is ze vertrokken, heeft de deur alleen opengelaten in belang van het kind.

Opeens kan ik de gedachte niet meer verdragen dat dit altijd zo zal blijven en denk zelfs dat ik letterlijk in de afgrond word gestort. Ik sta op omdat mijn bed me verstikt en het bloed als heet water door mijn aderen stroomt. Ik ga in de lage stoel bij het tafeltje zitten, knip de lamp aan en probeer te lezen in het boek dat ik al dagen probeer te doorgronden. Na vijf minuten leg ik het weg omdat ik me onmogelijk kan concentreren.

Dan komen ze een voor een de kamer binnen, ik kan niet ontsnappen, huiver alleen in mijn onderbroek en T-shirt.

Ik herken het grenzeloze verdriet wanneer mijn moeder verschijnt in spijkerbroek en klompen. Ze lacht zoals alleen zij kan lachen. Ze zegt niets maar zakt door de knieën en probeert een roffel te geven op iets dat voor haar staat. Ik hoef geen flessen te zien om te weten dat ze muziek wil maken om me te troosten maar het lukt haar niet om de stilte te verbreken.

Daarna verschijnt de walging in de vorm van een tot haar middel naakt, doodsbang meisje dat verkracht wordt door een donkere duivel in eigen persoon. Ik probeer opnieuw te geloven dat ik geen schuld heb maar word misselijk van afkeer omdat ik mijn hoofd niet kan afwenden. Ik wacht op het moment dat het meisje zich zal verheffen in schoonheid, desnoods mij in het gezicht zal spugen en onbevlekt de deur uitwandelt maar dit is me niet gegund. Ze blijft op het tapijt liggen, bevend met een vale huid en gebroken ogen. Ik weet opeens dat ze voor de rest van haar leven deze schaamte niet te boven komt. En dat ik tot mijn dood niet kan vergeten, me nooit meer kan afwenden. Ze zal me waarschijnlijk nog dagelijks vervloeken.

Alsof hij hierop gewacht heeft komt de haat binnen in een hete golf die me in mijn stoel overspoelt. Ik wist niet dat ik zo haten kan en ben in staat om mijn grootmoeder eigenhandig te vermoorden; ze zal dan weer sterven en niet zo vreedzaam als de eerste keer. Ze moet gestraft worden voor haar hardheid, venijn en onbegrip, voor de eenzaamheid die als een donkere wolk om haar heen hangt. Ze heeft me zo veel mooie woorden geleerd maar ze weet waarschijnlijk niet dat klotewijf op dit moment bij haar past.

De angst die ik eigenlijk helemaal niet in de ogen wil kijken heeft vele gezichten.

Om te beginnen dat van een dode, bleke man met baardstoppels en een kogelgat in zijn voorhoofd waar het bloed is uitgestroomd. Zijn doffe ogen staren naar de lucht. Het gezicht is koud en voelt aan als leer en zijn hand geeft me door dat ik iets moet ondernemen; dat ik er eindelijk eens werk van moet maken dat zijn moordenaar gevonden wordt. Maar de doodsangst dat de figuur zonder gezicht mij dan te grazen zal nemen is groter en toont me weer dat ik een lafaard ben.

Want wanneer je iemand volgt in het bos (of dwingt naar die open plek te lopen) om hem vervolgens te vermoorden, dan ben je meedogenloos. Dan heb je geen enkele moeite ermee om degene die je verraden heeft ook om te leggen.

Opeens voel ik me uitgeput en verlang alleen naar mijn bed maar omdat de heftigste emoties vaak een verandering brengen hoor ik aan het bedaren van mijn hart dat de bewondering binnen wil komen. De bewondering en voorzichtige liefde voor mijn oma. Mijn mooie, dappere Johanna die zich er nooit onder laat krijgen. Ze vecht al haar leven lang maar ze vecht alleen zonder te capituleren voor vals sentiment. Ze is de mooie woorden die ze spreekt, ze is zichzelf het meest nabij in haar (soms wrede) fantasieën. Johanna is intelligent en ze haat net als ik domme mensen, die geen enkele moeite doen om iets bij te leren. Ze leeft wijs en gebruikt haar wijsheid op het juiste moment; zoals nu omdat ze me laat weten dat ze vaak net zo bang is als ik. En wanneer zij soms bang is dan bestaat er nog hoop want wat ik aan kracht bezit dank ik aan haar.

Ik drink twee glazen water en ga op mijn rug in het pensionbed liggen. Dan draai ik me op mijn buik omdat ik weet dat ik, ondanks dat ik doodmoe ben, zo niet kan inslapen. Ik moet nog iets onderzoeken. Hoe zal Johanna reageren wanneer ik haar vertel dat ik vader ga worden? Even ben ik verward omdat het bij haar twee kanten kan opgaan. Ze kan net als ik van woede in ontroering schieten, alleen heeft zij de zaak meestal onder controle. Laat me nu maar dromen dat er een vochtige glans komt in haar verbaasde ogen en ze zachtjes zegt: "Dit is het beste dat me sinds lange tijd is overkomen, Jonathan."

Maar hoezeer ik me ook inspan ik weet niet wat ze me in dit geval zal aanraden. Daarvoor ben ik te jong vertrokken en ze laat me sowieso zoveel mogelijk mijn eigen keuzes maken. Ik wil me net op mijn zij draaien om eindelijk rust te krijgen in diepe slaap als er een gedachte in me opkomt die me diep raakt. Johanna heeft ooit iets merkwaardigs gezegd en nu hoor ik haar die woorden herhalen: "Ik geloof niet dat er slechts een God bestaat maar ik weet bijna zeker dat het Goddelijke zich manifesteert in ons verlangen naar schoonheid en dat dit niet verloren gaat bij de dood. Degenen die na ons komen erven dit verlangen automatisch, houden het levend en geven het weer door. Alleen daarom al is het noodzakelijk om kinderen te krijgen."

Toen ze dat zei was ik in een melige stemming geweest en had geantwoord: "Het is jammer dat er zo veel schoonheid verloren zal gaan want ik blijf vrijgezel."

Nu geloof ik haar omdat ik voor de eerste keer sinds lange tijd verlang naar de schoonheid van de muziek die mijn moeder me heeft geschonken. En Johanna was immers altijd op zoek naar schoonheid in boeken. Ze wist als geen ander hoe woorden kunnen ontroeren, geselen, pijn doen maar ook troost schenken. Alleen lezen was niet voldoende, zei ze, een boek moet je ervaren en beleven; wanneer je dat niet kunt is het geen boek voor jou. Omdat ik niet weet of ik de schoonheid waar ik altijd naar op zoek ben wil doorgeven, sta ik op. Ik ben zelfs te moe om te slapen, denk ik, maar ik weet eigenlijk dat ik bang ben om deze levensvraag te onderzoeken.

"Alleen daarom al is het noodzakelijk om kinderen te krijgen."

"Johanna zei zo vaak zomaar iets," zeg ik maar ik waag het niet om haar woorden hardop te herhalen. Tegelijkertijd weet ik dat mijn grootmoeder zelden zo maar wat zei en zelfs scherts had voor haar een diepere betekenis. Wanneer ik uit de douche kom, zie ik het voorzichtige ochtendgloren door het raam komen en vraag me af waarom haar mening opeens belangrijk voor me is.

Dit is niet de eerste slapeloze nacht die ik aan haar te danken heb.

's Middags ga ik wandelen omdat ik moe ben en omdat ik weet dat ik in mijn benauwde kamer toch niet kan slapen. Meestal geniet ik van de tochten door Barcelona maar vandaag bezorgt ze mij een onrustig gevoel omdat het asfalt en de klinkers hard en afwerend zijn. Het is broeierig en er waait zelfs geen miniem windje door de straten. Een haast koperen zon beschijnt de daken en kerktorens. Ik kom terecht op een Plaza met de vreemde naam Plaza san Fel, maar ontdek dat er wat letters van het bord verdwenen zijn. Ik tover met eventueel ontbrekende letters en probeer: san Felos, san Feliz, san Felipe en besluit het op te geven. De wijk ligt achter Romeinse muren en de boomstammen zitten vol gaten, alsof ze beschoten zijn. Ik stel me voor dat kort geleden een maniak met een stengun hier verwoestend is rondgedaasd. Ik weet echter dat dit onzin is en erger me omdat ik niet ontspannen kan in de buitenlucht. Want deze omgeving klopt niet en ikzelf evenmin. Ze lijkt me lelijk, weerzinwekkend zelfs.

En tot overmaat van ramp verdwaal ik ook nog. Ik loop voor mijn gevoel uren zwetend te dwalen en denk er soms aan om een tram te nemen. Maar ik moet van mezelf het pension terugvinden en wanneer dat lukt zit ik eindelijk kletsnat op mijn bed. Ik denk dat ik uren heb lopen dwalen, maar zie dan dat ik slechts een uur ben weg geweest.

Een week later ben ik nog niet veel verder en schommel ik dagelijks tussen overgave en ontkenning. De dagen verlopen in eenzelfde ritme omdat ik zo het beste tot rust kan komen. Ik denk vaak aan mijn gitaarperiode en verlang naar de discipline die ik mezelf toen kon opleggen. Iedere morgen ga ik op het kleine balkon zitten dat aan mijn kamer grenst, kijk naar het zonlicht dat de daken een glanzend diffuus rode kleur geeft. Ik zie de duiven in de dakgoot aan de overkant en volg met mijn ogen een meeuw die na zijn uitstapje naar de stad weer richting zee vliegt. Dan ruik ik een vlucht zoute zeewind en besef weer hoe groot de kracht is van de verbeelding. Iedere dag ga ik door de stad wandelen, bezoek de haven en neem me voor om Carlos, Isabella en Marina te bezoeken. Er houdt me iets tegen wat ik geen naam kan geven maar wat ik evenmin kan doorbreken. Op de vijfde dag zorgt het kind daarvoor.

Ik zit op een terras, koester me in de late middagzon, dompel mijn geest in de woorden van een van de mooiste gedichten van Nolens: ik heb niets meer, ik ben niets meer ...
Op dat moment schuift er een donkere wolk in mijn hersenen die het gedicht niet verder tot ontwikkeling laat komen. Het is lang geleden dat ik een voorspellend visioen heb beleefd, ik word dan ook bang.

Ik zie Marina die de straat uitloopt waar ze woont en wanneer ze de hoek is omgeslagen voel ik een dreiging die me de adem beneemt. Ze loopt op het brede trottoir en plotseling stopt er vlak naast haar een rode auto. Het portier gaat open en er stapt een man uit die het kind optilt en op de achterbank zet. De auto rijdt door en niet eens veel harder dan voordien.

Dan is alles weer normaal, het plein van het terras doemt weer op. Waarom is het zo verschrikkelijk wat ik heb gezien? Marina wordt wel vaker meegenomen door een oom of vriend van het gezin en ze heeft zich geen moment verzet. Toch reken ik vlug mijn consumptie af, ren door de straten, stegen en pleinen naar het huis van Carlos. Nog nooit heeft iets zo lang geduurd en ik vervloek mezelf dat ik geen taxi heb genomen. Totaal buiten adem en doorweekt van het zweet kom ik ruim een halfuur later aan in de klinkerstraat. Het is er drukker dan anders maar voor mij voelt de oplopende steeg als vervloekt, ten dode opgeschreven. Ik ben dan ook totaal niet verrast dat Isabella voor me staat en me ongerust vertelt dat Marina nog steeds niet thuis is. Ik heb haar overal gezocht, ze weet toch dat ze niet alleen de hoek om mag!

Nee, natuurlijk mag ze dat niet, denk ik, maar zwijg over mijn visioen. Isabella staat te beven, ze vraagt me niet waar ik vandaan kom.

Even ben ik lamgeslagen en totaal leeg vanbinnen, dan komt er het beeld in me op van de wegvliegende meeuw en heel sterk ruik ik de geur van de zee die dit beeld begeleidt. Rustig maar, Jonathan, denk ik, Suzanne zei immers: "Veel verder dan dit heb ik nog niet nagedacht, we weten samen wel hoe alles moet lopen."

En ik weet dan plotseling dat ik naar de haven moet gaan om Marina te vinden.

Het duurt een eeuwigheid voordat ik naast Carlos in zijn taxi naar die haven rijd. Dit heeft niet aan mijn overredings-kracht gelegen maar enkel aan het feit dat mijn vriend de hal-ve stad moet doorkruisen nadat Isabella hem heeft gebeld.

Hij zit als een gespannen veer naast me en veert telkens overeind wanneer hij een kindergestalte ziet. Niet een keer heeft hij me gevraagd waarom ik tot twee keer toe herhaald heb dat we naar zee moeten. Hij zwijgt en kijkt me af en toe wanhopig aan; bij iedere bocht die hij maakt wordt de angst in zijn ogen groter. Dan schrik ik op uit mijn concentratie wanneer hij vraagt: "Naar de oude haven, Jonathan?"

"Nee, naar de ferryhaven." Waarom weet ik zo zeker dat we de richting cruise terminal dicht bij de oude haven moe-ten nemen? Deze wetenschap vergroot mijn angst omdat ik bang word dat de plannen van de ontvoerder van Marina verder reiken dan de stad Barcelona. Wil hij een overtocht boeken naar Italië of Marokko? Carlos denkt waarschijnlijk hetzelfde want hij zegt hees: "De ferryhaven heeft vier be-langrijke terminals waar verschillende veerbootmaatschap-pijen gebruik van maken; welke bedoel je?"

"Ik weet het niet," antwoord ik afwezig omdat de ferryter-minal opeens niet meer belangrijk is. We naderen het bewaakte Bus Montjuic parkeerterrein en de adrenaline giert door mijn bloed. Carlos heeft zijn handen om het stuur geklemd en doet zijn uiterste best om niet veel harder te gaan rijden. Hij gaat ondanks dat diverse auto's voorbij en dan slaat mijn hart tien slagen over; ik zie rechts voor me op het parkeerterrein de rode auto. Achteraf gezien had ik beter niet kunnen schreeuwen omdat dit grote gevolgen heeft. De zin "Die rode auto," werkt op Carlos als de afgezaagde rode lap die een stier tot het uiterste jaagt. Hij stopt abrupt, gooit het portier open en rent weg. Er ontstaat een totale chaos: getoeter, geschreeuw, er duikt zelfs een man op die mijn portier open wil rukken en wanneer dat niet lukt op het raampje begint te bonzen. Ik stap uit, duw de dikke driftkop opzij en begin achter Carlos aan te hollen. Mijn vriend ziet alleen de auto en het is maar goed dat ik tijdens het rennen om me heen kijk.

Ver weg, links van mij, zie ik opeens een bekend wit rokje, gebloemd bloesje en daarboven de bos zwarte krullen. Het tafereel is zo lieflijk dat ik van mijn stuk raak want de man die Marina begeleidt zit op zijn hurken de veter van haar schoentje te strikken. Ik denk verward, nog steeds geen verzet, is het dan toch een bekende van het kind? Maar even later weet ik dat dit niet het geval is want de man kijkt op, ziet mij en schrikt. Hij staat vlug op. Zijn blik vliegt naar de rode auto waar Carlos inmiddels bij staat. Dan laat hij Marina tussen de geparkeerde auto's staan en gaat ertussenuit. Ik ben al bij het meisje voordat ze zich verbazen kan en trek haar in mijn armen, dicht tegen mijn hart. Ze wringt zich ongeduldig los en vraagt: "Ga je ook mee met de boot, Jonas?"

"Nee, liefje en jij gaat ook niet, pappa Carlos zoekt je."

Maar Carlos heeft ons al gevonden. Snikkend valt hij op zijn knieën en bekijkt zijn dochter alsof hij haar jaren heeft moeten missen. Marina, zo klein als ze is, begint te begrijpen dat er iets ernstigs is gebeurd, ze vraagt zachtjes: "Is Marina stout geweest?"

"Nee meisje, stil maar."

Het kind wordt inderdaad nog stiller en begrijpt er niets van dat ik opnieuw begin te rennen. Ik ga in de richting waar de man verdwenen is, zoek ruim een kwartier voordat ik besef dat ik beter de politie kan waarschuwen. Maar dit wordt geen succes. Ik zit even later in het havenkantoor te zweten, terwijl Carlos Marina naar huis brengt. Hoe vertel je een beambte dat je in een visioen hebt gezien dat een klein meisje werd ontvoerd en dat je precies wist waar naartoe? Dat de dader gevlucht is en waarschijnlijk al op de veerboot zit naar een voor mij onbekende bestemming. Ze geloven me niet en al helemaal niet meer nadat ik hun geen beschrijving kan geven van de dader. Ik word woedend en zeg voor de eerste keer iets zinnigs: "De rode auto, jullie kunnen het kenteken nagaan."

Ik wil nog zeggen dat het kind de man misschien kan beschrijven maar slik dat net op tijd in.

Carlos moet zich verantwoorden voor de taxirit en is met tegenzin vertrokken. Marina zit bij haar moeder op schoot als ik de kamer binnenkom en het is alsof ik haar schoonheid pas voor de eerste keer volledig zie. Haar donkere krullen glanzen vochtig (Isabella heeft haar in bad gedaan op dezelfde manier als toen ze nog een baby was), haar donkere ogen kijken gefascineerd naar de kaarsvlammetjes die rond het Mariabeeld dansen. Geloof maar dat er in dit huis gebeden is! Er is gebeden, gesmeekt voor haar terugkeer. Ze draagt haar berenpyama en haar blote, bruine voetjes ontroeren me. Ze heeft niets aan onschuld verloren, haar blik is nog net zo onbevangen als voorheen en ik betrap mezelf op een stil, kort dankgebed.

Isabella vraagt me of ik een stoel wil pakken en dichtbij kom zitten. Het lijkt wel alsof ze nog niet in staat is Marina los te laten. We blijven een paar minuten in stilte zitten om te genieten van elkaar. Dan voel ik dat ik voor de eerste keer in mijn leven geheel verzoend ben met een visioen. Ik laat zelfs zonder angst het woord helderziend toe. Al gebeurt zoiets nooit meer, ik heb deze keer Marina kunnen beschermen. Ik kan de ontvoerder niet duidelijk voor me halen maar zie wel zijn ogen weer op het moment dat hij me aankeek; de onzegbare verlatenheid. Ik weet nu dat hij haar inderdaad wilde meenemen op de veerboot maar geloof niet dat hij kwade bedoelingen had. De man heeft een eenzame ziel en vraagt wanhopig om aandacht. Hij heeft Marina geen angst aangejaagd en wilde enkel haar stralende gezelschap.

Ik weet niet of ik dit aan Isabella zal vertellen. Ik wacht tot het kind in slaap is gevallen en begin aarzelend: "Ik moet je nog iets vertellen."

De jonge vrouw schrikt en kijkt me aan. Marina is dan wel ongeschonden uit dit avontuur gekomen maar haar moeder niet. Ze zal nooit meer geheel onbevangen in het leven staan en vooral haar ogen lijken ouder. Dan weet ik zeker dat ik haar moet vertellen wat er vijf minuten geleden door mijn hoofd ging. Ze luistert ingespannen en een intense zucht ontsnapt haar aan het eind van mijn betoog. "Dank je wel voor alles, Jonathan. Ik moet er niet aan denken dat die man een soort opa voor haar geworden was en ik haar misschien nooit meer had teruggezien."

En dan komen de tranen die stil over haar wangen stromen; ik heb geen moment verbazing of ongeloof gezien en ben haar dankbaar. Ik geef haar mijn zakdoek en neem het kind dat nu in diepe slaap is van haar over. Isabella snuit hartgrondig haar neus en vraagt dan: "Mag ik de zakdoek houden als herinnering aan deze dag?"

"Ja, Isabella, maar hecht er alsjeblieft geen waarde aan."

"Carlos heeft me alles verteld en hij zei dat hij wel wist dat je bijzondere gaven hebt maar veel belangrijker is dat je nu onze beste vriend bent."

Ze wacht even, kijkt me aan met haar schoongewassen ogen en zegt: "Goede vrienden weten bijna alles en hebben geen grote geheimen voor elkaar."

"Nu nog niet, Isabella, maar ik beloof je dat ik jullie in vertrouwen zal nemen."

Wanneer er een agent van politie belt dat er in feite geen aangifte is gedaan van een misdrijf zijn Carlos, Isabella en ikzelf in twijfel wat we moeten doen. We besluiten geen aangifte te doen en vragen alleen of de ontvoerder via de rode auto (die nog steeds op het parkeerterrein staat) is op te sporen. Nu wordt de agent zeer terughoudend en zegt dat mijn eerdere verklaring weinig serieus wordt genomen.

"Geen aangifte, dan ook geen nader onderzoek."

En met deze kort afgebeten zin maakt hij een eind aan het gesprek.

Ondanks de schaduw die er op hun kindergeluk is gevallen zijn Carlos en Isabella blij verrast wanneer ik eindelijk voor mijn vaderschap uitkom. Ze zijn zich ervan bewust dat Marina tot de dag van de ontvoering enkel vreugde betekende in een zorgeloos gezin. Het is voor mij niet om aan te zien dat ze door het gebeuren tobberige, zenuwachtige ouders zijn geworden. Het schuldgevoel drukt vooral Isabella zwaar op de schouders. Geen moment zal ze toegeven dat Marina wel degelijk even stout is geweest toen ze die fatale hoek omsloeg. En Carlos rijdt nog weken lang in zijn taxi naar Montjuic parkeerterrein om de rode auto in de gaten te houden; totdat hij op een dag gesommeerd wordt daar weg te blijven. Zijn baas van het taxibedrijf is kennelijk op de hoogte gebracht en ook van die kant wordt hij onder druk gezet.

Ik probeer hem er steeds van te overtuigen dat de ontvoerder waarschijnlijk ver weg zit en nooit meer terugkomt maar hij kan niet loslaten. Ik herken mijn vriend niet meer die eerder alles weglachte en mij menig keer op de been heeft geholpen. Totdat ik hem op een regenachtige dag keihard met zijn gedrag confronteer; ik gebruik gemene middelen maar het kan niet anders. Ik wijs hem erop dat Marina veranderd is. Ze is een behoedzaam, voorzichtig vogeltje geworden dat allereerst naar haar ouders kijkt voordat ze iets onderneemt en ze probeert vooral Carlos aan het lachen te maken. Het is een ontroerend gezicht hoe ze zich als een kleine clown op haar kont laat vallen en dan met haar ogen rolt. Maar ze krijgt voor deze actie geen applaus en gelachen wordt er niet. Carlos schiet toe en vraagt angstig of ze zich geen pijn gedaan heeft.

"Jullie moeten in haar belang die fatale dag vergeten, er is in feite niet zo heel veel gebeurd en Marina heeft er niets aan overgehouden."

Dan geef ik nog een dolksteek: "En wanneer jullie zo blijven houdt ze er wel iets aan over."

Na dit gesprek zie ik Carlos voor de eerste keer huilen en merk na enige dagen dat dit hem enorm heeft opgelucht. Het lijkt of hij vrijer kan ademen, verlost is van de demonen die hem zo veranderd hebben. Isabella doet er langer over; ze blijft overbezorgd voor Marina en als ik op een dag zeg dat ze vroeg oud wordt lacht ze opeens en geeft toe dat de ontvoering haar volwassen heeft gemaakt.

"Ik denk dat je dochter liever te doen heeft met de onvolwassen, speelse Isabella."

Wanneer ik dit gezegd heb schaam ik me opeens omdat ik

weet dat ik kritiek heb op ouders die dat niet verdienen.
Wat ben ik voor vader?

Een lafhartige, afwezige zak die geen enkele verantwoording draagt.

Barcelona is op haar mooist in de beginnende herfst maar ondanks dat krijg ik het steeds benauwder. Ik neem Isabella in vertrouwen, wetend dat ze alles met Carlos deelt. Ze zegt dat ik wel weet dat ik naar Holanda moet gaan om dicht bij mijn kind te zijn. Ze aarzelt even en voegt er dan aan toe: "Suzanne heeft je nodig, Jonathan, ook al wil ze dat nu nog niet toegeven. Wanneer ze dat niet had was ze niet op het idee gekomen om je te zoeken en via haar vriendin de blijde boodschap te brengen."

"Haar vriendin heeft alleen gevraagd of ik met Suzanne wilde praten."

"Toch was zij de boodschapper die de weg moest voorbereiden."

Ik stribbel tegen, wil niet toegeven aan gloednieuwe gevoelens.

"Voor mij was het geen blijde boodschap, Isabella."

"Toen misschien niet maar waarom vecht je in godsnaam zo fanatiek tegen het mooiste dat een mens kan overkomen?"

"Omdat ik me geen vader voel."

Dan blijkt dat ook Isabella iemand onder de gordel kan raken.

"Komt dat omdat jij geen vader hebt? Maak jezelf toch niets wijs, Jonathan, je weet al vanaf het moment dat het je verteld werd dat je dit kind wilt, je weet zelfs al dat het een jongen is."

En Marina's moeder krijgt gelijk: ik ben vader op het moment dat Suzanne belt. Ik ben na het korte gesprek hevig aangedaan, er is iets aangrijpends gebeurd en hoewel ik er niet bij ben geweest is het net of ik even verlamd ben. Suzanne heeft namelijk ruim een kwartier gedacht dat het kind dood was. Ze was voor onderzoek in het ziekenhuis omdat de verloskundige die haar begeleidt niet gerust was. Ze kon niet precies uitleggen wat ze voelde en kon er (zoals ze letterlijk zei) de vinger niet op leggen. Het was alsof ze het contact kwijt was en mijn zoon zich verstopte.

Ik kreeg het koud bij die woorden omdat ik hem weer los zag zweven net als in de droom. Maar Suzanne had de vrouw bezworen dat alles goed was en ze was niet ongerust naar de kliniek gegaan. Daar werd ze door een arts grondig onderzocht en haar buik was aan een jonge assistent getoond alsof ze iets bijzonders was. En daar op de onderzoekstafel in het felle licht van de lampen was ze wel bang geworden. De arts had gekucht en ze hoorde hem zacht tegen de jongen zeggen: "Ik hoor de hartslag niet meer." Toen was hij verder gegaan met luisteren, voelen en kloppen.

Na eindeloze minuten had de hurk opeens gezegd: "Het is in orde mevrouw, u kunt zich weer aankleden."

Suzanne had de woorden, het is in orde, niet gehoord of niet geloofd want ze was woedend uitgevallen: "Hoezo aankleden, klopt het hartje nu of is mijn kind dood?"

De arts reageerde geschrokken en de assistent had zelfs gebloosd. Het drong waarschijnlijk toen pas tot beide heren door dat ze over de buik en de inhoud daarvan hadden gesproken zonder Suzanne daar ook maar een moment bij te betrekken.

Beroepsdeformatie ten top!

In allerijl kwamen nu de verontschuldigingen en om Suzanne nog meer te sussen werd er een apparaat op wielen bij gehaald dat met raadselachtige draden aan haar buik bevestigd werd. Ook haar oren werden betrokken bij de ophanden zijnde proef.

En toen, zei Suzanne (haar stem klonk jubelend een octaaf hoger) hoorde ik duidelijk zijn hart kloppen. Ze had zijn gezegd en ik vroeg me af of ik me al had laten ontvallen dat we een zoon krijgen. Ik hoorde op dat moment een prachtige, zuivere roffel op het donderglas en zei beverig: "God zij dank."

"Ja, God zij dank," herhaalde Suzanne en ik hoorde geen cynisme in haar stem. En nu zit ik met mijn telefoon in de hand en herhaal woord voor woord Suzannes verhaal. Ik denk dat het nog geen tien minuten heeft geduurd maar ik ben er de hele middag mee bezig.

Iedere zin wordt uitgeplozen, ontrafeld en tot het bot onderzocht. Zodoende ben ikzelf aanwezig in die onderzoekskamer. Ik wacht bevend tot de arts Suzanne beluisterd en bevoeld heeft en hoor even later de krachtige hartenklop van mijn kind. De wereld staat opnieuw op zijn kop maar op een totaal andere manier dan in Schoorl. Voor de eerste keer in mijn leven stroom ik helemaal vol met een gevoel dat tot nu toe vaak op de achtergrond bleef: dankbaarheid.

Ik weet niet wie ik moet bedanken maar dat doet er niet toe, ik heb immers al Godzijdank gezegd.

Ik heb een zoon, hij leeft, hij is gezond en Suzanne is zijn moeder!

Deze drie maanden oude kanjer heeft ervoor gezorgd dat haar stem opnieuw de prachtige klank terugheeft waar ik voor gevallen ben.

Hij, hij, hij neemt me nu al in bezit, terwijl hij nog niet eens geboren is. Hij speelt het klaar om mijn helderziende angst te veranderen in pure vreugde.

Ik lig op bed in het pension en ben bezorgd.

Ik ben in hevige mate bezorgd om haar. Als de eerste schok voorbij is over de levenskansen van de baby komt zij ineens in beeld. Ik heb niet echt gejubeld toen ik wist dat ze in verwachting was maar ik ben nu opeens erg blij dat zij het is die ons kind draagt. Er komt van alles in me boven, dingen die ik altijd voor onmogelijk heb gehouden. Ik weet dat veel hiervan gedroomd of gelezen is maar toch. Ik wil haar beschermen in een soort van oergevoel.

Ik zie een kleine gemeenschap waarvan ik een van de vruchtbare mannen ben. Zij is de blonde godin, de meest begeerde. Ik heb haar veroverd in gevechten en door met de beste jachtbuit terug te keren uit de bossen. Aan onze namen hoeft niets veranderd te worden: Jonathan en Suzanne passen perfect in het landschap van wouden, moerassen en ontgonnen plekken in de zon. Ik heb geploeterd om deze grond zachter, los en na verloop van tijd zachtgroen te maken. Het kind is een logisch gevolg van ons leven samen maar zelfs in mijn wilde vorm moet ik aan hem wennen. Ik weet niet wat zij allemaal wel en niet mag doen om hem gezond te houden maar besef dan dat ik me hier geen zorgen over hoef te maken. Net als mijn moeder wist hoe ze moest omgaan met al het leven op deze planeet: zij weet het ook! Ze heeft vast van alles geleerd van haar moeder als kind en wat ze niet weet zal ik haar vertellen.

Maar ik leef in een kamer met onpersoonlijke muren en er hangt een handdoek in de badkamer waarop de naam van dit pension. Ik heb de moeder van mijn kind niet veroverd, ik heb zelfs geen enkele moeite gedaan om haar respect te verdienen. Zij heeft mij niet nodig en ze zit absoluut niet te wachten op wat voor raadgeving dan ook.

Ik haal in gedachten die keer terug dat ik bezorgd was geweest om mijn vriend en langzaam word ik steeds moedelozer. Ik had toen dezelfde passie gevoeld om Paul te beschermen en te redden maar dat was totaal mislukt. Ik heb nog geluk gehad dat ik toen niet vol schuldgevoel zat maar zijn zusje was het daar niet mee eens geweest. Ik heb in haar ogen de minachting gezien; de minachting voor iemand die alleen aan zichzelf denkt (dat dacht zij althans). En nu maak ik me zorgen over een vrouw die ik nauwelijks ken, dus zal dit ook wel weer uitlopen op een fiasco. Ik weet niets van haar dagelijks leven en van de vrienden en kennissen die ze heeft. Ik weet alleen dat haar moeder nog leeft maar dat haar vader allang dood is. Het heeft geen zin om me in haar te verdiepen omdat ze me enkel tolereert als de verwekker van haar kind die ervoor moet zorgen af en toe in beeld te zijn wanneer dit kind hem nodig heeft.

Hoe armzalig is mijn leven! De kracht die ik zo-even nog bezat is verdwenen. Ik sta niet meer met krachtige benen in een droomleven waarvan zij deel uitmaakt. Ik zou al dik tevreden zijn wanneer ze me tenminste niet minacht zoals de zus van Paul.

Het is niet gek dat ik van mijn vriend droom deze nacht. Als ik ergens niet uitkom, droom ik vaak van hem terwijl ik toch ook als ik wakker ben met hem kan praten. Zijn droomboodschappen zijn meestal kort maar deze nacht heeft hij geen boodschap.

Ik ga, na een lange wandeling in een onbekend landschap, achter hem aan een donkere grot in. Deze grot ligt diep onder de grond, de wanden zijn glibberig en op sommige plekken met mos begroeid. Mijn ogen raken gewend aan het donker en klampen zich vast aan Pauls gezicht dat duidelijk zichtbaar is. Ik ben bang dat ik in deze onderaardse ruimte heel lang moet blijven en wil aan hem vragen wat hij van plan is. Ik krijg geen antwoord en ontwaak dus maar.

Als vanzelfsprekend krijg ik het verlangen om naar Schoorl te gaan. Ik wil erbij zijn en verbaas me over mijn veranderde gevoelens. Het is alsof ik met onzichtbare maar ijzersterke draden verbonden ben met Suzanne en het kind. Ik ben me er terdege van bewust dat Suzanne bij lange na niet eenzelfde verlangen voelt als ik. Toch zal ze tevreden zijn dat ik niet meer ontken, niet meer afwijs wat ons van het begin af aan verbonden heeft. Ik denk erover na waardoor deze omslag is ontstaan en besef dat het nieuws over de foetus me verantwoordelijk heeft gemaakt.

Beter laat dan nooit, Jonathan, het heeft geen enkele zin om spijt te krijgen over gemiste kansen. Al zal Suzanne me mijn gedrag nooit vergeven, ik blijf haar volgen. Ik heb weleens gehoord of gelezen dat het maanden duurt voordat de ziel in een ongeboren vrucht daalt. Maakt dit de druk op mijn geweten minder zwaar of houd ik mezelf enorm voor de gek? Suzanne heeft van het begin af aan onvoorwaardelijk achter onze zoon gestaan ondanks haar paniek. Ze heeft dus sowieso een enorme voorsprong. Toch weet ik bijna zeker dat ze aan mijn stem gehoord heeft, nog voordat ik het zelf wist, dat ik capituleerde. Ze herhaalde mijn God zij dank met het oude vuur in haar stem.

Alsof mijn gevoel voor verantwoordelijkheid verder reikt dan Suzanne en het kind, ik word me ervan bewust dat ik niet alles in Barcelona zomaar kan laten vallen. Mijn vrienden zijn nog te zeer uit hun doen, al krabbelen ze zeer voorzichtig uit het dal omhoog. Ze geven Marina steeds meer ruimte en ik kan op een middag eindelijk weer eens hartelijk om Carlos lachen. Hij stelt me voor om samen naar de haven te gaan en ik ben eerst nogal terughoudend.

"Je gaat toch niet weer naar het parkeerterrein?"

"Nee, amigo, anders lopen we gevaar dat ik de rode auto in elkaar ram."

Hij houdt woord want hij gaat naar de oude haven. Daar aangekomen parkeert hij de taxi zo dicht mogelijk bij het water en stapt uit. Hij loopt met driftige, vastberaden passen rond en ziet dan een paar stevige kisten die keurig op elkaar gestapeld zijn. Zijn krullen dansen in de wind en zijn witte overhemd bolt op. "Wil je me even helpen, Jonathan?" Even begrijp ik hem niet maar hij heeft mijn beide handen nodig om boven op de kisten te komen. Daar staat hij en tuurt over het water; zijn blik richt zich op de hemel waar een paar donkere wolken opzijschuiven om plaats te maken voor de zon. Hij knijpt zijn ogen dicht en schreeuwt tegen de wind: "Weg monster, weg! Er is niets gebeurd waar ik niet mee om kan gaan!"

Tot zover ben ik alleen verbaasd en licht ontroerd maar wanneer hij zich net als Marina op zijn kont laat vallen en met rollende ogen van de stapel valt, lach ik hartelijk. Carlo echter lacht niet want het blijkt dat hij zijn rechtervoet zodanig heeft gekneusd dat ik hem naar de taxi moet ondersteunen. Hij start de motor en zegt voldaan: "Dat lucht op en die voet geneest wel weer, net als de rest."

Mijn terugkeer in Noord-Holland loopt volgens verwachting (de reis ernaartoe duurt een eeuwigheid). Ik probeer mijn verlangen te beteugelen en ga niet onmiddellijk bij Suzanne op bezoek. Ik bel haar en ze is aan het werk in de uitgeverij. Als een zenuwachtige, kleine jongen vraag ik bedeesd of ik komen kan. Het is even stil en ik hoor een stoel verschuiven, papiergeritsel.

"Ben je niet alleen?"

"Jawel en het is goed dat je belt, kun je nu naar Topaz komen?"

"Topaz?"

"Dat is de naam van de winkel waar ik werk."

Ik voel me dom en nog kleiner. Suzannes stem lijkt mijlenver weg.

"Waar zit je, Jonathan, ik neem aan dat je weer in het land bent?"

"In hetzelfde hotel met die domme naam."

Nu lacht ze en maakt zelfs een opening: "Met onze Zomerzotheid gaat het uitstekend, hij groeit als kool."

Mijn hart begint sneller te kloppen en een warm gevoel begint mijn verkrampte vingers te ontdooien. Dan zeg ik dat ik direct kom en beëindig het gesprek.

Het is ongeveer drie uur in de middag wanneer ik het hotel verlaat en me voor mijn gevoel opgepoetst naar de uitgeverij haast. Ik parkeer mijn auto, loop de straat in en Suzanne staat voor de deur van de winkel met een man te praten. Ik stop en verschuil me achter een dikke boom die in prachtige gele herfsttooi staat. Grote eikenbladeren ritselen onder mijn voeten en ik zie dat de man Suzanne omhelst. Er komt een gevoel terug waar ik dacht mee afgerekend te hebben: jaloezie. Wie is die vent die nu zo genietend haar wangen kust? Hij vertrekt nog niet en ik vind het jammer dat ik te ver weg ben om zijn woorden te verstaan. Zonder enige twijfel slooft hij zich uit want ik hoor Suzannes schaterlach (die ik niet eerder zo gehoord heb).

Wanneer ik wat later naast haar zit aan een grote tafel boordevol boeken probeer ik onbewust indruk te maken. Suzanne heeft dat onmiddellijk door maar laat me toch mijn verhaal vertellen tot het gelukkige einde. Ik schets Marina's redding zonder te diep in te gaan op het visioen dat de aanleiding was geweest tot actie. Maar ze laat dit niet zomaar gebeuren.

"Je zei dat je wist waar het kind naartoe gebracht werd, hoe is dat mogelijk?"

Onmiddellijk heb ik spijt van mijn opschepperij en kan mezelf wel voor mijn kop slaan. Blozend en ontwijkend zeg ik zacht: "Ik heb weleens een visioen maar dat leg ik je nog wel een keer uit." Suzanne staat op omdat er een klant binnenkomt, dan hoor ik dat de uitgeverij een kleine voorraad aan natuurboeken heeft, waaronder ook boeken van andere uitgevers. Ze vertelt de vrouw dat het boek waar ze naar vraagt besteld kan worden en nadat deze vertrokken is komt ze weer bij me zitten.

"Kijk, Jonathan, daar wilde ik nu net met je over praten. Je vertelt over visioenen en dan weet ik weer dat ik feitelijk heel weinig van je weet. De meeste mensen die samen een kind krijgen zijn aan elkaar verknocht of weten in ieder geval meer van elkaar dan wij."

"Zo voel ik het niet."

"Maar het is wel zo en dat weet je donders goed."

Ze staat opnieuw op maar nu gaat ze door de winkel ijsberen, ik merk dat ik er geïrriteerd door raak.

"Ga alsjeblieft zitten."

"Nee, ik wil je opnieuw de waarheid vertellen en ik zoek naar woorden."

Er gaat een huivering door me heen en ik vraag: "Er is toch niets met het kind?"

"Nee, ik heb je al gezegd dat het uitstekend met hem gaat maar het gaat om ons. Ik heb gemerkt dat ik na alles wat er gebeurd is tot de conclusie ben gekomen dat ik niet op de juiste manier van je hou, nee, laat me uitpraten, dit heeft niets te maken met je vlucht naar Barcelona. Ik heb een mooie avond en nacht met je beleefd in de Algarve. Toen voelde ik me verliefd en ontroerd. Dat is nu over en ik vind dat je dit weten moet omdat ik wel graag wil dat je het vaderschap serieus neemt."

Ze zwijgt en het dringt dan pas tot me door dat ze stilstaat en al een hele tijd door de winkelruit naar buiten kijkt. Ook de ruimte zelf neemt vorm aan. Door de talloze boeken op schappen langs de muren en op tafels is ze kleurrijk en bezield van woorden. De woorden van Suzanne verbazen me niet maar er is een zin die zo op een van de covers kan staan: dat ik niet op de juiste manier van je hou. Ik zeg niets en laat het al helemaal uit mijn hoofd om te vragen wat er in me opkomt: niet op de juiste manier, maar houd je dan wel van me?

In plaats daarvan zoek ik naar een antwoord dat voor ons beiden op dit moment van belang is. Ik probeer het luchtig te zeggen maar mijn stem klinkt hees en een beetje pompeus: "Ik voel me vader sinds ons laatste gesprek toen ik nog in Barcelona was."

"Dat weet ik en ik ben er blij om."

"Zijn jouw principes hetzelfde gebleven?"

"Welke principes?"

"Dat je bij de dag leeft en wel zal zien wat er komen gaat."

"Ja, maar ik ben wel alerter sinds het onderzoek."

"Dan zijn we allebei veranderd. We zijn nu ouders en laten we het er maar op houden dat dit ons verbindt."

Ik ben teleurgesteld dat Suzanne niet verder vraagt naar mijn gevoelens voor haar maar besef ook dat ik ze zelf niet ken. Het sterke, intense verlangen dat ik een paar dagen geleden heb gevoeld, betrof het kind maar is dat wel helemaal waar? Suzanne heeft zich omgedraaid en staat kaarsrecht in de omlijsting van de winkelruit. Ik probeer te ontdekken of er al tekenen van zwangerschap zijn. Haar borsten en buik zijn onveranderd zover ik ze kan onderscheiden in haar t-shirt en spijkerbroek. Ze is het meisje gebleven dat alleen veranderd is in haar oogopslag. Haar blik is naar binnen gericht en zelfs als ze met me praat ziet een deel van haar ogen iets anders. Ik herinner me het laatste telefoongesprek en dat ik vlak voor haar verhaal over het onderzoek in het ziekenhuis begeerte had gevoeld. Ik was warm geworden van haar stem, die stem zo dicht bij mijn oor, haar zucht die me opwond.

Maar dat was onmiddellijk verdwenen, opzijgeduwd door de hartenklop van mijn zoon. Ook nu verlang ik niet naar haar; ik ben alleen tevreden dat we als vrienden kunnen praten en dat een wonder ons verbindt. Soortgelijke tevredenheid heb ik gevoeld bij mijn moeder, bij Ingrid en Paul, alleen heeft de eerste mij verlaten en heb ik Ingrid uit het oog verloren door haar te laten gaan. Ik weet opeens glashelder dat het voorbij is; dat ik de schoonheid die in me leeft wil doorgeven. Dat ik dit net als het gevoel voor mijn gestorven vriend nooit meer zal kwijtraken. Paul is immers nog steeds mijn broer, waar hij ook mag uithangen. Paul blijft, ik verlies hem nooit meer helemaal uit het oog. Hij is familie en nu al de eerste oom van mijn kind.

Ik ontwaak uit mijn gedroom wanneer de winkeldeur geopend wordt door een forse man. Hij kijkt in het rond alsof hij verdwaald is en in de verkeerde ruimte is terechtgekomen. Ik vergis me want hij vraagt plompverloren: "Heeft u een boek over zeevissen?" En voordat Suzanne hem te woord kan staan neem ik afscheid en verlaat de winkel. Ik loop naar mijn auto en rijd terug naar Bergen. De praktische zaken dringen zich op en ik weet dat ik werk moet zoeken omdat mijn geld opraakt. Ook moet ik op zoek naar woonruimte maar vandaag wil ik genieten van de geweldige verandering die een ander mens van me maakt. Ik stop bij de duinen en wandel naar de kust. De zeelucht zet zich onmiddellijk in me vast en vult me opnieuw met verlangen. Verlangen naar de toekomst die ik niet voorspellen wil. Ik hoef alleen maar te wachten!

Weer terug in de bewoonde wereld ga ik allereerst een pizza eten en het is al donker wanneer ik terugrijd naar het hotel. Dan hoor ik, terwijl ik langs een herenhuis kom dat verscholen ligt in een verwaarloosde tuin, keiharde muziek. Het gebonk van de basgitaar voert de boventoon en ik denk aan Gent. Hoe ver ligt dit alles nu van me af. Toch stop ik, stap uit de auto en loop naar het uitbundig verlichte huis. Ik doe dit denk ik om het gevoel dat ik te oud ben voor dit gedoe van me af te zetten. Hoezo te oud? Het feit dat ik overal kinderen zie en ze bestudeer wil nog niet zeggen dat ik me ga settelen. Ik ga woonruimte zoeken, dat wel, maar het liefst een onpersoonlijke kamer, keuken, toilet en douche. Geen familiehuis zoals dat van Suzanne; bezit is niet aan mij besteed.

Op het terras voor het huis wordt gedanst en twee jongens zijn in een schijngevecht gewikkeld. Ze springen dartel om elkaar heen totdat de kleinste een flinke stomp in zijn maag krijgt en voorovervalt. Hij veert overeind, ik zie dat hij nu woedend is en dat het menens wordt. Hij haalt met gebalde vuist uit naar zijn tegenstander maar deze gaat achteruit. De kleine schreeuwt: "Nu klootzak, ben je bang geworden? Ik ga je helemaal verrot slaan!"

Alsof het zo hoort zijn de muziek en het dansen gestopt en een groep jonge gasten verzamelt zich rond het stel. Niemand van hen probeert de boel te sussen, integendeel: het grote ophitsen begint.

"Pak hem, Dirk, hij is echt een grote schijter."

De tegenpartij zet in: "Knijp die kleine worm tot moes, Lucas."

Maar de kleine is niet van plan dit te laten gebeuren. Hij neemt in een regelrechte stormloop het voortouw en een moment later slaat Lucas achterover. Met een akelig dof geluid slaat zijn achterhoofd op de terrastegels en hij blijft liggen. Ik zet onbewust een stap naar voren maar bedenk me dan.

Bemoei je hier niet mee, Jonathan, je hebt al problemen genoeg.

Maar toch doe ik wat ik niet laten kan: de spanning opzoeken in een situatie die me niets aangaat. Ik loop naar het huis

en er zit nu een oudere man bij de gewonde jongen op zijn knieën. Er is inmiddels een donkere vlek ontstaan onder zijn hoofd en de handen van de man zitten onder het bloed. Ik buig me voorover om te helpen maar de man snauwt: "Blijf van hem af, bel liever onmiddellijk een ambulance."
Ik ken die stem!
Pierre Hulme, de baas van het restaurant, die me nog niet zo heel lang geleden een baan heeft aangeboden. Hij ziet me en ik schrik van de wanhoop in zijn ogen en zijn stem: "Waar kom jij opeens vandaan? Ik geloof toch niet dat je uitgenodigd was."
Hij wacht mijn antwoord niet af, is niet geïnteresseerd en buigt zich weer over de doodstille jongen.
"Lucas, blijf bij me jongen, alsjeblieft doe je ogen open."
Ik bel het noodnummer en wanneer de ambulance verschijnt kan ik stil vertrekken. De oude baas is met Lucas mee en ik vraag me af of hij zijn zoon is. De volgende dag weet ik al dat dit niet het geval is omdat ik hem bezoek in het restaurant. Iemand herkennen door alleen zijn stem is bijzonder en opnieuw word ik geboeid door zijn persoonlijkheid, hoor opgelucht dat de jongen niet ernstig gewond is. Hij heeft een hoofdwond die wel meevalt en een hersenschudding.
"Lucas is de zoon van mijn overleden zuster. Zijn vader is er ook niet meer en ik voel me verantwoordelijk voor hem. Het is niet zo dat hij dit waardeert want hij gaat liever zijn eigen gang en hij vindt mijn bemoeienis alleen lastig."
We praten alsof we elkaar kennen en voor mij is dat ook wel een beetje zo, maar Pierre (zo mag ik hem noemen) vraagt opeens: "Ik heb het gevoel of ik je al langer ken maar ik zie zoveel mensen in mijn restaurant dat ik weleens in de war raak."
"Je bent niet in de war, je hebt mijn stem gehoord door de telefoon."

Dan lacht de man en het is alsof de zon doorbreekt midden in de nacht. Zijn gezicht verandert en wordt minstens tien jaar jonger. "Aha, de jongen die de benen heeft genomen!" "Ik ben al ruim veertig dus geen kleine jongen meer." "Dan gedraag jij je alleen zo, Jonathan, want ik kreeg bij dat gesprek de indruk dat het wel iets kon worden met ons twee."

En er gebeurt een wonder; ik vertel iemand die ik net ontmoet heb, het grote geheim van mijn leven. Ik vertel feiten, eerlijke feiten en ontdek dat ondanks alles het een wonder blijft. Pierre luistert, onderbreekt me niet, op het einde van het gesprek vraagt hij: "Kan je koken?"

"Ja, maar er valt nog veel te leren."

"Dan denk ik dat we maar in zee moeten gaan samen, wanneer wil je beginnen?"

Het is precies acht uur in de ochtend als er op het raam van mijn slaapkamer wordt gebonsd. Ik ben verhuisd naar een soort tuinhuisje dat het eigendom is van Pierre Hulme, het staat in zijn tuin achter het restaurant. Hij heeft gezegd: "Het wordt hard werken want normaal gesproken verhuur ik dit huisje aan vakantiegangers." Ik schrik wakker en sta een kwartier later in de keuken van het restaurant.

"Goedemorgen, Jonathan; denk nu niet dat je iedere morgen gewekt wordt. Ik weet alleen dat het werkt om op een, door iemand anders bepaald tijdstip, wakker te schrikken. Bij jou was het acht uur en zeer waarschijnlijk zal het acht uur blijven dat je uit jezelf ontwaakt."

Ik ben nog duf en merk dat ik de opgewekte man hoogst irritant vind. Ook erger ik me aan het feit dat ik vliegensvlug mijn kleren aangeschoten heb en door het bedauwde gras en grauwe ochtendlicht naar het restaurant gerend ben.

Pierre maakt echter veel goed door me een stoel aan te

bieden aan een tafel in de hoek van de keuken. Op die tafel staat een ontbijt dat er wezen mag. Het water loopt mij
in de mond bij de geur van versgebakken brood en vijf minuten later koffie uit een ouderwetse filterpot. Omdat het
hoogseizoen voorbij is en er alleen dankzij de herfstvakantie
nog veel gasten komen heeft Pierre slechts een serveerster in
dienst. Zijn neef die in het ziekenhuis zijn wonden likt, komt
ook weleens helpen achter de bar. De serveerster studeert
antropologie, is serveerster maar ziet er niet zo uit en Pierre
Hulme zit daar niet mee. Ze draagt iedere dag dezelfde ver-
sleten en te wijde spijkerbroek en meestal een te kort truitje.
Zodoende is er een groot gedeelte van haar buik en rug te
zien. Erg erotiserend werkt dit niet omdat ze broodmager
is en haar houding slungelig en onhandig lijkt. Dit is echter
absoluut niet zo want ze weet precies wat de gasten nodig
hebben en bedient vlug en efficiënt.

Ze heeft rossig, gekruld haar dat tot ver op haar rug hangt
en bruine oplettende ogen. Het lijkt wel alsof ze al haar aandacht enkel richt op die glanzende haardos want ze gebruikt
geen make-up of sieraden. Ik mag haar wel omdat ze zich
uitslooft zonder dat het opvalt en omdat ze een fijne collega
wordt.

Ik word de tweede dag wakker in een nieuw licht en zie
dan dat het inderdaad een minuut voor acht is. Ik voel de
ergernis opkomen dat iemand het klaarspeelt om zo snel invloed op mijn leven te krijgen. Ik besluit te blijven liggen en
te gaan ontbijten op mijn eigen tijd. Ondertussen kijk ik om
me heen en zie het troosteloze decor van een zomerhuisje
dat men heeft opgefleurd met kussentjes en kattenplaatjes
aan de muur. Hier moet ik zo vlug mogelijk iets aan doen.

De invloed op mijn leven.

Ik denk dat mijn grootmoeder het niet heeft klaargespeeld

om me haar mening op te dringen (was dat eigenlijk wel haar bedoeling?). Zij was in feite een revolutionair en ik ben dat niet. Ik houd van orde en netheid in mijn hoofd en om me heen. Ik streef naar geborgenheid maar zorg er zelf steeds voor dat dit een droom blijft die nooit verwezenlijkt gaat worden. Ik ben zelfs jaloers op mensen die in een God geloven die voor hen zorgt en Maria aanbidden als zijnde de Moeder van ons allemaal. Hoe heerlijk moet het zijn om in die wetenschap al jouw levensangst in een grote schoot te gooien!

Moderne psychologen roepen steeds meer dat ik op de eerste plaats van mezelf moet houden, wil ik iets voor anderen kunnen betekenen. Dit is een leugen. Mijn moeder zei vaak dat ze een hekel had aan zichzelf omdat ze geen enkel hoog ideaal nastreefde en er maar op los leefde. Ze meende dit want ze kon zichzelf soms dagen verwaarlozen, er als een slons bijlopen.

"Ik ben zo verschrikkelijk treurig, jongen maar je weet dat dit weer overgaat."

En zij betekende alles voor mij.

Dus is er nog hoop voor mijn zoon; hij kan ook van mij houden misschien als ik soms niet verder wil. Wanneer alles om me heen door vals licht beschenen wordt, als het zingen van de vogels me pijn doet aan de oren en het eten goor smaakt. Ik ben alleen bang dat hij me soms gaat haten zoals ik Johanna haatte, om haar dan een halve dag later weer innig lief te hebben. Bij haar hield ik het niet uit en moest wel de benen nemen. Waarom denk ik dat het verschrikkelijk zal zijn wanneer mijn zoon dat doet? Ik wil er zo graag in vertrouwen dat hij net zoveel van mij zal houden als dat ik nu al van hem hou. In een plotselinge onafwendbaarheid heeft hij mijn leven veranderd en er nu al meer betekenis aan gegeven.

Anja heeft bij mij eerst de kat uit de boom gekeken en als blijkt dat ik ook niet vies ben van aanpakken vormen we samen met de baas een goed team. Het is de eerste keer in mijn leven dat ik ondanks het aanpoten en de onregelmatige werktijden geniet van mijn baan. Ik werk met mensen die ik waardeer en die me zonder angels en voetklemmen accepteren. Ze beseffen ook al gauw dat ik niet gelijkmatig ben en zeer wisselend van stemming. Tijdens een van mijn norse buien zegt Anja de serveerster: "Je gaat vanavond niet in de bediening met zo'n smoel; zijn alle mannen in verwachting zo onuitstaanbaar?"

Ik heb altijd gedacht dat ik best handig ben in de keuken maar Pierre leert me het echte koken. Van het zorgvuldig uitzoeken van de ingrediënten tot een smakelijk eindproduct. Wanneer zijn neef, uit het ziekenhuis ontslagen, het restaurant binnenstapt verandert er niets aan het gedrag van Pierre naar mij toe. Lucas ziet onmiddellijk dat we in korte tijd verknocht zijn geraakt aan elkaar en hij reageert koel: "Pierre heeft al zo veel hulpjes gehad, hij doet nu wel erg zijn best om je vast te houden." Ik krijg de neiging om hem net als de kleine worm aan te vallen maar beheers me. Ik heb wel degelijk een ondertoon van jaloezie gehoord in zijn stem en begrijp hem ergens wel. Maar wanneer Anja binnenstapt, hem vluchtig begroet en met mij uitgebreid begint te praten over een bruiloftsdiner wordt hij pas echt link. Ik zie onmiddellijk dat hij smoorverliefd is op het meisje en mij als een concurrent ziet. Ik krijg bijna medelijden met hem wanneer ik zijn stoere gedrag zie waarmee hij de aandacht van de studente probeert te vangen.

Anja is niet onder de indruk en laat hem duidelijk merken dat ze hier al mee klaar is en dat hij beter kan stoppen met zijn veroveringsplannen. Het bruiloftsdiner wordt mijn vuurproef omdat Pierre de voorbereiding en de bereiding van het gebeuren hoofdzakelijk aan mij overlaat. Het wordt een succes en het enige minpunt is dat de soep tegenvalt. Ik moet toegeven dat ik hulp krijg van Lucas. Hij is erg goed in wijnen en geeft me advies over de tafelwijn. Hij reageert zelfs met humor op de klacht van de schoonmoeder van de bruid, dat de soep aan de zoute kant is.

In de keuken zegt hij lachend: "Ik ken dat mens, ze heeft altijd wat te zeiken; het voordeel is als het echt zo is dat de gasten meer gaan drinken."

Ik kijk hem aan want ik hoor iets vreemds in zijn stem bij de laatste woorden die hij zegt. Hij praat langzamer, zachter en het is net of hij moeite moet doen om zich verstaanbaar te maken.

Dan gaat hij onderuit. Ik sta naast hem maar het gaat zo snel dat ik niet in staat ben hem op te vangen. Hij valt niet hard maar glijdt meer op de keukenvloer. Ik buig me over hem heen en zie dat hij even buiten westen is maar wanneer Anja erbij komt en zijn naam zegt slaat hij alweer zijn ogen op. Het eerste wat hij zegt, verbaast me nogal: "Niet aan Pierre vertellen dat ik me niet goed voel."

Anja die niet alles heeft meegekregen vraagt: "Wat is er gebeurd Lucas?"

"Ik ben alleen maar flauwgevallen, het is ook zo warm hier."

Samen met het meisje help ik hem overeind en ik zie aan haar gezicht dat ze hetzelfde denkt als ik: er is meer aan de hand dan een gewone flauwte.

Ik breng Lucas naar zijn huis en wanneer ik gehaast achterom het restaurant binnenkom is Pierre met een van de gasten aan het praten. Hij is aan het begin van het diner afwezig geweest en nu hij terug is weet ik niet wat ik hem moet vertellen. Anja heeft verteld dat ik weg ben met Lucas en in de keuken zegt de oude somber: "Kon hij weer niet blijven?"

Dan weet ik dat ik moet zeggen wat de jongen eigenlijk geheim wilde houden: "Hij wilde wel blijven Pierre, maar hij is flauwgevallen door de warmte en we vonden het beter om hem weg te brengen."

Het is herfst en opnieuw besluipt me het onbehagen, de angst om in te slapen in een Noord-Hollands gat. Want een gat is Bergen ondanks de schijn van grootheid die sommige kunstenaars hem geven. Het is voor de eerste keer dat ik een plaats bestempel met hem en ik weet niet waarom. Bergen ligt toch aan zee, de zee die ongetwijfeld vrouwelijk is. Komt het door een overdaad aan bladval en de bomen die op stijve, stramme kerels lijken? Dan valt er, na eerst rondgedraaid te hebben, een zaadje aan mijn voeten verpakt in een zilveren vlies. Ik herinner me mijn moeder die zo'n zaadje in de palm van haar hand legde en dan blies. Als een molenwiekje vloog het weg, dronken rondtollend. Het onbehagen verdwijnt omdat ik opeens weet dat dit iets is om door te geven aan mijn zoon. Hij biedt zich aan om zelfs dit Noord-Hollands gat te vullen.

En 's avonds in mijn vochtige, slecht verlichte zomerhuisje blader ik in een oud schrift van de middelbare school. Ik heb nooit veel bagage gehad maar van sommige boeken en dit schrift kon ik nooit afstand doen. Nu zie ik waarom want er staat een gedicht in dat ik toen heb geschreven voor degene met wie ik alles wilde delen:

Ik ben de vader van mezelf
van jou heb ik nog nooit gehoord
van jou kan ik alleen maar dromen
van jou krijg ik misschien begrip
dat grenst aan mededogen.

Er is niets geheimzinnigs aan Pierre en toch weet ik bijna

niets van zijn vroegere leven. Hij is getrouwd geweest, heeft geen kinderen en zijn vrouw is al twintig jaar dood. Van Anja hoor ik dat ze veel van elkaar hielden en dat Pierre haar thuis verzorgd heeft toen ze kanker kreeg.

Dit is een verhaal dat op iedereen kan slaan maar bij hem kan ik me er veel bij voorstellen. Hij doet de dingen vanzelfsprekend, is van nature een mens die met de stroom van het leven meegaat. Wanneer hij in het restaurant is, vormt hij het middelpunt. Hij praat en beweegt met een natuurlijk gemak en al gauw kijkt iedereen naar hem. Ik denk weer: het is vooral zijn stem die overal thuis is. Het publiek kan die stem herkennen en haar zich eigen maken. Of iemand uit de stad of uit een dorp komt, dat maakt niets uit. Onwillekeurig wordt er geluisterd en men wordt betoverd door de bijna muzikale klank. Ikzelf kan de oude man moeiteloos verplaatsen in een andere eeuw. Ik koester nog steeds het vermoeden dat hij ergens toch wel afstamt van de Nieuw-Zeelandse schrijfster, of zelfs van een Maori-zanger waarvan hij zijn geluid heeft geërfd.

Hij trekt niet alleen mensen aan maar ook dieren en ik wandel graag met hem. Dit gebeurt helaas niet vaak omdat het restaurant voorgaat. Bijna altijd komen we wel onverwacht iets tegen waar we over praten kunnen. Zodoende krijg ik het gevoel dat ik er niet aan toekom om over zijn verleden te praten.

Wanneer we op een middag door de duinen lopen passeert ons een zenuwachtig reetje. Het steekt rennend het pad over en wordt gevolgd door een luid blaffende hond. We staan stil en zien dan dat het opgejaagde dier zich vastloopt tegen hoog gaas, dat om zinloze reden overal door de gemeente gespannen is. De hond remt af (letterlijk want zijn poten maken een diep spoor in de bodem), staat stil en stopt met blaffen.

Dan grijpt Pierre in. Ik zie hem zelden kwaad maar nu brult hij tegen de zwart-witte bordercollie: "Hier, aan de voet!"

Tot mijn verbazing vergeet het opgefokte dier zijn jachtinstinct, komt met de staart tussen de poten naar Pierre toe. Op hetzelfde moment neemt het reetje zijn kans, maakt een komische sprong en rent weg. En Pierre blijft woedend want hij scheldt de inmiddels genaderde hondeneigenaar uit.

"Kunt u niet lezen? Ik dacht dat overal in deze duinen borden staan dat honden aangelijnd moeten zijn."

We lopen door en ik krijg een boeiend verhaal te horen over kuddes schapen die hier vroeger gegraasd hebben. Alleen omdat hij het vertelt is het boeiend want ik hoor het zacht mekkerend geluid, zie de hond die de kudde bij elkaar houdt, de donzige schapenkop met de domme, kleurloze ogen, de doorschijnende oren en het wollige lijf. Hij zegt: "Een goede herder praat met zijn schapen en hij kan ze uit elkaar houden. Als er een op zijn rug ligt en niet meer overeind kan komen, spreekt hij hem eerst toe voordat hij hem helpt. Zodoende gebeurt het zelden dat dit nog eens gebeurt bij het stomme dier."

Ik lach en vraag: "Geloof je dit zelf?"

Pierre kijkt me aan en antwoordt bloedserieus: "Ja, ik geloof dit en jij zou ook eens wat meer vertrouwen moeten hebben."

Ik ben absoluut niet geërgerd door deze uitspraak maar de oude man denkt toch dat hij hem verzachten moet. Hij kijkt me zijdelings aan en zegt: "Nee, Jonathan, dit had ik niet moeten zeggen; blijf maar liever jezelf."

Ik hoef hem niet te vragen wat hij bedoelt. Hij weet waarom ik ben teruggekomen naar Nederland. Hij kent mijn cynisme, mijn woede maar blijkbaar kent hij nog meer dan ikzelf mijn zwakke kant. Mijn angst om alles te verliezen. Ik wil wel vertrouwen hebben maar ben te trots om hem te vragen waar hij het uit put.

Suzanne vertelt verhalen uit haar kindertijd.

Ze heeft me bezocht in mijn tuinhuis en was verbaasd dat het zo kaal was. Ik ging naar een kast in de gang en haalde er een doos uit met prullaria: vaasjes, beeldjes, schilderijen. "Dit heb ik allemaal zo lang opgeborgen want ik kan niet denken in andermans spullen." Ze kwam die keer om te vragen of ik kennis wilde maken met haar moeder maar ik weigerde.

Nu zit ze dus op de Ikeabank en vertelt (misschien is dit een poging me over te halen om mijn familiegevoel wat uit te breiden): "Mijn moeder is er altijd voor me geweest en ze heeft me nog meer beschermd toen mijn vader stierf. Ik herinner me van hem niet veel en ga dus maar af op haar verhaal. Ik ga ervan uit dat hij niet de halve heilige was die ze altijd beschrijft maar toch is het fijn om een goed vaderbeeld te hebben. Ik was vier jaar toen hij stierf en ik was eigenlijk niet zo veel met hem bezig totdat ik in verwachting raakte. Nu is het opeens wel belangrijk hoe hij eruitzag en wat hem bezighield.

Mijn moeder heeft hem zo op een voetstuk geplaatst dat ze nooit hertrouwd is. Ze was trouwens niet zo jong toen ze mij kreeg. Ze heeft geen nieuwe relatie meer gehad en wordt altijd zenuwachtig als ik zeg dat ik dat jammer vind. Ze is sowieso een zenuwachtig iemand en mijn tante Suus (een zus van haar) kan het zo mooi zeggen: 'Jouw moeder heeft altijd al zwakke zenuwen gehad; ik verbaas me erover dat ze toch zo goed alleen voor jou kan zorgen.'

Deze tante staat stevig met beide benen op de grond en zij heeft het beeld van mijn vader enigszins bijgesteld. 'Hij was een schat maar ook vaak onbezonnen bezig; hij veranderde net zo makkelijk van baan als dat hij van overhemd verwisselde maar ik moet toegeven dat hij jullie ondanks dat goed verzorgd heeft achtergelaten.'

Die laatste zin bewijst dat tante ook dol op hem was want het was niet zijn verdienste dat mijn moeder niet hoefde te gaan werken na zijn dood. Zijn vader, mijn favoriete opa, onderhield ons. Hij was aannemer en in mijn ogen schatrijk. Hij is twee jaar geleden gestorven en mamma heeft het aan zijn trouwe liefde te danken dat ze naast haar ouderdomspensioen nog een aanvulling krijgt iedere maand."

Er valt een stilte in de kamer en Suzanne wordt opeens in het binnenvallend zonlicht gezet. Haar blonde haar glanst en ik zie dat ze een blos op haar wangen heeft die haar ogen meer diepte geeft.

"En jij was een heel lief meisje."

Ik zeg dit een beetje spottend maar ze geeft antwoord zonder dat ze hier haast erg in heeft: "Ja, meestal wel maar toch deed ik, als het erop aankwam, mijn eigen zin."

"Hoe bedoel je?"

"Ik was namelijk dol op lezen en mijn moeder minder. Ze vond het tijdverspilling en leerde me breien, handwerken en al heel vroeg koken."

"Wat burgerlijk." Ik praat weer eens mijn domme mond voorbij want Suzanne wordt kwaad.

"Dat is weer net iets voor jou. Ben ik ook maar een moment jouw moeder afgevallen?"

"Nee, sorry, ik ben een hatelijke vent."

"Ze is niet burgerlijk, integendeel. Ze wil alleen het beste voor mij en toen ze in de gaten kreeg dat ik echt gefascineerd was door schrijvers en boeken, ging ze iedere week met me naar de stadsbibliotheek."

Ze kijkt naar de kale muur tegenover zich alsof ze nu pas beseft dat ze haar moeder zit te verdedigen; ze staat op en loopt naar de voordeur. Ik ga haar achterna en ze zegt: "Ik ga ervandoor want ik baal ervan dat jij het steeds weer klaarspeelt me op het verkeerde been te zetten."

Dan opent ze de deur en stapt de zonnige tuin in en ik kan alleen maar weer haar verdwijnende rug en soepele gang bewonderen.

Ik wil haar de dag erna bellen om te vragen of ik alsnog kennis mag maken met haar moeder maar er houdt me iets tegen waar ik de vinger niet op kan leggen. Ik bied dus alleen mijn excuses aan, Suzanne luistert en verbreekt kort daarna het gesprek. Ik ben verward omdat ik niet weet of ze nog kwaad is. Alleen al het feit dat ze er altijd was en is voor haar zou voldoende moeten zijn maar ik word door iets anders nieuwsgierig naar haar moeder. Het komt door Pierre die Suzanne kent en mij dezelfde dag vertelt dat haar moeder een bekende, zeg maar gerust beroemde persoonlijkheid is in Noord-Holland.

Ze woont nu in Bergen in een appartement maar woonde vroeger in Schoorl, in het huis waar haar dochter nu woont. Voordat ze trouwde was ze een getalenteerde danseres bij het Nationaal Ballet en haar carrière was op het hoogtepunt toen ze een ongeluk kreeg. Een dronken chauffeur maakte in een klap een eind aan haar droom. Ze brak haar linkerbeen op verschillende plaatsen en ze heeft maandenlang in het ziekenhuis gelegen. Ze kon daarna lopen maar nooit meer dansen en Pierre besluit: "Ik kan het nog steeds niet aanzien dat ze mank loopt."

Ik weet niet waarvoor ik me het meeste schaam: dat ik deze vrouw burgerlijk heb genoemd of dat ik geweigerd heb haar te bezoeken. Ik had Suzanne en mezelf de ellende kunnen besparen als ik die eerste keer in haar huis beter had opgelet. Maar ik was weer eens zo gigantisch met mezelf bezig en ik heb Suzanne niet gevraagd wie de mooie vrouw was op de foto op haar bureau. De dansende vrouw in zwart-wit, in een balletdecor.

Ik zit voor het raam in het restaurant en kijk naar Pierre die na dit verhaal een vrouw de menukaart overhandigt. Hij wil haar zelf bedienen omdat hij nieuwsgierig is of ze nu iets anders bestelt dan vis. Wat weet ik weinig van deze altijd goed gehumeurde, charismatische man. Hij heeft me geaccepteerd zonder zich te storen aan mijn buien en vaak eigenwijs gedrag. Toch weet hij al veel van mijn gedachtegang zonder bemoeizuchtig te zijn en bij hem kan ik daar tegen omdat hij me met rust laat. Wanneer je van iemand houdt wil je veel, zo niet alles van hem of haar weten maar bij Suzanne ben ik daar niet zo zeker van. Zij wil een vader voor haar kind en ik word hier steeds meer toe bereid. We hebben een groot, goed iets gemeen: het verlangen naar onze zoon.

Pierre komt langs en zegt lachend maar zacht: "In de benen, Jonathan, het wordt weer vis; gebakken kabeljauw in roomsaus, krielaardappelen en worteltjes."

In de keuken wil ik mezelf dwingen om me te concentreren maar het lukt maar half. Mijn handen zoeken zekerheid in het schoonschrobben van de worteltjes maar mijn stem trilt een beetje wanneer ik Pierre vraag: "Wat denk je, zou ze mij accepteren?"

Hij kijkt verrast op en weet onmiddellijk over wie ik het heb.

"Dit is iets nieuws voor me, ik heb nog niet meegemaakt dat jij je iets aantrekt van andermans mening."

Ik denk: laat ik er dan nog iets nieuws aan toevoegen en geef hem een compliment: "Jouw mening is belangrijk voor me Pierre."

"En Suzannes mening denk ik; wat haar moeder betreft, daarover zou ik me maar geen zorgen maken."

Wanneer ik de vrouw na afloop van haar maaltijd vraag of ze een nagerecht wil, kijkt ze blozend van het eten en de wijn naar me op.

"Nee, dat vind ik zonde, ik wil de smaak bewaren van deze voortreffelijke maaltijd."

Ik lach inwendig en zeg hardop: "Ik ben blij te horen dat alles naar wens is."

En ik meen het nog ook!

Mijn beloning komt onmiddellijk want ik word zelf warm en rozig vanbinnen wanneer ik een kort moment word teruggezet in de tijd: mijn moeder stapt met een rood gezicht van de warmte het huis binnen, haar armen vol met bossen bloemen. Ik help haar want ik weet waar de vazen staan; in het aanrechtkastje met de geur van vocht en aarde. Ik huiver altijd wanneer ik het deurtje opentrek want er zat een keer een grote naaktslak op een vaas, die ik voorzichtig in de tuin heb gezet. Het duurde ik weet niet hoe lang voordat ik het slijmgevoel op mijn vingers kwijt was.

Het schikken van de bloemen is een speciaal ritueel: de bloemen met lange, dikke stelen moeten in een vaas maar de korte, wilde exemplaren in jampotten omdat zij de meeste ruimte nodig hebben.

Het huisje verandert; heel langzaam wordt het een betere woon- en slaapplek. Ik wil nog niet zover gaan om het mijn thuis te noemen maar ik doe mijn best. Er staan vaak bloemen naast mijn bed en ik koop deze zelfs in een bloemenzaak waar ik ook de hemelsblauwe vaas gekocht heb. Er zit iedere week een schone sloop om mijn kussen en om de veertien dagen verschoon ik de lakens. De donkerbruine deken, die op een berenvacht lijkt, hangt vaak te luchten in de wind. Ik weet niet waar dit vandaan komt. Ik heb me nooit zo beziggehouden met hygiëne en kon vroeger in bepaalde tijden ronduit smerig zijn.

Ik houd het er maar op dat het een gewoonte is geworden en dat ik dit soort routine nodig heb. Ik kook ook vaak in het huisje, terwijl ik iedere dag in het restaurant kan eten. Maar de grootste verbetering is de lamp die ik gekocht heb in een dure zaak. Hij staat op een tafeltje naast de bank en is nog mooier geworden nadat hij Suzanne heeft beschenen. Toen heeft hij bewezen dat hij in staat is om haar haren schitterend op te lichten, ze een prachtige glans te geven en mij te verwarmen van top tot teen.

Ik loop met Suzanne aan het strand en het wordt het mooiste strand dat ik ooit gezien heb omdat ze me net heeft uitgelegd waarom we hier zijn. Onze zoon heeft bewogen, hij heeft zich natuurlijk al veel eerder bewogen maar hij is nu zo groot dat zij hem kan voelen schoppen, schommelen en boksen.

"Ik heb gemerkt dat hij graag aan de kust is want hier roert hij zich het meest."

Ik heb naar de nogal wilde branding gekeken maar nu kijk ik naar haar buik. Suzanne heeft hem verstopt in een wijde slobbertrui met col maar de wind helpt me. Haar trui wordt strakgetrokken, ik zie voor de eerste keer een beste zwelling en ben zo trots als een pauw. Waarom ben ik zo trots? Het is haar buik en ze weet al weken lang dat het kind groeit en voor de eerste keer merkbaar heeft bewogen aan de kust. Even ben ik geërgerd dat ik het nu pas weet en Suzanne ziet me kijken

"Wil je hem voelen? Op het moment lijkt het wel alsof hij eruit wil en zo de zee kan induiken."

De verleiding is te groot, ik kan mijn irritatie niet volhouden; bovendien ziet Suzanne er niet uit of ze me moedwillig op afstand heeft gehouden. Ze staat nu stil en haar ogen glanzen me toe, ze kijkt me echt aan.

"Vooruit dan maar," zeg ik stoer en ga dicht bij haar staan. Mijn rechterhand zoekt onhandig ergens onder haar maag maar ze helpt me en pakt mijn linkerhand die ze een beetje naar links, meer naar beneden vlijt. Ik voel niets; wel na een poos warmte maar mijn zoon houdt zich stil en het bulderen van de branding lacht me uit. Toch kan ik niet loslaten en het besef dat ik nog nooit zo dichtbij ben geweest maakt me verlegen. Ik zeg onnozel: "Hij is in slaap gevallen."

Op hetzelfde moment besluit het kind dat ik lang genoeg gewacht heb en schopt van zich af. Het kan niet anders dat hij schopt want mijn linkerhand wordt omhoog geduwd met een kracht die me verbaast. Ik wil wel schreeuwen maar stamel enkel: "Hij schopt."

Suzanne lacht en zegt stralend: "Zie je wel, ik heb toch gezegd dat hij altijd wakker is aan zee."

We drinken koffie in het restaurant onder aan het klimduin en ik besef dat ik de eerste keer dat ik hier was nog onwetend was van alles. Suzanne vraagt: "Hoe was jij als kleine jongen?"

Ik schrik op want ik zat net te denken dat mijn moeder me eigenlijk nooit iets over mijn geboorte heeft verteld. Ik antwoord zo maar iets: "Ik was eenzaam," maar laat er onmiddellijk op volgen: "Nee, dat is niet waar, ik werd pas eenzaam toen mijn moeder stierf."

En ik vertel over haar, merk dat ik geniet omdat ik al pratende steeds nieuwe dingen ontdek. Iedere zin roept een andere associatie op en ik begin me af te vragen of alles wat ik ophaal echt gebeurd is. Echt belangrijk is dat niet omdat het mijn waarheid is over de beste dingen die me ooit zijn overkomen. Suzanne laat me praten, zegt pas na een hele tijd: "Het is mooi dat jij je nog zo veel kan herinneren van een ongetwijfeld mooie tijd maar miste je geen vader?"

"Nee, want ik wist wie hij was en dat was voldoende."

"Heeft je moeder je dat verteld?"

Nu ben ik door die ondoordachte zin op een punt beland

waar ik geen raad mee weet. Ze ziet mijn twijfel en zegt: "Als je hier liever niet over praat doe het dan niet, Jonathan."

Ik besluit echter dat het totaal geen kwaad kan om over mijn eerste visioen te vertellen. Ik zie na afloop dat Suzanne verward is en dat moet dan maar zo. Ze zegt aarzelend: "Ik ben blij dat jij straks geen gedroomde vader wordt."

Ik word kwaad en mijn stem wordt snauwerig: "Het was geen droom, Suzanne, het was echt en ik heb nu al spijt dat ik je in vertrouwen heb genomen."

Ik besluit dit niet maar doe het impulsief. De duivel die altijd binnen in me op de loer ligt fluistert me de giftige woorden toe: "Er zijn maar heel weinig mensen die me op dit punt geloven en jij hoort daar duidelijk niet bij. Je had gelijk toen je zei dat je niet op de juiste manier van me houdt maar troost je: de vlam bij mij is allang gedoofd."

Nu doe ik iets dat ongelooflijk stom en onbeschoft is en ik houd me voor dat ik niet anders kan: ik sta op en verlaat het café zonder nog een keer om te kijken.

Natuurlijk moet ik haar die avond bellen. Ik maak mijn excuses en het blijft nu erg lang stil.

"Suzanne."

Tegelijk met mijn stem komt de hare: "Jonathan, ik verbaas me er steeds over hoe heftig jij reageert wanneer je ontroerd bent."

"Ontroerd?"

"Ja, jij was vanmiddag ontroerd door het kind en je moeder en het lijkt wel alsof er dan niet veel nodig is om dat gevoel te veranderen. Ik kreeg niet eens de kans om uit te leggen wat ik bedoelde."

Ondanks mijn beschaamde zelf moet ik haar vragen: "Wat bedoelde je dan?"

"Dat je jouw eerste visioen aan mij verteld heb als in een

droom en dat dit erg verwarrend is. Ik heb je al eerder willen vragen me meer te vertellen over die visioenen, maar je maakt het zo wel erg moeilijk."

Ik schaam me dus, en diep genoeg om niet te zeggen wat ik denk: Ik verbaas me er steeds over hoe jij reageert op mijn schofterige, onvolwassen gedrag. De keren dat je er kwaad om werd zijn op een hand te tellen.

Ik zeg enkel: "Sorry, ik ben te ver gegaan."

Een week later vertel ik haar meer en ondanks dat ik zo helder mogelijk praat en zelfs details weglaat: Suzannes gezicht betrekt en ik bespeur angst in haar ogen. We zitten alweer in een café en ik buig me voorover om haar aan te kijken. "Wat is er, voelt het niet goed?"

"Jawel, ik vind het fantastisch wat je voor Marina hebt gedaan maar als ik eerlijk ben word ik ook bang van je gave."

"Kan je uitleggen waarom?"

"Nee, niet helemaal, maar ik wil je vragen wat ik dacht toen je het restaurant was uitgestoven: wanneer je in de toekomst iets ziet dat betrekking heeft op onze zoon, wil je het me dan niet vertellen?"

"Je gelooft me dus?"

"Ja, maar het is al voldoende dat ik geloof dat ik een zoon krijg, eerst dacht ik dat jij het alleen graag wilde."

"En als het net zoiets is als bij Marina?"

Nu is Suzanne van haar stuk gebracht en ik heb haar nog nooit zo in twijfel gezien. Dan antwoordt ze beverig: "Natuurlijk moet je hem altijd beschermen."

Ik waag het om haar handen vast te pakken en probeer haar gerust te stellen. Ik zeg dat ik meestal heel gewoon ben en dat het hoogst zelden voorkomt dat ik helderziende momenten heb.

"Ik denk dat het vaker voorkomt dan jijzelf beseft: wat ben je van plan eraan te gaan doen?"

"Helemaal niets en zwijg jij er ook alsjeblieft over; hoe minder dat ik ermee bezig ben, des te beter het is. Ik moet er niet aan denken een soort medium te worden."

Nu lacht ze en kijkt aandachtig naar onze ineengestrengelde handen.

"Vrienden dan maar weer, Jonathan?"

"Ja, vrienden en ouders: vriendelijke ouders zogezegd."

Ze zucht haast onmerkbaar.

"Voor zolang het duurt."

Om haar nog meer te paaien en omdat ik het dolgraag weten wil vraag ik: "Heeft zoonlief nog veel geschopt?"

"Ja, ik denk dat het net zo'n driftig type wordt als zijn vader."

Dit is goed! Zo sijpelt haar angst weg als regendruppels in vochtige aarde en wordt het tijd om haar uitgebreid te vertellen hoe de baan in het restaurant me bevalt. Ze hoeft niet te weten dat ik het af en toe benauwd heb en ondanks de binding met mijn zoon op de vlucht wil. Maar op dat moment biedt de kleine donder zich weer aan om me te zeggen dat ik wel kan vluchten, maar dat ik hem eerst nog het volgend najaar de prachtig, donkergele paddenstoelen moet laten zien die bij het vakantiehuisje staan.

Ik probeer haar in de keuze van de boeken die ze leest beter te leren kennen. Ze kan toch niet alleen geduld, gerechtigheid en vergeving zijn. Als dat zo is dan past ze totaal niet bij mij. Ik hoor tot mijn opluchting dat een van haar lievelingsboeken *De dwaas* van Kerstin Ekman is. Ze zegt: "Het leest als een sprookje en net als in de meeste sprookjes zitten er wrede, weerzinwekkende passages in en juist die stukken fascineren me het meest."

"Waarom dan?"

"Omdat ze zo mooi beschreven zijn."

"Je weet dat dit onzin is, geef maar toe dat je diep van binnen een slechte heks bent."

"Dat weet ik niet, maar dit boek heeft me wel de ogen geopend: de grens tussen goed en kwaad is erg vaag. Er zijn immers vaders die hun kind mishandelen en er toch zielsveel van houden."

"Mijn grootmoeder zei dat sprookjes over het echte leven gaan. Heeft Kerstin Ekman de kern van het mens-zijn ontdekt, denk je ?"

"Dat kan niemand, het is net zo onmogelijk als de zee leegscheppen."

Ik loop in de duinen en denk aan een verhaal dat Suzanne me verteld heeft. Het is gebeurd toen ze nog een kind was maar voor haar was het die dag akelig dichtbij.

We liepen dezelfde route langs de zandverstuiving en de zon scheen. Toch had ze het koud, ze zette de kraag op van haar jack en stak haar handen in de zakken.

Ze had een vriend gehad die het syndroom van Down had; ze zei vriend, niet vriendje en noemde hem Henk. Iedereen zei Henkie maar hij was een stuk forser en groter dan zijzelf, dus zei zij Henk. Of het hierdoor kwam of door het feit dat ze hem op een keer een roodbonte zakdoek had gegeven: hij was dol op haar. Hij had namelijk altijd een potlood bij zich waaraan hij een zakdoek had vastgeknoopt. Daar zwaaide hij mee en wanneer de drumband langs kwam liep hij voorop om met zijn eigen vlag de maat te slaan.

Hij werd achterlijke Henkie genoemd maar Suzanne vond hem niet zo achterlijk. Hij wist in de duinen en op het strand de mooiste geluiden op te vangen waar bijna niemand oor voor had. Hij had haar stil laten staan op een plek waar tientallen vogels in druk gesprek waren en op het strand schreeuwde hij dolgelukkig en enthousiast met de meeuwen mee, die dan een stuk meevlogen alsof hij een van hen was. Ze voelde heel lang dat hij haar meerdere was in de natuur en ze speelde graag met hem. Ze had hem op haar beurt een vossenhol getoond waar hij een beetje bang van werd. Alles veranderde echter toen ze op school gepest werd en het liefje van achterlijke Henkie werd genoemd. Eerst verdedigde ze hem nog omdat hij dat zelf niet kon, hij bezocht een andere school. Op een zondagmiddag was het feest en de drumband kwam voorbij. Ze stond tussen wat klasgenoten te kijken toen ze plotseling verstijfde. Henk, die weer voorop liep, zag haar en kwam uitgelaten op haar af. Hij stond eerst van zijn ene op zijn andere voet te wiegen, greep haar hand en wilde haar meetrekken achter de muziek aan.

"Nee Henk," had ze dringend gezegd, maar rondom haar werd er gelachen en geroepen.

"Ja, Suzanne moet ook voorop, geef haar eens een zakdoek!"

Ze wist niet waarvoor ze zich het meeste schaamde; dat ze vuurrood werd of omdat ze Henk venijnig van zich afduwde. Hij was verbaasd, dat zag ze wel en gelukkig ging hij weer zijn plaats opzoeken voor de muziek uit. Het was zondag en de dag daarna had ze zich bewapend door onverschillig te doen maar kon het niet voorkomen dat de pesterijen haar totaal van haar stuk hadden gebracht. Het drong opeens tot haar door dat ze het afschuwelijk vond op school en dat dit de schuld was van Henk. De volgende dagen werd het wat rustiger en ze had net gedacht dat het allemaal zo erg niet was toen ze opgewacht werd door Henk, die vrolijk zwaaiend met zijn zakdoek bij de school stond.

Het joelen en treiteren begon opnieuw en ze was op de jongen afgestormd en had hem een flinke duw gegeven. Hij wankelde en viel omdat hij hier totaal niet op gerekend had. Nu was hij niet alleen verbaasd maar diep gekwetst. Ze zag en hoorde hem keihard huilen en had zelf net zoveel pijn. Haar woede was op slag verdwenen en ze wilde hem helpen, maar dat werd voorkomen door een onderwijzeres die bij Henk neerknielde, de tranen en snot van zijn gezicht veegde en hem overeind hielp. Ze was nergens meer en kon alleen nog maar hard weglopen.

Suzanne had gezwegen en ze schopte met haar voet het zand op. Ik keek naar haar en zocht naar een manier om te troosten.

"Wat is er van jullie geworden?" vroeg ik en ze keek me verbaasd aan.

"Wat bedoel je?"

"Van jou en Henk."

Er brak een lach door op haar zorgelijke gezicht en ze antwoordde: "Wat Henk betreft, dat weet ik niet. We bleven nog even vrienden en hij was niet eens kwaad op me maar bij mij was er iets veranderd. Ik schaamde me en kreeg medelijden met hem en dat is een hele slechte emotie in een vriendschap. Hij ging verhuizen naar Friesland en daarna ben ik hem uit het oog verloren."

"En heb je nog een nieuwe vriend gevonden?"

"O ja, wel meer dan een, maar de schaamte van die dag ben ik nooit vergeten, het is zo zonde want dat legt een sluier over al die mooie uren samen."

Ik zit tegenover Suzanne op een bank in een cafetaria. Ze eet een gehaktbal omdat ze weer eens plotseling honger heeft gekregen. Peinzend zegt ze: "Mijn moeder en ik waren in een vreemd land en het gehakt werd er dus ook vreemd klaargemaakt."

Ik vraag haar voordat ze verder gaat: "Een vreemd land?"

Nu lacht ze en antwoordt: "Ja, België was een vreemd land voor me. Ik had nog nooit zo veel bossen gezien en werd er een beetje bang van. Die eindeloze rijen sparren en dennen in de Ardennen zijn mooi als de zon schijnt maar luguber in de regen. Er schemerde een vreemd licht tussen de sparrenstammen en zelfs de vogels maakten onheilspellende geluiden. Ik zag veel te weinig van de lucht en miste de zee. Mijn moeder zei dat ik niet bang hoefde te zijn want ik zou nog wel ontdekken hoe mooi het hier was. Ze kreeg gelijk, na een wandeling door een luchtiger bos en langs een wildstromende beek was ik gauw verzoend met mijn omgeving. We gingen eten in een klein restaurant op een heuvel en daar werd de eigenaar op slag verliefd op mijn moeder. We waren de enige gasten, hij praatte met ons en keek alleen naar haar. De tegenstelling was groot; hij was groot, gezet en in mijn ogen lomp, zij klein, slank en sierlijk in haar bewegingen.

Mijn moeder vroeg wat hij ons aanraadde te eten en hij zei verlegen: 'Mijn gehaktballen zijn beroemd in deze omgeving.'

Dus aten we gehaktballen, aardappelen met boontjes en het was heerlijk. De man kwam tijdens de maaltijd vragen of het smaakte en werd steeds verlegener. Maar hij was echter niet te bang toen mijn moeder naar de rekening vroeg om te zeggen: 'Mag ik u deze maaltijd gratis aanbieden?'

'Nee,' zei mijn moeder verbaasd en toen gebeurde het!

De baas van het restaurant werd nog roder dan hij al was en zakte voor haar op de knieën. 'Madame, ik zal heel eerlijk zijn; ik mag u zo graag dat ik u wil vragen om mijne vrouw te worden.'

Ik begon te lachen omdat ik dacht dat hij een uitstekende grap maakte maar mijn moeder greep in: 'Hou op, Suzanne, lach mijnheer niet uit, volgens mij meent hij wat hij zegt.'

En dat was ook zo. Ik was vol bewondering hoe mijn

moeder de situatie oploste. Ze zei dat ze de man heel aardig vond, maar dat ze nooit zou hertrouwen omdat haar gestorven man de grote liefde van haar leven was geweest. Ze sprak de waarheid en dat was in dit geval de juiste keus. De baas stond op en kreeg het toch voor elkaar dat we een gratis dessert kregen."

"Er is een beeld," had Suzanne op een stille nazomeravond gezegd, "dat ik me zo voor de geest kan halen en dat een tijdlang mijn leven heeft bepaald. Ik was vier jaar oud en veel weet ik niet meer maar dit beeld staat op mijn netvlies gebrand. Mijn vader was na een pijnlijk ziekbed gestorven en mijn moeder stond in onze schemerachtige tuin. Ze huilde hardop en ik dacht dat moeders niet zo mogen huilen, dat was alleen voor kinderen bedoeld; die luide snikken, afgewisseld door jammerende uithalen. De rollen werden omgekeerd. Ze leek plotseling op een heel klein meisje en ik wist me even totaal geen raad. Toen rende ik naar haar toe en sloeg mijn armen om haar heen. Ik werd op dat moment een stuk ouder en deed hetzelfde als zij deed wanneer ik verdriet had.

Ik sprak sussende woorden maar er werd niet naar geluisterd. Ze duwde me zachtjes van zich af en zei: "Suzanne, laat mammie even met rust en ga naar tante Suus."

Ik deed wat ze vroeg maar wist ook dat ik voortaan voor haar moest zorgen. Ik moest goed opletten, haar in de gaten houden, want zo wereldvreemd was ze nog nooit geweest. Het is raar maar ik herinner me niet dat ik mijn vader miste en de grote donkere, vrolijke man was tamelijk vlug verdwenen. Ik had mijn handen vol aan haar. Ze deed erg haar best om weer gewoon te doen en ik zag haar niet meer huilen. Toch kon ik het beeld van die zomeravond niet vergeten, het sleet zelfs niet maar was er steeds weer haarscherp. Het heeft heel lang geduurd dat mijn moeder op halve kracht leefde, er was veel van haar gevoel weggeëbd en haar vrolijkheid zag ik pas veel later terug. Ik heb toen erg mijn best gedaan en was blij met de kleinste overwinning. Ik wist dat ik niet moest vragen wat er met mijn vader was gebeurd want dan werd mijn moeder verdrietig.

Ik kon beter goed opletten dat ik kleine dingen van haar overnam, zoals het strikken van mijn schoenen waar ik zo veel moeite mee had. Het was een glorieus moment geweest toen ze zei: "Knap van je, Suzanne, dat heb je vlug geleerd." Het was erg belangrijk dat ze me zag; dat ze niet steeds vergat dat ze een dochter had. Ik heb haar zelfs aan het lachen gemaakt door steeds opnieuw de kamer in te komen en dan te zeggen: "Daar ben ik weer, hoor, mam." Ik wilde steeds dichtbij zijn en werd jaloers op mensen die te veel aandacht vroegen. Ik was bang dat, wanneer mijn aandacht verslapte, zij ook ziek zou worden en dood zou gaan. Ik voelde soms letterlijk de betekenis van doodsbang zijn. Maar zij was het die op haar beurt mij weer verloste van al mijn zorgen. Ze praatte met me, vertelde over mijn vader en zei dat dit verdriet nooit overging maar dat ze dolgelukkig was met mij. Ik wilde dit graag geloven. En zo genas ik haar een beetje en mijn moeder genas mij.

Toen brak de periode aan dat ze me van alles ging leren op praktisch gebied. Ik denk dat ze het vooral zelf nodig had om druk met haar handen bezig te zijn. Ze kocht een schrift waarin ze allerlei eenvoudige recepten schreef die ze dan samen met mij ging koken. Ik was eigenlijk te klein om met een mes uien te snijden maar ik leerde snel. Na een fikse jaap in mijn wijsvinger heb ik me niet meer gesneden, werd voorzichtig en steeds handiger. Ik leerde breien, haken, sokken stoppen en vond het nog leuk ook. Later leerde ik ook timmeren, met elektriciteit omgaan en de gootsteen ontstoppen. Ik zal nooit die dag vergeten dat we de keuken overhoop hadden gehaald om bij de afvoer te komen. De vloer was bezaaid met pannen, bestekbakken, borden, toen er gebeld werd.

"Wil jij even kijken wie daar is?" vroeg mijn moeder en toen ik de deur opende stond er een heel gezelschap op de stoep. Ik wist dat het vrienden uit mamma's ballettijd waren omdat ik ze weleens had gezien bij een voorstelling in de schouwburg.

"Dag schatje, waar is Brigitte?"

"In de keuken."

En daar aangekomen kwam mijn moeder met verwarde haren en rode wangen onder de gootsteen uit, ze moest lachen om de verbaasde gezichten.

"Het is voor elkaar, Suzanne," zei ze vrolijk. "Als jij deze emmer met prut naar buiten brengt, ga ik me wassen en koffie zetten."

Ik weet niet waarom ik me schaamde, misschien kon ik er niet tegen dat deze elegante, mooie mensen mijn moeder zo zagen. Ik zei een beetje opstandig: "De man die dit anders altijd doet is ziek en kon niet komen."

Mamma wilde wat zeggen, keek naar mij en viel me bij: "Ja, een goede loodgieter is moeilijk te vervangen."

Ik had me eigenlijk niet zo hoeven uitsloven want iedereen was vol lof over de handigheid van mijn moeder. En ik was er trots op dat ze ondanks het ongeluk met haar been weer een van hen was. Ze danste weliswaar niet meer maar ze praatte en de sierlijke bewegingen van haar handen maakten veel goed. Ik begreep niet veel van het gesprek maar die middag was ze voor mij de beroemde danseres die iedereen bewonderde en ik vroeg me af waarom ze er mij zo weinig over vertelde."

Toen zweeg Suzanne en in de inmiddels donkere tuin keek

ik naar de lichte vlek van haar gezicht. Ze had in feite constant over haar moeder gepraat en ik werd steeds nieuwsgieriger naar deze Brigitte die blijkbaar Suzannes lichtend voorbeeld was. Maar ik wilde nog meer weten van haar dochter die maanden geleden mijn leven was binnengestapt en me steeds meer raakte.

"Nu begrijp ik waarom je steeds voor iedereen in de bres springt."

"Hoe kom je daarbij?"

"In Portugal nam je het zonder erover na te denken voor de hond op die getreiterd werd door die Spanjaarden."

"Dat zou toch iedereen doen die om dieren geeft."

"Misschien meer mensen maar het kwam niet in mijn hoofd op."

"Jij bent nu eenmaal een geboren egoïst."

Suzanne zei dit plagend, maar ik voelde toch iets van pijn bij deze woorden. Ze kon mijn gezicht waarschijnlijk net zo moeilijk onderscheiden als ik het hare maar toch zei ze vlug: "Dat was geen leuke opmerking en ik weet inmiddels genoeg van je dat het niet waar is wat ik zei. Dat ik opkom voor anderen is denk ik uit nood geboren. Mijn moeder was alles voor me en door de jaren heen bleef ik bang dat ze zou verdwijnen. Ik moest haar wel beschermen."

"Dat klinkt heel bekend."

Ik droom dat ik melaats ben en wanneer ik dat besef zoek ik eerst in mijn geschokte hersenen naar het juiste woord (alsof dit het iets zal verzachten). Kan ik daar niet opkomen dan mag ik niet verpleegd worden in het afgezonderde, met hoog bamboe omheinde gehucht op een Indonesisch eiland. Ik lig te zweten op de kale grond voor de ingang van een soort hospitaaltje en zie een gekko zitten op de houten wand. Hij klemt zijn klauwtjes alsof ze vastgeplakt zitten maar opeens laat hij los en bespringt een insect, verorbert het en neemt zijn oude houding weer aan. Dan laat hij zijn stem horen, noemt niet zoals het hoort zijn naam maar zegt duidelijk: "Leproos."

Ik zucht opgelucht want ik weet nu dat ik lepra heb en de kans krijg om beter te worden. Ik moet dan wel eerst door een hel omdat mijn handen en voeten zullen gaan zweren, steeds erger verminkt raken om ten slotte af te vallen. Maar ik krijg in ieder geval de kans om door de pijn mezelf te ontdekken. Ik ben immers nog nooit echt ziek geweest.

Ik schrik wakker en ben in eerste instantie opgelucht maar dan voel ik jeuk aan mijn linkervoet en begin te krabben. Het helpt niet want het lijkt eerder alsof het branderige gevoel zich uitbreidt. Wanneer ik het licht aanknip en mijn voet bekijk zie ik rode bultjes en besluit om er af te blijven. Ik ga in mijn beste slaaphouding liggen en denk na over mijn droom, me erover verbazend hoe levensecht een bezocht land in mijn geheugen staat gegrift. Zo dol ben ik toch niet op Indonesië na alles wat er met mijn vriend en mijzelf gebeurd is. Ik ben er een dief geworden en Paul is daar bijna gestorven. Ik besef dat mijn voorspellende visioen over zijn dood is uitgekomen, alleen veel later. Ik denk na over ziekte en dood en voor de eerste keer ben ik echt bang om ziek te worden. Ik heb tegen Suzanne gezegd dat ik ondanks mijn angstperiodes een gezond lichaam heb en ze zei toen: "In een gezond lichaam moet ook een gezonde geest wonen."

Ze zei dit niet op een belerende toon maar eerder bezorgd en dat had me nog meer geërgerd. Er was een discussie ontstaan dat ziekte bij het leven hoort en dat niemand eraan kan ontsnappen. Ik dacht op dat moment aan Xavier en wist dat ik Suzanne ooit nog eens over die periode moest vertellen.

Steeds meer besef ik dat het onmogelijk is om volgens onze afspraak mijn eigen leven te leiden. Zij claimt me niet maar gaat steeds meer onder mijn huid zitten.

Vandaar misschien deze jeuk?

Ondanks mijn gepieker slaap ik onrustig in en word op Pierres tijd wakker. Onmiddellijk denk ik aan mijn voet en opgelucht constateer ik dat ik niets voel. Ik ga douchen, bij het afdrogen zie ik dat de rode bultjes meer gezwollen zijn en krijg daardoor weer jeuk. Is het inbeelding of heeft de plek zich vergroot? Ik smeer mijn hele voet in met calendulazalf, laat het intrekken, doe katoenen sokken aan en stap in mijn schoenen. Ik meen dat de zalf geholpen heeft want ik ontbijt met Pierre en vergeet de jeukerige nacht. Tot de middag gaat het goed; dan vraagt mijn baas of ik met hem wil meegaan naar de tuin om naar een eik te kijken in de buurt van mijn huisje. Ik geniet nog van de zon en de krakende takken en bladeren onder mijn voeten totdat Pierre zegt: "Kijk, die boom bedoel ik, nu het blad eraf is kan je zien dat hij niet in orde is. Hij is ziek." Op hetzelfde moment beginnen mijn voet en enkel te jeuken, het lijkt alsof ik vanonder in brand sta. Ik zeg "Verdomme!" en buk me voorover.

"Nou, zo erg is het nu ook weer niet, goed snoeien kan misschien helpen."

Maar ik verlies alle interesse voor de tuin met zijn zieke boom, begin te dreinen als een kind: "Ik heb vannacht zo'n jeuk gehad; na het douchen was het over maar nu is het er weer."

Ik trek ter plekke mijn schoen en sok uit en Pierre onderzoekt me als een arts. Hij is alleen niet zo voorzichtig want hij gaat met zijn vingers over de gezwollen, rode plekken.

"Dat ziet er niet zo best uit, hoe is het met je andere voet?"

"Niets aan de hand, denk ik."

"Laat zien."

En dan wordt ook mijn andere voet ontkleed en bekeken

en ik ben opgelucht dat er inderdaad niets te zien valt.

"Misschien ben je door een of ander najaarsbeest gestoken; wanneer het binnen een paar uur niet minder wordt dan ga je even naar de dokterspost. Of nee, Jonathan, ga nu maar meteen."

Het bezoek aan de arts levert echter geen nieuws op; hij doet er niets aan en vind het nog te vroeg voor antibiotica. Ik ga weer aan het werk omdat dit me nog de beste afleiding lijkt. De volgende ochtend constateer ik, na een rusteloze nacht, dat ook mijn andere voet aan de beurt is. Het is zelfs nog erger want niet alleen beide voeten en enkels maar een gedeelte van mijn onderbenen zijn rood en bedekt met bultjes. Het lijkt wel alsof ik van onder af en langzaam naar boven groeiend belaagd word door iets monsterachtigs, ik huiver omdat ik aan de droom moet denken.

Wanneer ik opnieuw ga werken merk ik hoe gezondheid en nog meer het ontbreken ervan een mens beheerst. Ik kan nergens anders over praten en Anja en Pierre worden er horendol van. Dat wil niet zeggen dat ze niet met me begaan zijn want ze geven volop goede raadgevingen. Als een rechtgeaarde kok zoekt Pierre het allereerst in de voeding: "Misschien is het een voedselallergie en heb je iets gegeten waar je niet tegen kunt; voorlopig zou ik je aanraden pinda's en andere noten te vermijden."

Anja valt hem bij en verbiedt me nog een lange lijst van voedingsmiddelen: koemelk, eieren, soja, vis, schaal- en schelpdieren.

"Ho, ho dan kan ik beter op water en brood gaan leven."

"Brood zonder tarwezaden."

Een vreemd verschijnsel is dat ik soms jeuk heb, soms minder en heel soms geen.

Ik ben het volledig met de algemene stelling eens dat jeuk erger is dan pijn. Tegen pijn kan iemand zich wapenen, desnoods pijnstillers nemen, maar jeuk maakt je weerloos en in mijn geval kwaad. Ik krab tot bloedens toe en wind me op.

Ik praat met de jeuk en zijn gezicht is dat van een monster, zijn lijf bestaat enkel uit klauwtjes die me daar beneden te grazen nemen en van plan zijn om meer terrein te veroveren. "Je krijgt me niet klein, ik ga een uur lang niet krabben en dan moet je verdwijnen." Maar het lukt me niet om het zo lang vol te houden en wanneer ik het 's avonds wel een keer volhoud lacht hij me uit en gaat onverminderd door met zijn gesar.

Suzanne heeft medelijden met me en volgt mijn raad op om niet naar me toe te komen. Ze zegt dat het waarschijnlijk eczeem is en dat dit meestal niet besmettelijk is maar ondanks dat voel ik me een melaatse stakker.

"Ik heb gedacht aan het gevolg van een te droge huid; heb je in Spanje zonnebrandolie gebruikt?"

"Ja, kom nou, dan heb ik zeker mijn voeten en benen vergeten, ik gebruik die troep nooit."

Suzanne blijft kalm en houdt vol dat ik badolie moet kopen of nog beter revitaliserende huidcrème. Een dag later belt ze weer en roept: "Zilverzalf schijnt ook een wonder voor je huid te zijn, het wordt een sieraad in een potje genoemd."

"Ik heb inmiddels geen plaats meer in mijn kleine badkamer maar toch bedankt, lief."

"Dit is de eerste keer dat je me zo noemt, dan ben je echt wanhopig. Nee, serieus Jonathan, is het niet beter om een algehele allergietest te doen in het ziekenhuis?"

"Ja, daar heb ik zelf ook aan gedacht maar ik ben bijna klaar met de voorbereiding van mijn laatste wapen tegen het jeukmonster."

"En dat is?"

"Een ouderwets mengsel waar mijn grootmoeder me mee pijnigde wanneer ik wintertenen had. De jeuk van nu is te vergelijken met die van toen. Ik ruik nu weer de smerige lucht van glycerine en kamferspiritus en ik ga me er zo dadelijk mee insmeren."

"Succes."

Maar het succes blijft uit want na vijf keer de pijnlijke behandeling te hebben doorstaan: de rode zwelling blijft. Mijn handen worden steeds gaver, de jeuk wordt even minder maar komt steeds terug. Met het ongemak groeit ook mijn angst. Ik verlies weer de grip op alles en door de onzekerheid worden mijn prestaties steeds minder. Pierre zegt van niet maar het lijkt of de resultaten van mijn kookkunst minder worden. Dat komt waarschijnlijk omdat ikzelf steeds slechter ga eten, ik sta wantrouwend tegenover veel voedingsmiddelen en kan de balans niet vinden. Mijn lichaam is niet in staat om aan te geven waar het behoefte aan heeft en ik word bang om aangeraakt te worden. De jeuk zit als prikkeldraad om mijn onderste gedeelte en houdt ook voor de rest van mijn lichaam de boel op afstand.

Een enkele keer kan ik ontspannen wanneer ik lees en het is daarom noodzakelijk uiterst zorgvuldig mijn boek uit te kiezen. Als de jeuk dan weer gaat storen lijkt het leesgenot een vluchtig moment geweest en ben ik verbaasd op de klok te zien dat ik een halfuur gelezen heb. En alcohol kan helpen maar ik heb gemerkt dat ik moet oppassen. Want als de roes stijgt, smelt mijn gevoel dat ik niet te bereiken ben, verlang ik naar Suzannes lichaam en naar het kind. Ik weet dat ik hier niet aan moet toegeven omdat dan zal gebeuren waar ik mijn leven lang erg bang voor ben geweest: dat ik lichamelijk word afgewezen.

En dan kom ik terecht op de plaats waar ik in mijn leven tot nu toe heb kunnen wegblijven: het ziekenhuis.

Consulten bij de huisarts hebben niets anders opgeleverd

dan pillen en zalfjes waar ik niet blijer van word. En de allergietest laat enkel zien dat ik allergisch ben voor huisstof en noten (die ik al weken niet meer eet). Al bij mijn eerste bezoek aan de huidarts in het ziekenhuis wordt er over opname gepraat omdat de forse man bedenkelijk kijkt en eerlijk toegeeft dat hij dergelijke verschijnselen nog niet heeft meegemaakt. Ik geloof hem omdat ik in het felle licht van zijn onderzoekskamer mijn benen in de spiegel zie. Ik schrik ondanks alles van wat ik al weet; dat ik inmiddels vurig gezwollen benen heb tot ver boven de knieën. Dit licht is ongenadig en als mijn blik naar boven gaat en ik de paniek in mijn ogen zie, kijk ik naar een zombie met een doodsbleek gezicht (van onder ben ik opgeblazen en van boven vermagerd).

De specialist onderzoekt me grondig en als hij mijn ooglid optilt zegt hij dat hij vreest voor een ernstige bloedarmoede.

"Eet u wel gezond en voldoende?"

"Ja, maar ik weet niet meer wat gezond is."

"Dan denk ik dat ik het uitgebreid bloedonderzoek beter hier kan laten doen."

"Hier?"

"Ja, sorry, ik bedoel eigenlijk dat ik u het liefst zo vlug mogelijk laat opnemen op mijn afdeling."

En dat gebeurt en het is ondanks alles een opluchting. Ik probeer mee te werken maar dat is moeilijk omdat blijkt dat het geen plezier is om me te onderwerpen aan onderzoeken en steeds meer testen.

"Dit moet vanbuiten en vanbinnen behandeld worden," zegt een van de artsen en hij kijkt me door zijn bril aan alsof hij blij is dat tenminste een glazen schermpje zijn ogen beschermt. Hij spreekt 'dit' uit met een afstand die me onmiddellijk laat twijfelen, ik vraag me af of hij ook maar het flauwste vermoeden heeft wat ik mankeer. Ik vraag hem even afstandelijk: "Wat bedoelt u dokter?"

"Dat u op streng dieet gaat en er tegelijk gekeken gaat worden naar de juiste behandeling van uw huid."

Streng dieet, de huid: 'dit' krijgt al iets meer gestalte.

"Kunt u beschrijven hoe de jeuk aanvoelt en wanneer dit ontstaat?"

Ik begin me nu langzaamaan te ergeren aan zijn 'gedit' en val uit: "Mijn onderstel jeukt op de gekste tijden en nu krijg ik een hevige aanval van u."

"Dan is het dus het juiste moment om te proberen er een beschrijving van te geven."

Tot mijn grote ergernis springen er tranen in mijn ogen en ik vraag: "Bent u weleens uren geprikt en gestoken en wenste u toen dat u wel twintig paar handen bezat? Want twee handen zijn onvoldoende om de prikken te volgen die zich snel verplaatsen en steeds intenser worden."

"Nee," zegt de man en voor de eerste keer kijkt hij bezorgd.

"Ik beloof u, mijnheer Vlinder, dat ik mijn uiterste best ga doen."

Ik denk: dat zal 'dit' fijn vinden maar ik zeg: "Dank u, dokter."

Ik kan me immers maar beter gedeisd houden en mijn woede richten op de jeuk. Maar ook dat wordt me ontraden want een verpleegkundige zegt zalvend: "Het beste is om te proberen alles zoveel mogelijk te verdragen en u over te geven."

Maar hoe kan ik me overgeven aan de uren van angst en verschrikking; letterlijk verschrikking want de jeuk komt nog steeds onverwacht en verschrikt me soms midden in de nacht. En zelfs als ik slapen kan, droom ik van krabbende handen en witte lagen zalf op een gedeeltelijk ontvelde huid. Over mijn lichaam dat in zijn geheel bedekt wordt met rode bultjes, zodat ook de bovenkant niet meer om aan te zien is. Wanneer ik dan ontwaak dwing ik mezelf in uiterste wanhoop aan mijn kind te denken en als ik geluk heb zie ik een klein, gaaf gezicht aandachtig naar me kijken. Ik weet dat zijn trekken nu bijna zijn voltooid en dat hij afwacht met gesloten ogen, omdat hij helemaal nog niet kijken kan. Maar ik ben uiterst dankbaar met dit vluchtige visioen van mijn zoon die in een blije toekomst naar me kijkt en wil luisteren naar wat ik zeg.

Na weken van afwisselend kwelling en soms rust komt de dokter met bril, die ik inmiddels Casper mag noemen, met een wondermiddel. Wanneer hij vertelt wat hij van plan is ben ik in eerste instantie niet enthousiast want ik kan nu nog altijd met verbonden of niet verbonden handen krabben. Of mijn benen nu verpakt in pyjamabroek of bloot zijn, ik kan erbij. Maar dat zal niet meer kunnen als ik meega in de volgende behandeling. Hij spreekt over Wet-Wraptechniek; in goed Nederlands de vochtigverbandmethode.

Casper legt me uit dat hij grote verwachtingen heeft van het slagen van deze missie. Mijn benen en voeten worden met verdunde hormoonzalf ingesmeerd en de uiterst zorgvuldig ingezalfde eczeemplekken worden omwikkeld met nat verband. Aldus geschiedt en ik ben allereerst teleurgesteld. De eerste uren gaat mijn jeuk onverminderd door maar dan wordt hij langzaamaan minder (wat al draaglijk voor mij betekent) en in de loop van de avond lig ik zielsgelukkig en jeukvrij in mijn bed. Ik sluit mijn ogen en zie in mijn verbeelding de grote bulten en zwellingen oplossen, om dan geheel te verdwijnen. Casper komt langs en vraagt naar de stand van zaken, ik ben bijna geneigd te zeggen dat ik babyblanke benen en voeten heb en dat hij een genie is. Maar ik vertel hem precies wat ik de afgelopen uren gevoeld heb en hij lacht.

"Je hoeft niet zo verbaasd te kijken, ik zal je uitleggen wat er precies gebeurd is: bij deze behandeling kan de zalf beter doordringen in de huid en het natte verband beperkt de jeuk.

Het vocht in de verbandlaag gaat verdampen waardoor de huid afkoelt en het gekriebel afneemt."

"Net zoiets als wanneer je in je bed hebt geplast en dan na verloop van tijd rillend wakker wordt."

"Precies."

"Waarom kom je hier nu pas mee, dokter?"

"Omdat we in jouw geval heel voorzichtig te werk moesten gaan. De samenstelling van de hormoonzalf moest getest worden en het ging nogal eens mis bij de droge pogingen."

"Ik dank je uit de grond van mijn hart!"

Casper kijkt me aan en ik zie in zijn ogen dat hij net zo benieuwd is naar de huid van mijn benen als ikzelf. Hij zegt: "Ik wil niet vervelend doen, Jonathan, maar juich niet te vroeg, laten we het even afwachten."

"Wanneer gaat het verband eraf?"

"Morgenvroeg en laat de haan dan alsjeblieft glorie kraaien."

Ik val pas laat in slaap omdat ik de eerste uren gewoon lig te genieten en daarna gedichten ga lezen die ik, al heb ik ze al vaak gelezen, wel tien keer mooier vind. Na het ontbijt kraait er geen haan, integendeel: het is doodstil in mijn kamer wanneer het verband eraf gaat. Casper doet het zelf maar over zijn schouders kijken twee verpleegkundigen gespannen toe. Ik zie mijn benen en ze zijn veranderd. Ze zijn weliswaar niet babyblank maar lang niet zo gezwollen als voorheen. Ze liggen er ontspannen bij met wat oorlogswondjes en littekens van het krabben. Hun kleur is een paar tinten lichter omdat het vuur de aftocht heeft geblazen. Hier en daar zitten plekjes zalf die licht glanzen in het ochtendlicht.

Ik schiet vol en mijn ogen worden vochtig als een verpleegkundige zegt: "Dat noem ik nog eens een snelle reactie op een probaat middel." Ik zie het dus niet alleen, drie kundige mensen zijn net zo enthousiast als ik. Dan vraagt Casper: "Hoe voel jij je, Jonathan?"

"Prima, het is net of ik uitgestreden ben en of alles zacht is vanbinnen."

"En vanbuiten, wat een kledderboel; wat denkt u van een goede wasbeurt?" (Dit komt natuurlijk van een verpleegkundige.)

Maar hier is Casper het niet mee eens want hij wil voorlopig geen water en zeep zien op mijn benen.

Dan zijn we alle vier opeens weer stil omdat iemand in de kamer naast me begint te gillen. Zo te horen is het een vrouw, nee, ik hoor de hoge stem van een jong meisje. Ze gilt wanhopig, alsof ze in het nauw gedreven wordt en nergens hulp kan verwachten.

"Wat, wie …," stamel ik.

"Onze jongste patiënt op de afdeling: Ze heeft psoriasis en wordt gek van de jeuk," zegt een van de verpleegkundigen en ze loopt naar de deur.

"Het is haar te veel geworden," zegt Casper en ik denk dat ik nog nooit zo intens met iemand meegevoeld heb. Ik besef dat ik dezelfde drang om te gillen ook vaak gevoeld heb maar dat ik er niet aan toegegeven heb is geen verdienste. Ik was zelfs daar te laf voor. Het wordt weer rustig naast me en omdat ik ingespannen luister hoor ik het meisje snikken. Mijn euforie is verdwenen en ik voel weer angst dat het niet voorbij is, dat een dag zonder jeuk nog niet voor mij is weggelegd. Maar dan verlang ik opeens naar Suzanne. Ik wil haar zien, horen en aanraken. Zij moet mij aanraken. Het is de eerste keer sinds tijden dat ik dit wil en dat moet wel een goed teken zijn.

Ik wil weer gezien worden, nadat ik me weken verstopt heb onder het mom dat het niet goed voor het kind was. Maar dat was het niet alleen. Mijn nieuwe vrienden uit het restaurant werden even goed geweerd. Ondanks dat waren zowel Pierre als Anja een paar keer op bezoek geweest, ze lieten zich niet wegsturen. Ze drongen mijn ellende binnen en schaamden zich nergens voor; ze lieten de schaamte aan mij over. Ze konden dan wel aanwezig zijn maar ik liet ze nooit dichtbij komen. Anja had het niet gepikt en beweerde venijnig: "Ik hoef me niet af te vragen of jouw eczeem besmettelijk is, je zorgt zelf wel voor afstand."

(Ik moet denken aan een gebeurtenis in Indonesië. Paul en ik waren met onze rugzak, gevuld met flesjes water, een dorp ingelopen. Het was zo klein dat het slechts bestond uit een handvol houten huisjes, een varkenshok en een waterput. De ongeplaveide weg liep stijl omhoog en het stof van de rode aarde prikkelde mijn keel. Volkomen onverwacht kwam er opeens een kind uit een huis en stond ons doodsbang aan te kijken. Het was een mager jongetje van een jaar of drie; bloot, vuil met lange zwarte haren die vettig tegen zijn hoofd plakten. Ik weet niet waarom maar ik moest opeens denken aan een hond die op zijn hoede ieder ogenblik kon beginnen met blaffen. Maar het jongetje blafte niet, het brak in tranen uit en vluchtte het huisje in.

"Het kind heeft zeer waarschijnlijk nog nooit een blanke gezien," zei Paul en we liepen door. Ik schaamde me want ik had het ventje niet alleen vergeleken met een hond maar ook afkeer gevoeld. Een grotere afstand had ik niet kunnen scheppen.)

Na een paar dagen wordt de natte behandeling herhaald.

Ik leef nog steeds in een roes want het gaat steeds beter met me. Ik doe oefeningen voor mijn verslapte spieren omdat ik bar weinig heb gelopen de laatste tijd. Ik zie nu ook dat mijn benen, nu ze niet meer opgezwollen zijn, sterk zijn vermagerd. Het is haast ongelooflijk wat pijn, jeuk of spanning met een mens kan doen. Ik lig dan ook tevreden in een nieuw, nat verband en merk dat ik erop let wat er daar beneden allemaal gebeurt.

"Hallo Jonathan." Ik schrik van een stem naast mijn bed. Ik heb de vrouw wel zien binnenkomen maar niet verwacht dat ze mij komt bezoeken.

"Mag ik me even voorstellen, ik ben Suzannes moeder." Ze zwijgt alsof haar eigen naam onbelangrijk is. De moeder van Suzanne! Ik zie de zwart-wit foto voor me en herken haar nu omdat ze inmiddels haar jas heeft uitgedaan en ik een slanke, kleine vrouw zie die niet eens veel verouderd is. Dan zie ik als ze dichtbij is gaan zitten dat dit niet helemaal waar is. Haar bewegingen kunnen dan wel sierlijk zijn, haar gezicht is wel degelijk getekend door de tijd en nu ze zit bewegen haar handen soms nerveus. Ze lijkt niet op Suzanne totdat ze zegt: "Hoe gaat het met je, je had mij totaal niet verwacht?"

Die stem! Er beweegt iets in mijn borst. Ze heeft de mooie diepe klank zeer zeker doorgegeven aan haar dochter.

"Het gaat heel goed, mevrouw, ik kan alleen niet met u gaan wandelen want ik ben van onder als een baby ingepakt."

"Wil je alsjeblieft Brigitte en je zeggen?"

Dat wil ik wel, denk ik, als je maar blijft praten. Dan vraagt ze: "Van onder ingepakt?" en ik kan het me verbeelden maar ze vermijdt het woord baby. Ik vertel haar wat er de laatste dagen is gebeurd en eindig tevreden: "Je komt dus op het juiste moment, Brigitte, want een week geleden was ik nog een knorrige en geplaagde patiënt."

Dan zwijgen we en ziet ze even later mijn ingepakte benen omdat er een verpleegkundige binnenkomt die een andere ijzeren korf onder de deken over mijn benen schuift. Verlegen en een beetje dom leg ik uit: "Dat is om te voorkomen dat mijn bed kletsnat wordt."

Dan merk ik dat Suzannes moeder niet alleen fragiel, lief en gezegend met een mooie stem is. Ze zegt plompverloren: "Waarom wil je me niet bezoeken thuis, Jonathan?"

Ik schrik en denk: zo praat een kind, zonder omhaal en recht op haar doel af. Mijn antwoord is misschien daardoor net zo direct: "Omdat ik er nog niet aan toe was, ik durfde niet."

"Ben je er nu wel aan toe om met me te praten, zo niet dan vertrek ik weer."

"Nee, ja ..." zeg ik haastig en voel dat ik een kleur krijg. Brigitte lacht en zegt: "Moet ik zelf kiezen, aan jouw gezicht te zien wil je dat ik blijf."

En dat wil ik graag omdat het een verademing blijkt te zijn dat we veel kunnen zeggen wat er spontaan in ons opkomt.

Ik denk aan Pierre en op hetzelfde moment zegt Brigitte: "Ik ben blij dat je het naar je zin hebt bij mijn vriend Hulme, hij is een fijne kerel en ik ken hem al heel lang."

"Waarom zeg je Hulme en niet Pierre?"

"Omdat ik zijn naam zo fantastisch vind passen bij een Nieuw-Zeelandse schrijfster. Hij is geen familie van haar maar hij zou door zijn ideeën en manier van leven wel een broer kunnen zijn."

Verrast luister ik en er gaat iets van schaamte en spijt door me heen omdat ik weet dat ze gelijk heeft en dat ik veel meer van Pierre had kunnen leren als ik me meer in hem verdiept had. Vlug ga ik over op iets heel anders.

"De dames bepraten dus alles met elkaar?"

"Wat bedoel je, Jonathan?"

"Dat Suzanne heeft verteld dat ik weigerde je te ontmoeten."

"Ik ben haar moeder en we weten inderdaad heel veel van elkaar maar er zijn ook zaken die we geheim houden."

Brigitte kijkt me nu zo rustig aan dat ik het niet in mijn

hoofd haal om verder door te vragen. Wanneer ze is vertrokken en ik merk dat ik zelfs het hinken van haar been aantrekkelijk vind, denk ik na over ons gesprek. Deze vrouw kan dan nog zo direct zijn, ze laat zeer zeker het achterste van haar tong niet zien. Ze praat echt, kwebbelt niet zoals zo veel mensen die het liefst over zichzelf praten. Ik weet nu nog niet veel en wil veel meer van haar weten.

Dan besef ik dat ook Suzanne nog maar heel weinig over zichzelf verteld heeft.

Uren later besef ik opeens dat ik wel degelijk persoonlijke dingen weet van Brigitte. Hoewel ze over Pierre verteld heeft en over hun jarenlange vriendschap; ze heeft ook verraden dat ze nieuwsgierig is.

Ze was op een avond gaan eten in Pierres restaurant en het was druk geweest. Pierre en Anja bedienden de gasten en ik was in de keuken bezig met Lucas. Ik herinner me nu dat Pierre de keuken inkwam en nogal vreemd deed. Hij vroeg me met een of andere smoes (die ik niet meer weet) of ik in het restaurant wilde vragen wat de klant aan tafel zeven als nagerecht wilde. Hij zal het wel overtuigend gebracht hebben want ik vroeg niets en wandelde naar achteren. Toen kwam hij weer naar me toe en zei dat het al geregeld was bij tafel zeven. Brigitte had me willen zien en willen spreken maar ze werd toen opeens zenuwachtig. Ze zei letterlijk: "Ik heb Pierre toen vlug gezegd dat ik niet durfde want als mijn zenuwen de baas worden, kraam ik alleen maar onzin uit."

Ze had me stiekem geobserveerd en ik merk dat ik dat best vleiend vind. En als ik er nu beter over nadenk was zij ook degene geweest die over het kind was gaan praten. Ze had me gevraagd of ik het al beter kon accepteren (Suzanne heeft haar ook hierover ingelicht!). Ze sprak heel voorzichtig maar kon het niet voorkomen dat haar ogen glansden toen ik vertelde hoe mijn proces van acceptatie was verlopen. Ik was aan het woord, sprak over mezelf maar zij stuurde me steeds de richting van haar kleinzoon uit. Het was niet eens nodig om haar te vragen wat zij ervan vond want haar hele gedrag sprak boekdelen. Boekdelen van spanning, verlangen en onzekerheid.

Het was op die momenten geweest dat ik het vreemde gevoel kreeg dat ik haar moest geruststellen. Dat Suzanne een prima moeder was, ikzelf een liefhebbende vader en zijzelf een wonder van een grootmoeder. Want waar vind je nog oma's die zich nerveus afvragen of ze wel geschikt zijn en die kunnen luisteren als de beste? Ze zal ook goed kunnen vertellen want met zo'n stem en zuiver taalgebruik zal ze haar kleinkind zeker betoveren. Ik zei dit natuurlijk niet tegen haar en ik stelde haar ook niet gerust. Ze sprak met geen woord over haar danscarrière en toen ik ernaar vroeg antwoordde ze gehaast dat deze periode al heel ver achter haar lag. Toen gaf ze zichzelf voor de eerste keer een compliment door te zeggen dat ze Suzanne goed had voorbereid voor de praktische dingen van het leven. Ze zou haar zoon goed kunnen verzorgen want dat had zij bij haar dochter ook geprobeerd en het was haar gelukt. Ze bloosde een beetje toen ze zei dat een vrouw beter voor haar kind kon zorgen als ze een goed voorbeeld had gehad.

En een man, denk ik nu, moet hij ook het voorbeeld gehad hebben van zijn vader?

Welnee, zijn moeder is immers voorbeeldig genoeg voor twee!

Op het moment dat ik aan mijn vader had gedacht had Brigittes blik de mijne ontmoet en ze zei iets waardoor ik even van mijn stuk was gebracht. Haar stem was gedaald en ik had me voorover moeten buigen om haar te verstaan: "Ik weet waar je aan denkt, jongen, maar jouw vader was net zo reëel als ieder ander."

Het is niet te geloven!

Ik ben voor de eerste keer in mijn leven niet geërgerd dat er achter mijn rug om over me gepraat is. Suzanne heeft haar moeder in vertrouwen genomen en alles in me zegt dat dit volkomen terecht is. Ik weet dat ik me niet ongerust hoef te maken want ik geloofde Brigitte toen ze beweerde dat er geheimen zijn die je met niemand deelt.

In het halfdonker (het is nooit helemaal donker in deze ziekenhuiskamer) zak ik weg in een halfslaap en zie mijn vader staan. Hij is weer net zo jong als de eerste keer toen ik hem ontmoette op het schoolplein. Ik weet dat ik niet droom maar dat het erg belangrijk is dat ik naar hem blijf kijken omdat hij me misschien iets wil zeggen. Ik wacht en weet opeens dat ik een tweede kans krijg. Als kind heb ik hem wel gezien maar niet begrepen wat hij kwam doen. Ik dacht dat hij van plan was de wereld rond te trekken maar ik heb me vergist. Hij hoeft niets te zeggen. Hij strijkt met een hand door zijn blonde haren en er ligt een oeverloos verdriet in zijn ogen. Ik lees er gedachten in waarvan ik nooit een vermoeden heb gehad. Dat hij niet kan blijven omdat ik niet zijn enige zoon ben. Het doet pijn, heel erg pijn alsof er hard geknepen wordt op de plek waar mijn hart zit. Maar dan weet ik dat hij moet kiezen of eigenlijk dat hij al gekozen heeft.

Wanneer mijn vader vertrokken is kan ik eerst niet begrijpen dat ik zo rustig blijf. Ik word zelfs niet kwaad op hem. Ik denk aan Suzanne en weet dan dat ik een gezegend mens ben. Ik houd van haar, dat is inmiddels wel duidelijk en zij voelt zich ook aangetrokken tot mij. Ze heeft het me nooit verteld bij haar talloze korte bezoekjes, nadat ze haar angst voor besmetting overwonnen had maar ik weet genoeg. Ze heeft me gevraagd of ik ons kind wil accepteren en er voor hem zal zijn wanneer hij me nodig heeft. Ik hoef niet te kiezen en voel het nu als een misdaad als ik die twee pijn zou doen. Ik zie haar voor me en weet dat ze van puur goud is. Ik verlang ernaar om met haar te vrijen; niet zo onbesuisd als die eerste keer maar langzaam, intensief, aandachtig.

Als ik Suzanne mag geloven dan heb ik haar een hoop ellende bespaard. Ze zit naast mijn bed en vertelt dat er een vrouw op zwangerschapsgymnastiek is die aan een vreemde aandoening lijdt. Het blijkt dat deze ziekte lijkt op de mijne die nu gelukkig bijna verdwenen is. Het heet Pupp: Prunitic Urticarial Papules and Plaques of Pregnancy.

Het moet wel indruk op haar gemaakt hebben want ze spreekt deze ingewikkelde term moeiteloos uit. Er was eerst niets aan de hand bij deze vrouw omdat deze kwaal in de laatste drie maanden van de zwangerschap begint en verdwijnt na de bevalling. Haar buik zit vol rode bultjes die vreselijk jeuken. Gelukkig bestaat er geen gevaar voor de baby maar ze is er zo ellendig aan toe dat iedere afleiding welkom is en ze zich er niet voor schaamde iedereen haar gezwollen en rood gespikkelde buik te laten zien. Ik kijk naar Suzannes buik die ze beschermend vasthoudt met twee handen. Ik betrap me erop dat ik deze graag bloot zou willen zien en er iedere avond naast wil kruipen zoals toch het recht is van een vader. Maar heb ik überhaupt wel recht op haar? Na de komst van mijn vader zit ik vol twijfel omdat ik maanden geleden nog hetzelfde gedrag vertoonde als hij. Ik wilde vluchten, terwijl er bij mij geen enkele reden voor was.

Suzanne bestudeert mijn gezicht en zegt: "Wat is er, Jonathan, je bent zo afwezig."

Ik besluit dat ik haar nu nog niet vertel wat ik over mijn

vader te weten ben gekomen omdat ik iets kwetsbaars in haar ogen zie.

"Waarom heb ik je een hoop ellende bespaard, liefje?"

"Omdat jij eczeem hebt gehad en ik niet."

"Dit begrijp ik niet."

"Je zult me wel raar vinden maar ik heb erover nagedacht en ik denk dat die Pupp een soort angstreactie is: angst voor verantwoordelijkheid, de overgave aan het leven en misschien ook wel angst dat er iets mis kan gaan."

Ze zwijgt een beetje verlegen en nu begint het me te dagen wat ze bedoelt.

"En omdat ik al die angsten bezit, krijg ik jeuk en jij niet."

Suzanne wil wat zeggen maar ik gooi het dekbed van me af en sta op.

"Kom, dan gaan we wandelen, je hoeft niets meer te zeggen want je hebt gelijk."

"Nee, wacht, je zei net omdat ik die angsten bezit maar dat is niet meer zo. Je bent veranderd en ik was ook bang en kreeg geen Pupp."

Ik lach en pak haar hand vast.

"Dat klopt en omdat ik veranderd ben heb ik geen jeuk meer."

Dan blijkt al gauw dat ik niet de gezonde held ben die ik was in bed. We lopen nog maar net op de gang of ik word duizelig en warm. Ik wankel en Suzanne schrikt, ze blijft staan en kijkt me aan.

"Dit is niet zo'n goed idee, kom ik breng je weer naar bed."

Iets later zit ze me bezorgd aan te kijken. "De volgende week mag je waarschijnlijk naar huis, dus geen rare dingen doen, schat."

"Nee, ik doe mijn best," zeg ik ondanks alles vrolijk en

overdenk als ze weg is het gegeven dat we nog nooit gezegd hebben dat we van elkaar houden maar steeds meer koosnamen gaan gebruiken. Het lijkt zo lang geleden dat ik Ingrid verloren heb en ondanks dat mijn gevoel voor Suzanne heel anders is, weet ik dat ons gestoei met woorden hetzelfde is. Hoe zal het gaan met mijn trol, mijn roos, mijn prinses? Zal ze net als ik het geluk gevonden hebben?

Ik hoop het van ganser harte!

Alsof dit ziekenhuis in de laatste week dat ik er ben herinneringen wil verzamelen: Droom ik van Paul, ik krijg twee kaarten van Carlos en Isabella en een van Marina uit Barcelona. Met Paul zit ik bier te drinken op een terras in Gent en Carlos schrijft dat het goed gaat en dat hij langzaam verlost wordt van de wraakdemonen. Hij krijgt zelfs medelijden met de man die Marina heeft geprobeerd te ontvoeren naar een ander land. Hij mist me en hoopt dat alles goed gaat met Suzanne en het kind. De kaart van Marina brengt ontroering maar ook verbazing want het blijkt dat het kind een zuivere herinnering heeft behouden aan een Nederlandse oom met twee gezichten. Ze schrijft (en is duidelijk geholpen door haar moeder): 'Jonas is lief en stout als hij is verstopt. Hij is grijs aapje. Gele vogel. Kusje van Marina.'

Het meisje bedoelt dit waarschijnlijk letterlijk maar beseft niet hoe symbolisch haar woorden zijn. Isabella is kort van stof, ze schrijft alleen: "Ik mis je, lieve vader."

Ik haal mijn gedichtenschrift uit het kastje naast mijn bed en zie dat ik toen spontaan iets heb opgeschreven dat me nu verbaast.

Ik was een puber die net als de meeste pubers op zoek was naar zijn identiteit. Ik weet dat ik vaak somber was en niet te genieten voor mijn omgeving. Mijn moeder liet me vaak wat aanmodderen in de tuin omdat dit me rust gaf. Het liefst zat ik dan in de herfst de vergane planten te verwijderen, met verkleumde handen de glibberige stelen en verkleurd blad op de composthoop te gooien. Ik ruik nog de moddergeur en ervaar weer de verbazing wanneer er plotseling een stel rode paddenstoelen waren gegroeid (die dan ook weer vlug verdwenen). Mijn moeder zei vaak dat de mooiste bloemen en gewassen heel kort bloeien en ze bedoelde daarmee dat in onze tuin de tere bloesems in het voorjaar en waarschijnlijk deze rode schimmels in de herfst zo'n korte vreugde gaven.

Ze vertelde dat in de tropen een reusachtige plant groeit die slechts een nacht bloeit, deze bloem is eveneens gigantisch en verspreidt een zware geur. De bewoners die bij het oerwoud wonen gaan er massaal met lampen op af om dit wonder van dichtbij te bekijken.

Alle schoonheid duurt te kort, zei ze, en ik ben het daar volledig mee eens.

Ik zoek de regels die ik over mijn vader geschreven heb en ze krijgen nu een heel andere lading. De zin, Ik ben de vader van mezelf, staat nog steeds overeind omdat ik me daarmee mijn hele leven moed heb ingesproken. Maar wanneer ik lees, Van jou krijg ik misschien begrip dat grenst aan mededogen, schieten er tranen in mijn ogen. En niet omdat ik mijn vader mis maar omdat ik plotseling weet dat deze woorden toen al voor Pim bedoeld waren. Mijn zoon, die nog niet eens geboren is, geeft me nu al troost en ik besef dat ik weinig mededogen heb gevoeld voor mijn moeder en Johanna. Mijn moeder heb ik misschien wel kunnen troosten maar bij Johanna ben ik daar niet zo zeker van.

Vaak wordt er beweerd dat kinderen die geen vader hebben gekend het voorbeeld missen van de samenbindende factor in het gezin; dat ze moeite hebben met gezag.

Ik ben het daar niet mee eens!

Gedroomde voorbeelden zijn net zo krachtig als echte. Een vader die in mijn fantasieën altijd op reis was, heeft mijn verbeeldingskracht gevormd en ik luister wel degelijk naar zijn raad. En net als bij iedere vader was ik op zoek naar zijn waardering. Ik haalde goede cijfers op school voor hem, ik klom met angst en beven op een hoge muur om zijn bewonderende blik te zien en wilde net zo worden als hij.

Dat laatste is gelukt; ik vlucht voortdurend voor alles en nog wat en ga het liefst verantwoording uit de weg.

Ik blader verder in het schrift en zie dan iets staan waar ik allereerst om moet lachen maar waardoor ik als vanzelf bij Suzanne terechtkom. Ik lees:

Hoe een vrouw moet zijn.

Het liefst niet te mager met stevige billen, flinke dijen en borsten,

die net niet te zwaar zijn dat ze hangen.

Mooie lange benen met stevige kuiten.

Goudblond haar en korenbloemblauwe ogen.

Een niet te kleine mond met rechte witte tanden.

Een stem die ik herken uit duizenden en die een snaar laat trillen in mijn hart.

Waarom kom ik bij Suzanne terecht?

Alleen haar haren en stem voldoen aan de eisen van mijn jongenstijd; voor de rest is ze slank, eerder aan de magere kant en veel te meisjesachtig om te voldoen aan de weelderige beschrijving in het schrift.

Ik lees dan nog dat ik wil dat ze ouder is en slim. Suzanne is een stuk jonger en te slim hoeft ze van mij niet te zijn want ik weet dat mijn idee hierover inmiddels totaal veranderd is.

Ik mis de buitenlucht en heb nooit geweten dat ik dit zo erg kon missen dat ik in een droom dezelfde sensatie ervaar die er is op een hete zomerdag.

Ik lig uitgestrekt op mijn rug in het gras bij een beek en moet mijn hand wegtrekken van een steen die is verhit door de zon. Ik ruik gras en brak water, hoor een mug zoemen bij mijn rechteroor. Dan staat mijn gezicht in brand alsof ik koorts heb, ik voel een dreiging die me gebied de schaduw op te zoeken en dan ontwaak ik.

Ik kom bij bewustzijn en mijn eerste ervaring is angst. De kamer ligt in een spookachtig licht, het is midden in de nacht. Ik heb het koud, lig te rillen terwijl mijn gezicht nat is van het zweet. Ik ben verbijsterd omdat ik me zo slecht voel en de reden ervan niet kan vatten: ik was toch genezen en ga over een week naar huis! Mijn hoofd bonkt en er steekt iets boven mijn ogen, in mijn buik voel ik een zeurende pijn. Ik weet in eerste instantie niet wat ik doen moet maar word dan weer het dreinende, lastige kind dat ik dacht verbannen te hebben. Ik druk op de bel en blijf drukken. Het duurt lang en ik ben dan ook kwaad wanneer er eindelijk iemand aan mijn bed verschijnt.

"Mijnheer Vlinder, waar is de brand?"

De broeder zegt dit vriendelijk maar ik word woedend en zeg: "In mijn hoofd, ik sta in brand en heb het koud."

Nu zie ik dat ik eindelijk aandacht krijg want hij buigt zich bezorgd over me heen. Hij legt een hand op mijn voorhoofd en de andere zoekt mijn pols. Ik moet erbij blijven, iets binnen in me zegt dat ik niet mag wegzakken omdat ik dan weleens niet meer wakker kan worden. Het is beter woedend te zijn, dat houdt me wakker maar van woede zak ik in kwaadheid en er blijft ten slotte niets over dan een zielige verslagenheid. Ik wil de man net vragen waarom hij geen warme deken over me heen legt, als hij zich terugtrekt, oplost in de schaduw; en dan verdwijn ikzelf.

Ik word wakker in een schoon bed en zie na een poos dat ik in een andere kamer lig. Ik ben doodmoe maar kan nog wel bedenken dat dit geen goed teken is. Hebben ze me verplaatst naar de intensive care omdat er geen hoop meer voor me is?

Ik houd mijn adem in maar ik zie geen apparaten en ook geen slangen in mijn lichaam en adem weer uit. Er ligt een kleine spiegel naast me op het nachtkastje tussen wat andere spullen, ik vraag me af wat ze daarmee moeten. Het verbaast me hoeveel moeite het me kost om de spiegel vast te pakken om mijn gezicht te bekijken. Ik ben grijsbleek en mijn ogen staan bloeddoorlopen in een ongeschoren gezicht. Ze hadden beter mij kunnen oplappen in plaats van het bed, denk ik en zoek wanhopig naar een manier om van mijn cynisme af te komen. Cynisme ontstaat in feite uit onmacht en ik was toch veranderd, zachter vanbinnen?

Maar hoe ik ook mijn best doe, het oude gevoel van eenzaamheid komt in razende vaart terug en laat me opnieuw beseffen dat een goed leven niet is weggelegd voor Jonathan Vlinder. Nee, niks geen slachtofferrol, het is nu eenmaal de waarheid waar ik me maar bij heb neer te leggen.

Ik ben ziek, goed ziek en opeens denk ik aan mijn benen. Voorzichtig voel ik met mijn hand die er het beste bij kan, omdat ik haast niet durf te kijken. Ik voel een beetje koude maar gladde huid, heb al gauw in de gaten dat de eczeem niet is teruggekomen. Er komt iemand binnen en aan zijn outfit te zien is hij dokter of iemand van het lab. Dat laatste leid ik af van een glazen buisje dat uit zijn zak steekt. Hij kijkt niet naar me maar loopt naar de hoek van de kamer waar een wasbak met een nogal grote kraan hangt. Terwijl hij zijn handen wast kuch ik, de man draait zich met natte

handen om en zegt: "Aha, u bent weer bij uw positieven."
Het klinkt gedempt en dan zie ik pas dat hij een mondkapje
draagt.

Wat is er aan de hand?

Is het gevaarlijk om in mijn buurt te komen, ben ik nu echt
melaats?

Ik weet dat ik belachelijk bezig ben maar de impact van
de droom die aan mijn ziek zijn vooraf ging is nog steeds
erg groot. Waarschijnlijk ziet de bezoeker de paniek in mijn
ogen want hij komt naar me toe en zegt dat ik me niet ongerust moet maken omdat ik waarschijnlijk een flinke kou
gevat heb. Ik weet onmiddellijk dat dit belachelijk is en de
man hoort het zelf ook.

"Sorry, mijnheer Vlinder, het is in ieder geval een infectie
maar wat er precies aan de hand is weten we niet."

"En dan zegt u zomaar wat?"

"Ik zal eerlijk zijn, ik vermoed dat er sprake is van een
infectie door de ziekenhuisbacterie."

"Dat vermoedt u?"

"Ja, zeker weet ik het pas als er monsters van de slijmvlie-
zen worden genomen en deze zijn onderzocht."

"Is dat dan nog niet gebeurd?"

Ik vraag naar de bekende weg en ben me ervan bewust dat
ik opgelucht ben. Opgelucht maar moe, uitgeput haast en ik
laat me weer heel graag in de diepte zakken.

Ik werk dezelfde dag nog braaf mee wanneer er keel- en
neusmonsters genomen worden; deze worden op kweek gezet en al gauw blijkt dat er inderdaad sprake is van MRSA.
Ik hoor dat deze bacterie moeilijk te bestrijden is omdat ze
ongevoelig is voor de meest gangbare antibiotica. Ik word
gewassen en geschoren en na afloop hangt er een afstande-
lijke geur om me heen van desinfecterende zeep en weer
een of andere speciale huidzalf. Ik heb dagen lang last van

diarree maar de hoofdpijn verdwijnt na de tweede dag. Er wordt me verteld dat goede voeding en rust me gauw weer op de been zullen helpen (alsof ik nog niet genoeg geslapen heb!). Suzanne komt natuurlijk niet maar verwarmt mijn oor en hart met haar troostende stem.

Op een middag kan ik eindelijk weer lachen wanneer mijn kamer is veranderd in een surrealistisch vertrek want Pierre, Anja en Lucas komen op bezoek. Ze lijken op elkaar door de neus/mondmaskers die ze dragen, ze zijn verpakt in lichtblauwe bezoekersjassen, dragen handschoenen en zakjes om de schoenen. Ik kijk naar Anja die een show geeft door met afgemeten robotbewegingen door de kamer te stappen. Ik kan het niet laten om plagend tegen haar te zeggen: "Wie zorgt er hier nu voor afstand in deze kamer?"

Ze gaat de negende maand van haar zwangerschap in. We maken plannen door de telefoon en zijn begonnen om elkaar te schrijven. Ik merk dat haar brieven steeds intiemer worden en dat er veel herinneringen terugkomen. Die letters op papier maken iets los in haar geheugen zodat er steeds meer boven water komt. Net zoals dat je met een stok in een vijver roert en je bezonken blad en troep naar boven haalt. Veel van die herinneringen zijn van zuiver goud maar ook zijn ze weleens pikzwart. Het feit dat ze zo tekeerging in Portugal tegen de wandelstokman heeft een oorzaak. Ze schrijft me een verhaal en ik leg onmiddellijk de link.

Zij heeft zelf een hond gehad, niet zo'n grote als de zwartwitte herdershond maar ze heeft hem als kind net zo fel verdedigd. Het was geen rashond maar een soort keeshondje dat ze met haar moeder uit het asiel had gehaald. Ze was pas negen jaar maar ze had onmiddellijk een grote verantwoording gevoeld voor het dier. De hond was van haar en hij volgde haar op de voet, alleen luisterde hij niet wanneer hij konijnen, hazen of schapen zag of rook. Dan ging hij luid keffend achter ze aan en was in staat van grote opwinding. Op een dag had het noodlot toegeslagen. Suzanne liep in het voorjaar langs een weide met schapen en keek naar de lammetjes die dicht bij de moeder bleven. Haar hond zat vast aan de riem omdat ze wel wist dat hij hier niet te vertrouwen was. Het ging goed, hij blafte deze keer niet en ze had net gedacht dat hij rustiger was geworden, toen hij zich losrukte. De riem schoot uit haar hand en het witte hondje stoof onder het gaas door, recht op een afgedwaald lammetje af. Ze schreeuwde wanhopig zijn naam maar hij was al bij het lam waar hij nu luid blaffend omheen rende. Ze weet tot nu toe niet of hij echt wilde aanvallen want er klonk een schot en de hond viel voorover. Ze had de eigenaar van de schapen niet eens gezien en na de noodlottige knal had ze allereerst ook geen aandacht aan hem geschonken. Haar beste vriend was dood, dat zag ze onmiddellijk toen ze bij hem neerknielde. Een nekschot was hem fataal geworden. Het was afschuwelijk maar ze moest naar hem kijken, ze had dat beter niet kunnen doen want een oog was door de schok uit zijn kas gesprongen en lag los op zijn snuit.

En toen, schrijft Suzanne (en ik lees die zin vaak over omdat ik hem zo prachtig vind): 'wist ik dat de wereld lang niet zo mooi was als ik dacht.'

De schapenman was inmiddels dichtbij gekomen en stond daar met het geweer in zijn hand. Suzanne was als een wilde op hem afgevlogen, had hem geslagen, geschopt en zich aan hem vastgeklampt in blinde woede. 'Hij moest me van zich afsleuren en was desondanks niet kwaad,' lees ik en ben ontroerd want ik zie haar weer op het hondengeblaf afgaan in Portugal.

Ik merk dat ze dit soort emotionele herinneringen bewaart voor haar brieven. In gesprekken is ze meestal opgewekt en uiterst praktisch bezig. Zij vertelt dat een goede vriendin haar komt helpen bij de bevalling. Ze is nog steeds onder controle in het ziekenhuis maar heeft het voor elkaar gekregen dat ze thuis kan bevallen.

"Henny is nog niet zo lang gediplomeerd verloskundige," zegt Suzanne en: "Ik weet mijn vrienden wel uit te zoeken." We discussiëren ook vaak over namen en besluiten onze zoon Pim te noemen omdat ze deze naam gedroomd heeft. "Hij stond te trekken aan de hangmat in de tuin en toen riep jij: 'Pim, zal ik je even helpen?'"

"Heb ik niet gezegd: laat dat, Pim, maak die hangmat niet stuk?"

"Nee, je gedroeg je voorbeeldig."

Van dit soort gesprekken geniet ik nog het meest omdat ik merk dat Suzanne net zo met het kind bezig is als ik. Het maakt me losser en ik schaam me niet meer om haar mijn wildste fantasieën te vertellen. Het maakt haar aan het lachen en ik hoor haar lach zo graag. Ik antwoord dan ook onbekommerd op de vraag of ik ook weleens een fantasie heb over haar: "Ja, natuurlijk, liefste!"

Ze lijkt te schrikken want ze begint onmiddellijk dit spontane moment af te zwakken.

"Mijn dikke buik zal je wel temperen."

Ik ben stil en denk zorgvuldig na over wat ik ga zeggen (ik heb haar veel te vaak gekwetst). Dan fluister ik haast in haar oor: "Nee, Suzanne, integendeel; ik heb je al weken niet meer gezien maar de laatste keer dat je bij me was verlangde ik er hevig naar om dicht tegen je aan te kruipen."

"Ik ben sindsdien nog veel meer uitgedijd."

"Wil je ophouden! Ik weet dat het mijn eigen schuld is omdat ik ooit gezegd heb dat de vlam bij mij allang gedoofd was. Dat was een leugen omdat ik kwaad was."

"En wat wil je mij nu vragen, Jonathan; of het ook een leugen was dat ik niet meer verliefd op je was?"

"Dat durf ik niet, denk ik."

En weer is zij zoals heel vaak eerlijk, want ze antwoordt: "Toen was ik niet meer verliefd maar het lijkt wel steeds meer terug te komen."

Kijk, Jonathan Vlinder, denk ik naderhand: hier doe je het toch allemaal voor!

Voor mijn part krijg ik nog een vreemde ziekte maar als die me meer inzicht bezorgt dan is het goed. De verliefdheid en de liefde van deze prachtvrouw krijg ik niet zomaar in de schoot geworpen, die moet ik verdienen.

Op een koude winteravond word ik bang.

Ik weet dat het koud is buiten omdat het verplegend personeel me dat verteld heeft. Ik voel me ondanks de verwarming al de hele dag verkild vanbinnen; 's avonds weet ik eindelijk waarom. Ik heb angst om Suzanne te verliezen en dit is niet zo nieuw voor me. Ik weet zeker dat ik bij haar wil blijven en niet alleen voor Pim.

Maar hoe zit dit bij haar?

Ik zie in gedachten de man voor me die haar omhelsde voor de winkel en opnieuw ben ik jaloers. Ik heb haar nodig en haar verliezen zou een ramp betekenen. Voordat ik totaal onderduik in inktzwarte fantasieën besluit ik haar te bellen. Wanneer ik haar nummer heb ingetoetst zie ik dat het al over een uur is en schaam me dood. Verbazend snel wordt er gereageerd.

"Met Suzanne Vermeer."

"Sorry, liefje, ik wist niet dat het al zo laat was."

Een beetje slaperig komt haar stem op gang: "Jonathan, het kon niet anders dan dat jij het was, is er iets gebeurd?"

"Sliep je al?"

"Ja, half, Pim is nogal rumoerig."

En dan praat ik gejaagd door en vertel haar waar ik bang voor ben. Ik vertel over Ingrid, over de man voor de winkel en zij luistert alleen. Dan wordt het stil en even denk ik dat ze in slaap is gevallen.

"Jonathan, lieve Jonathan, denk je nu echt dat je mij zomaar zou laten vertrekken?

Ingrid was jong en jij ook, je hebt je leven lang al moeite gehad om je te binden. Ik wil dat je heel goed naar me luistert: ik ben niet van plan om je in de steek te laten. In het begin dacht ik enkel aan Pim maar dat is veranderd. Ook al zou je geen prima vader zijn, ik denk dat ik je niet meer kan missen. Wordt het trouwens niet eens tijd dat we tegen elkaar zeggen waar we zo vol van zijn?"

"Wat bedoel je?"

"Ik houd van je, liefste."

"Suzanne, mijn God, ik houd van jou!"

Daar is haar lach weer om me te laten weten dat dit een beetje belachelijk is.

"Ik houd van je, Suzanne."

"Dat klinkt beter, Jonas, verstop je nooit achter God."

"Goudschat."

"Mijn Prins."

"Nee, geen prins maar dat vertel ik je nog wel een andere keer."

En vervolgens zit er niets anders op dan te gaan slapen (net zoals je weleens dorst wegslaapt als je geen water bij de hand hebt) want mijn schatten hebben rust nodig. Ik lig echter nog uren wakker in een roes van geluk en verlangen. Ik bedenk dat ik, wanneer ik bij haar was geweest, nu zeer waarschijnlijk voorzichtig met haar aan het vrijen was. Zou zij ook op deze manier naar mij verlangen?

Mijn dikke buik zal je wel temperen, zei ze maar ik weet zeker dat er een slecht verborgen hunkering lag in haar stem.

Die stem maakt me nog steeds zo gelukkig; ik hoor er zo veel in en zoek altijd naar een verklaring van de verschillende nuances.

Zoveel stemmen heb ik gehoord en vele ervan hebben op me ingepraat; liefdevol, vermanend, belerend, bestraffend, zeurderig, vragend en soms moederlijk. Van vele kan ik me nog de klank herinneren; van licht naar donker, warm en schel, melodieus of gebarsten. De stem van mijn moeder was zangerig en slordig soms maar haar kan ik nog steeds horen. Paul had een mooie stem die hij in veel van zijn rollen wel kon veranderen maar waarvan de diepte me nooit ontging. En Suzanne spant de kroon omdat ze alles in zich heeft. Ik weet dat ik een van de weinige mensen ben die ze ook alles laat horen. En zij is echt de enige wiens stemgeluid me bedwelmt en geil kan maken. Ik weet wel dat mijn ziekenhuisopname ermee te maken heeft en ik vaak ben aangewezen op de gesprekken met haar maar toch: deze betovering heeft al in de Algarve voor grote gevolgen gezorgd.

Waar komt toch het gevoel vandaan dat ik nu al moet bedenken wat ik mijn zoon wil geven?

Komt dit omdat ik wel weet dat hij een gezonde jongen is maar niet hoe oud hij zal worden, of wil ik dat niet weten?

Ik krijg het warm bij de gedachte dat hij misschien mijn helderziendheid erven zal maar weet dan dat ik me niet al te veel zorgen hoef te maken. Ik zal hem, net als mamma mij, geloven en steunen, proberen om zijn angst te delen als een visioen erg angstig is. Natuurlijk heb ik hierover veel gelezen maar zelf heb ik nooit hulp gezocht of me gemeld bij praatgroepen die soortgelijke ervaringen hebben. Dit is ontzettend egoïstisch, ik weet het, maar mijn leven is al ingewikkeld genoeg. Ik wil niet betrokken worden bij zoektochten naar verloren mensen, om dan steeds de meest afschuwelijke dingen te zien.

Er is al veel bereikt!

Door de grote liefdes in mijn leven kan ik me voor heel veel zaken afsluiten en dat is goed. Zoals de moeder van Suzanne ooit tegen haar zei: "Ik heb je de praktische dingen van het leven bijgebracht."

Dat heeft ze inderdaad maar tegelijkertijd heeft ze haar dochter een vederlichte en blije levensdans meegegeven. En mijn jongen krijgt, wanneer hij er zelf voor kan zorgen, een hond. Bij die gedachtesprong aangekomen moet ik lachen omdat ik iets aan het inhalen ben. Op deze manier krijg ik ook zelf wat me bij Johanna onthouden werd. Een egoïst zal ik wel altijd blijven, Suzanne! Ook zal ik beter moeten nadenken voordat ik me ergens in stort. Ik kan niet meer zomaar iets impulsief doen, om er later spijt van te krijgen. Een besluit is pas een goed besluit als voor en tegen goed is overwogen.

Ik weet dat het mijn grootste wens is om op tijd uit het ziekenhuis ontslagen te worden. Ik wil bij de geboorte van mijn zoon zijn en het lijkt erop dat het gaat lukken. Ik ben aardig opgeknapt en het is een verademing dat ik niet meer dagelijks aan allerlei onderzoeken wordt onderworpen. Het lijkt wel alsof dit ziekenhuis zich schuldig voelt dat ik die boze bacterie hier heb opgelopen. Mijn kamer is denk ik daarom een van de schoonste; er wordt met veel ijver aan gewerkt dat geen stofje de kans krijgt zich ergens te nestelen en de vloer is glanzend als een dansvloer.

Ik krijg bijna de neiging om te verzwijgen dat ik op een ochtend weer buikpijn heb maar besluit dat het beter is dit te melden omdat ik geheel genezen wil vertrekken. Onmiddellijk wordt er weer bloed geprikt maar er is niets aan de hand en de pijn is na een uur alweer verdwenen.

Ik lees veel over zwangerschap en bevalling en zie op een

avond op tv een stuk over een geboorte. Het is een medisch programma en deze geboorte verloopt niet helemaal normaal. Het kind wordt gehaald door middel van een keizersnede. Het komt plotseling uit de buik (ik heb de voorbereiding niet gezien). Het is een meisje, een klein volmaakt wezentje met stevig dichtgeknepen ogen. Haar huid is blauwig en verpakt in een glanzend soort vet. Ik heb medelijden met haar omdat de moeder geen aandacht voor haar heeft. Ze is in een diepe roes gebracht en slaapt. Ik verwacht eigenlijk dat de dokter die het kind gehaald heeft haar wakker zal maken om de baby in haar armen te leggen maar dit gebeurt niet. Er is zelfs geen vader in de buurt die het gemis goed kan maken. Toch huilt ze niet zoals ik dacht dat alle pasgeborenen doen; ze is heel stil en aan vreemde handen overgeleverd.

Er lopen twee tranen over mijn wangen en ik verbaas me over mezelf. Wie had ooit kunnen bedenken dat ik ontroerd zou worden door een educatief programma op tv.

Als de kamer weer donker is probeer ik me voor te stellen hoe Pim geboren gaat worden maar ik kan het niet. Ik weet alleen plotseling zeker dat Suzanne er volledig bij zal zijn. Ze gaat Pim helpen maar hoe ze dat gaat doen blijft vaag in deze donkere kamer hangen. Ik wil hier ook geen vooruitziende blik in hebben; daarvoor is het wonder veel te groot.

Dan probeer ik het anders te zien: aardser, biologisch.

Een dier dat moet jongen is nerveus, het zoekt de beste plek waar zij kan bevallen. Zo ook onze poes die in de schuur een doos met lappen had gevonden. Maar ik heb ook gezien dat ze kalm en ongenaakbaar werd toen haar tijd was gekomen. Ze had me aangekeken en ik las in haar blik dat ze alleen gelaten wilde worden, dus waren in geheime afzondering de poesjes geboren.

Suzanne heeft me gezegd dat ze het nog niet weet, ze weet niet of ze mij bij zich wil hebben.

Dan word ik onrustig want ik weet dat ik haar niet kan vergelijken met een poes. In helder weten zie ik opeens dat ze bang zal zijn. Dat Pim dan bang is wist ik al, maar haar angst is nieuw voor me. Ik besluit dat ik mijn uiterste best zal doen om erbij te zijn om haar te helpen.

Wanneer ik me voorstel wat ik allemaal met Pim ga doen kan ik alleen putten uit eigen ervaring. En die is nog beperkt omdat ik geen vader had die me overal mee naartoe nam en mijn moeder nogal honkvast was. En toch ben ik blij met alles wat ik van haar gekregen heb, ik vind dat mijn zoon op de allereerste plaats recht heeft op een tuin. Want wat is er mooier dan je leven te beginnen in een regelrecht paradijs? Heel veel dingen in mijn leven zijn gewoonte of routine geworden maar ik weet heel zeker dat ik als kind het buitenleven nooit gewoon heb gevonden. Het was altijd boeiend en vaak opwindend. Mijn moeder was helemaal geen type dat me zo nodig alles moest leren. Ze liet me zelf ontdekken en aanrommelen, ik vroeg haar wel de oren van het hoofd.

Waarom, waarom, waarom ...

Mijn moeder werd weleens dol van al dat gevraag.

Waarom is het gras 's morgens zo nat?

Waarom vliegen motten om een lamp?

Waarom heet die bloem vingerhoedskruid? (Moeilijk uit te leggen want mijn moeder bezat geen vingerhoed.)

Mijn liefste herinneringen zijn vaak groen gekleurd met daartussen allerlei andere kleuren. Namen van mensen vergeet ik vaak maar nooit de naam van mijn moeders lievelingsbloem: akelei. Deze prachtige plant stond in bossen te wiegen in de wind. Ze leek op een kleine orchidee en kon van jaar tot jaar van kleur verschillen. De frambozenstruiken die vergroeid waren met de heg en waarvan ik de vruchten veel te week vond smaken, werden veel interessanter door de plaag van kleine rupsen die mijn moeder niet verdelgde. Ze zei altijd: "Dit ongedierte plant zich al veel langer voort dan wij, dus hebben zij de eerste rechten."

Rond de vijver rook het naar kruiden en verderf en zong de lucht vaak van de insecten. Ik was bijna nergens bang voor maar toch was het heerlijk om te huiveren bij een wandelende tak die zich spookachtig langzaam in het gras bewoog. Ik had geleerd dat je alleen de mooiste dingen zag wanneer je heel goed keek, lang stil kon zitten en niet te veel lawaai maakte. Veel planten en bloemen leken op mensen: de rododendron was een trotse, verleidelijke vrouw en ze was daarbij nog plakkerig ook.

De siererwt die ik ieder jaar mocht poten bij een stuk gaas, ontpopte zich als een stel jonge meisjes. Het duurde lang voordat de bloemen zich lieten zien maar waren ze er eenmaal dan gedroegen ze zich wild en uitbundig. Ik snapte ook wel het gedrag van vlinders. Omdat ze maar een paar dagen te leven hebben zijn ze de hele dag nieuwsgierig op zoek naar de mooist gekleurde bloemen. Zo te zien wisten ze niet dat hun leven zo kort was want ze waren best blij.

En de gevaarlijke dingen leerde ik zelf te vermijden. Mamma haalde na mijn val in de vijver het gaas weg, ik lette heel erg goed op dat ik niet dicht bij het water kwam. Dit werd me gemakkelijk gemaakt, er lag een cirkel van ruwe stenen die de grenslijn was. Ook wist ik dat er een plek was in het wilde gedeelte van de tuin waar ik voordat ik er ging zitten hard op de grond moest stampen. Dat was na die keer dat ik me een ongeluk was geschrokken. Ik zat in een broeierige schaduw verstopt voor Angelien met wie ik 's morgens gespeeld had en waar ik 's middags geen zin in had. Ze riep mijn naam en ik wachtte nog een tijd tot ze verdwenen was. Ik wilde opstaan maar voelde iets bewegen bij mijn hand. Ik schrok, trok hem weg en toen zag ik haar!

Een slang die kennelijk net zo bang was als ik, sloeg met een krachtige beweging van haar staart wat blad opzij en gleed weg tussen de struiken. Mijn moeder waar ik zwetend naartoe was gerend zei dat het waarschijnlijk een hazelworm was geweest. Ze moest lachen toen ik de grootte van de slang beschreef, vertelde me toen de manier om ze te waarschuwen.

"Je kan ook een stok pakken en daarmee op de grond slaan want je moet haar natuurlijk niet doodtrappen."

Ik wil Suzanne horen en als ik haar nummer heb ingetoetst wacht ik vol verlangen op haar stem. Ik kan haar bijna voor me zien wanneer ze zegt dat ze blij is dat ik bel. Desondanks vraag ik haar: "Beschrijf me eens hoe je eruitziet, liefje."

"Ik draag een comfortabele broek, een trui en daar overheen een sjaal met bonte vlinders die strak om mijn buik zit. Ik kan je wel vertellen dat ons wonder flink gegroeid is."

Dan is het even stil en vraagt ze: "Zou je het fijn vinden als ik op bezoek kom?"

"Ik zou het heerlijk vinden maar doe het liever niet."

"Maak je geen zorgen, Jonathan, ik heb de arts gebeld en hij zei dat er geen besmettingsgevaar meer is."

"Dat moet hij zeggen! Ik heb hier wel na mijn jeukperiode dit virus opgelopen en ben zodoende maanden uit de running geweest."

"Ik weet het maar ik weet ook dat je blij bent als we komen."

Ik ontspan me en zeg zacht: "Nog twee weken, ik kan haast niet meer wachten."

Ik weet dat ze nu met haar geheimzinnige moederlach en de benen uit elkaar op de stoel bij het bureau zit.

"Er zit niets anders op, jongen, ik heb een paar boeken voor je waarmee je de tijd kunt doden."

Dan vertelt ze dat haar moeder erbij wil zijn wanneer ze

bevalt maar dat haar vriendin dit liever niet heeft.

"En jijzelf?"

"Ik weet het niet, mijn moeder is nerveus maar wanneer ik mijn gevoel volg wil ik haar dolgraag in de buurt hebben."

"Dan zet je haar toch in de babykamer, nee, even serieus: Volg je hart, Suzanne, jij alleen weet wat het beste is."

"Ik ben verbaasd dat je deze keer buiten schot blijft en niet heel bazig je mening geeft. Ik laat het maar bezinken, ze is nu een paar dagen naar haar zus in Zeeland."

Ik denk aan de vlinders op haar buik en zeg: "Vlinderkusjes". Ik leg haar uit waarom dit in me opkomt en denk er uren later opnieuw aan.

Het is inmiddels nacht en ik kan niet slapen. Ik probeer Suzannes gezicht voor me te zien op het tijdstip dat ik haar van de vlinderkusjes vertel. Ze luistert en haar mond staat een beetje open zodat ze er wat dom uitziet.

"Ik kreeg alleen vlinderkusjes van mijn moeder wanneer ik stout geweest was. Dan mopperde ze of schold me uit en kreeg dan weer spijt. Ze trok me naar zich toe en ging vederlicht met haar mond over mijn linkerhand. Je hoorde die zoenen niet eens en ze fluisterde: 'Vlinderkusjes om het goed te maken.'"

Ik weet niet waarom maar opeens krijg ik hetzelfde gevoel als in het hotel op de dag dat Suzannes vriendin me bezocht. Ik kijk naar de sterrenlucht en dezelfde verwachting gaat door me heen, alsof er nieuwe dingen gaan gebeuren: Een voorgevoel dat deze keer van groot belang is.

"Het is nog te vroeg," zeg ik hardop en blijf in de zwarte nacht kijken. Op dat moment bewegen er een paar sterren. Ik zie duidelijk dat er een naar beneden valt en twee andere als een spoetnik volgen. Ik word warm en begin zelfs te zweten terwijl ik rechtop probeer te gaan zitten. Ik krijg een sterke neiging om mijn benen buiten bed te gooien en op te staan. De klok boven de deur wijst drie uur aan en ik probeer me te beheersen. Haast van buiten mezelf komt een soort gebed in me op: laat alles goed komen.

Ik zeg dit niet hardop maar toch werkt het als een balsem en ik word rustiger. Er komt iets van kracht in mijn borst die me laat weten dat ik iemand ben, dat ik iemand van belang ben. Dat ik nooit meer zal denken: ik heb niets meer, ik ben niets meer.

De dag begint vroeg in een ziekenhuis en deze lange dag wordt heel bijzonder. Ik mag namelijk opstaan om mezelf te wassen en kan allereerst nog even blijven liggen. De verpleegkundige heeft me dat zo-even zachtjes verteld en ik wacht af. Precies om zeven uur gaat de telefoon en Suzanne vertelt me met omfloerste stem, die ze voor mij bewaard heeft, dat Pim geboren is. Ik schiet helemaal vol en zeg niets wanneer ze het tijdstip noemt. Vijf over drie vannacht. Ik wil alles weten en begrijp al vlug dat ik de enige ben die ook alles te horen krijg. Haar moeder hoort straks alleen de blije dingen.

"Jonathan, hij is zo mooi!

Hij ligt naast me in zijn wieg en ik blijf maar naar hem kijken. Ik heb nog niet geslapen omdat ik bang ben als zijn adem stokt; Henny heeft al gedreigd dat ze hem in de kamer hiernaast zal zetten. Ik weet dat ze gelijk heeft, ik moet slapen want ik ben totaal uitgeput. Nu is alles volmaakt maar bevallen is geen pretje. Ik heb nooit geweten dat de ontsluitingsweeën me in doodsnood zouden brengen. Ik dacht echt dat ik zou sterven en was zo verschrikkelijk bang. Dat hield pas op toen ik mocht gaan persen en het gevoel kreeg dat ik weer met Pim kon praten. Hij was immers ook al heel lang bang om geboren te worden en ik moest hem helpen.

Ik moet je nu eigenlijk vertellen hoe groot hij is, hoeveel hij weegt en zo maar ik kan je alleen zeggen dat hij op een donkerharige trol lijkt, die nog gladgestreken moet worden. Zo mooi, zo stevig, zo gaaf van lijf en leden dat ik er niet genoeg van krijg om hem even aan te raken. De mensen zeggen vaak dat kersverse vaders hun vrouw bedanken maar ik wil jou bedanken. Ik verbeeld me het natuurlijk maar ik meen te zien dat hij op jou lijkt en dat komt niet alleen door zijn soms norse trekken maar vooral door zijn haren. Jonathan, je bent niet hier maar dat is niet helemaal waar; je was vannacht bij me en nu ook. Ik moet je wegsturen want ik ben zo moe."

Het wordt stil, ik ontspan waarschijnlijk net als zij en trek de ziekenhuisdeken vast om me heen. Ik heb het koud en besef dat ik niet weet van wie ik het meeste hou: van Pim of van mijn vrouw die ik omdat ze zo open van ontroering was, nog nooit zo mooi heb horen praten.

Ik zeg zacht: "Welterusten, lief," maar krijg geen antwoord meer.

Het opstaan valt tegen. Ik ben waarschijnlijk te overmoedig want wanneer ik na moeizaam gekrabbel uit mijn bed eindelijk op mijn benen sta, wil ik een stap zetten; ik word duizelig en val voorover. Dezelfde verpleegkundige die het goede opstaannieuws gebracht heeft komt de kamer binnen en ziet me liggen.

"Mijnheer Vlinder, had u niet even kunnen wachten? Het is niet de bedoeling dat u dit alleen doet."

"Ik werd zo duizelig."

"Vind u dat gek, u hebt weken gelegen en gezeten en uw bloedsomloop protesteert tegen de verandering."

Ze helpt me overeind en samen slagen we erin naar de gang te gaan en de doucheruimte te bereiken. Ik ben blij dat ik eindelijk op een kruk onder de warme straal zit en laat me helpen. Zij is de eerste die hoort dat ik een zoon heb en ik ratel maar door: "Hij is gezond, stevig, hij heeft donker haar en hij lijkt op mij."

"Gefeliciteerd, mijnheer Vlinder, hoe laat is hij geboren?" Alsof ik al minstens zes kinderen heb zeg ik: "Vijf over drie, midden in de nacht zoals de meeste baby's."

Ik ben in mijn leven niet vaak zo zenuwachtig geweest en wanneer ik Suzannes huis bereikt heb wordt het nog erger. Er is namelijk onverwacht bezoek gekomen van een stuk of wat vrienden, die ik natuurlijk niet ken.

Het voorstellen, koffiedrinken, praten, wordt een tantaluskwelling en niet zozeer omdat ik merk dat er steeds naar me gekeken wordt maar meer omdat ik niets durf te vragen. Ik moet van een mager meisje horen dat Pim heel veel en goed slaapt en weet niet of ik naar hem verlang of bang ben. Wanneer Suzanne hem eindelijk naar beneden haalt, wordt hij omringd door een kring van bewonderaars. Alles dat me hinderde wordt onbelangrijk, valt weg: ik sta op, doe een stap naar voren en daar is mijn zoon!

Als ik oog in oog met hem sta (ik sta en hij ligt op de arm van zijn moeder) voel ik allereerst een vage spijt dat dit niet eerder is gebeurd. Hoeveel kostbare uren heb ik gemist?

Hij heeft donkerblauwe ogen, dun donker haar met zijdeglans, een ferm neusje, vochtige rode mond. Hij kijkt me kalm aan en blaast met een nat pufgeluidje de adem uit. Suzanne zegt niets maar laat het toe wanneer ik hem voorzichtig overneem. Hij beweegt zijn handjes, alsof hij zo zijn goedkeuring geeft voor de plaatsverwisseling. Dan wordt opeens het huis, de tuin en vooral de hoeveelheid mensen me te veel. Ik schiet vol van een emotie die ik niet ken, zeg zachtjes: "Ik wil met Pim gaan wandelen."

Suzanne, die ons eerste contact liefdevol heeft bekeken, antwoordt: "Wacht even, dan haal ik de bolderwagen."

Even later zijn we op weg. Mijn zoon ligt als een Eskimo gekleed tevreden op een kleine matras, onder een vrolijk, dik dekbed. Eigenlijk zit hij half tegen de kussens en het maakt hem niets uit dat hij met zijn rug naar het wandelpad zit en zodoende mijn gestalte en gezicht voortdurend voor ogen heeft. Af en toe kijken zijn heldere ogen naar de lucht of naar wat kale struiken naast het schelpenpad. Maar nog het meest is zijn blik op mij gericht, alsof hij het wel waardeert dat ik al duwende hem al deze wonderen laat zien. Op een duinweg, waar ik in de verte de zee kan zien, blijf ik staan. Waarschijnlijk heeft zijn moeder hem al eerder meegenomen naar het strand maar voor mij is dit een haast heilig moment.

Ik til hem uit de bolderwagen en laat hem de Noordzee zien. Ik ben niet zo kinderachtig om te zeggen: "Kijk Pim, in de verte ligt de zee," want hij kijkt dezelfde richting uit, knijpt zijn ogen even dicht en spert ze dan wijd open. We genieten minutenlang van het uitzicht maar dan vliegt er een meeuw vrij laag over die hard schreeuwt. Ik voel en zie Pims schrikreactie en ben verrast: Hij balt de kleine vuisten tegen zijn borst en ik zie hoe stevig hij al is in het opheffen van zijn hoofdje. Ik spreek hem sussend toe en de warme, lage toon van mijn stem kalmeert hem.

"Schrik maar niet, liefje."

Ik houd hem stevig vast, mijn ene hand steunt zijn rug en zijn gezicht is nu vlakbij. Zijn blik focust zich op de mijne en hij kijkt me aan. Mijn hart begint wild te kloppen want zijn gezichtje vertrekt; dit is geen gewone grimas maar beslist een glimlach!

Ik kan zijn gezichtsuitdrukking niet anders omschrijven dan intens, en glimlach terug. En ik vul de eerste woorden aan die ik tegen hem gezegd heb: "Dat was een uitbundige meeuw."

En op weg naar huis kletsen we wat af!

Hij pruttelend, zelfs even huilend om een takje dat zijn

wang raakt: ik vertellend wat de toekomst brengen zal.

Geen vader die verdwijnt maar een die zijn weg zal vrijmaken voor geluk.

Ik zal hem veel leren: dat hij goed mag luisteren naar zijn moeder, structuur mag brengen in zijn leven (en in het mijne?) en vooral volop genieten van de natuur.

En wat zal ik niet allemaal voor hem maken?

Om te beginnen natuurlijk een Donderglas!

Ik zeg hem dingen die zomaar in me opkomen en vraag me af wat goed en onzin is.

"Ik beloof dat ik fatsoenlijk met je zal praten want taal is heel belangrijk voor me. Ik zal je steeds aanspreken met je naam en je niet overvallen met koosnaampjes, zoals de meeste ouders doen."

En of deze zin stomvervelend is, mijn zoon valt alweer in slaap. Ik kijk naar hem, zie de blos op zijn wangen, de zachte wimperhaartjes die trillen als hij door een kuil rijdt en ik ga onmiddellijk de fout in wanneer ik fluister: "Slaap lekker, Duinroosje van me."